岩波文庫
30-251-2

安永期

小咄本集

——近世笑話集（中）——

武藤禎夫校注

凡　例

享保年間を境に、沈滞気味の上方の文芸に代って、江戸の風土に即した新鮮な戯作《げさく》が起った。本巻では、笑話の本質は従来の軽口本の流れを引継ぎながら、体裁も内容や叙述の面でも一新された、明和・安永期の「小咄本《こばなしぼん》」を七種所収した。『鹿《か》の子餅《こもち》』出刊を機に一斉に開花した江戸小咄本は、同好の武士と町人の共作による「はなしの会」での優秀作品集である。いずれも、江戸市民の生活や人情に根ざした話柄《わへい》を、歯切れのよい江戸語と、しゃれた機知で記した上乗の笑いであり、現在でもそのまま通用している小咄も多い。

まず、各書の中扉《なかとびら》裏に、使用した底本の書誌を主とした解題を簡単に記した。

本文の翻字にあたっては、元来の趣旨が噺本の特質であるおもしろさを紹介することにあるので、通読の便を考えて次のような方針をとった。(厳正な校訂による翻刻や複製本については解題中に示しておいたので、必要な際には参看されたい。)

1　底本の漢字は、原則として常用漢字や通行の字体を用いた。また、異体字(例、灵→霊)や記号化した文字(〻→也)、極端な宛て字(小蔵→小僧)なども通行のものに改めた。

2　副詞・助動詞・動詞・接続詞・語尾の類にあてた特殊な漢字(語る共→語るとも、如何成→いかなる)などは仮名書きに直し、逆に仮名書きでは分かりにくい個所は適宜漢字に改めた。

3　仮名は、原則として原本の用字・表記に従い、旧仮名遣いに統一しなかった。ただ、「短ひ」「悪ひ」などの「ひ」は、「い」とした。当時平仮名の意識で使われた「ハ」「ミ」「ニ」の片仮名や特殊な連字(ゟ→より、被成→なされ)などは、通行の平仮名に改めた。

4　原本の送り仮名は不統一な上、省略が見られるが、多く活用部分から付け加えた。ただ、読みが確定できぬ場合(聞ば→聞かばカ、聞けばカ)は、そのままにしたこともある。

5　振り仮名は、すべて新仮名遣いとした。原本にはあっても判読容易なものや重複する場合は削り、逆に漢字に改めた際に新たに付したものもある。

6　反復記号は、原本の「ゝ」「〻」は用いず、同字を重ねるか、「々」「〱」「〲」などとした。ただし、片仮名の場合は「ヽ」を用いた。(たゞ→ただ、各〻→各々、中〱→中々、アヽ→アヽ、これ〱→これ〱、さま〲→さま〲)

7　清濁・句読点は、私意によって付した。

8　会話部分は、原本の〽の位置によらず、通常の個所に括弧「　」を付し、原本に小文字で主人公名のある場合は、それを記した。また、心内語の場合に付したものもある。

9　片仮名は、主として感動詞や強調語の場合（アヽ、ヤレ）、小文字は連字の中に付した場合（一ト息、二人リ）に多く残した。また、拗音・促音は使わず、謡物の胡麻点は省略した。

10　明らかな誤りや衍字《えんじ》は、本文中で正して注記しなかった。

11　本文中、脚注を施した語句の下に、注番号を付した。また、特に他書や他文芸との関連を記したい場合は、文末に＊印を付した。

挿絵は、原本の全図を収め、該当話の近くに挿入した。序文中の印章なども掲示した。

脚注は、本文中の語句や人名・地名、および際物咄の背景にある事象、サゲの理解に役立つものなどについて簡単な説明を付けた。この場合、引用文以外は新仮名遣いとした。

補注は、笑話に多く見られる同想話のうち、筋やサゲの部分で興味ぶかい異同のある話や中国ダネのものなどを、四十話ほど参考に掲げた。脚注を補う記述や典拠の資料などには、あえて触れなかった。

解説は、安永期の噺本の概略を記した。

底本はすべて家蔵本に依った。比較参看のための閲覧を許された図書館・研究室各位の御好意と、延広真治氏、同僚の矢野公和氏の御教示に、厚く御礼申しあげます。

目次

凡例
話稿鹿の子餅……九
珍話楽牽頭……六三
聞上手……一一七
俗談今歳咄……一六七
茶のこもち……二一七
新口花笑顔……二六九
鳥の町……三二一
補注……三七一
解説……三九一

稿話

鹿《か》の子《こ》餅《もち》

（明和九年刊）

解題　木室卯雲著・勝川春章画。小本一冊。家蔵本は題簽を欠くが、「話稿鹿乃子餅　全」とある由。序題「話稿鹿の子餅」。尾題「話稿鹿子《カノコ》餅終《モチオハリ》」。版心は丁付のみ。半面七行・約一六字詰。序一丁半（明和壬辰の太郎月　山風）。口絵半丁。本文五九丁。話数六三。挿絵見開四図。半丁奥付に「明和九歳／壬辰正月吉日／書肆　江戸大伝馬三町目　鱗形屋孫兵衛板」とある。

著者の木室卯雲は、本名七左衛門、御徒目付から小普請方、広敷番頭を勤めた幕臣で、白鯉館卯雲の号で狂歌をよくし、『奇異珍事録』他を著した文人である。本書は当時高名な道化役者の嵐音八（明和六年没）に因んだ体裁をとる。書名「話稿鹿の子餅」は音八の俳号「和考」と、音八が人形町で売出した和菓子の「かのこ餅」にかけ、序者名に姓の「嵐」を二分した「山風」を用い、口絵は音八の肖像画を出している。幕臣の身を憚って、洒落に、贔屓していた音八に仮託したものであろう。噺本に多い既成話も含まれるが、世上の事件や人気芝居を材にした際物咄や、前句付や故事を踏まえた話題も多く、俳諧味豊かな行文が特徴で、卯雲の文才が十分示されている。また有名浮世絵師の勝川春章が署名入りで挿絵を受持ち、専門書肆の鱗形屋からの正式出板である点なども、この期の噺本には珍しい。

享保年間を境に、江戸の風土に即した滑稽文芸が流行した。本書に盛られた軽妙洒脱な笑いと簡潔な表現が江戸人士の好みに適って、笑話愛好者による小咄選集『聞上手』以下の江戸小咄本の爆発的盛行をもたらした。軽口本とは書型も内容も叙述も一新した本書は、江戸小咄本の始祖的地位と評価を得ている。

卯雲は安永六年に、馬場雲壺の戯号で『譚嚢《たんのう》』を続刊した。両書とも中本三冊に仕立て直した後刷細工本が、化政期頃に「堀野屋仁兵衛板」で出ている。本書の詳細な頭注・補注を施したものは、日本古典文学大系100『江戸笑話集』（岩波書店・昭41）に所収され、「大東急記念文庫善本叢刊」近世篇6『噺本集』（汲古書院・昭51）に複製が、また翻刻は『噺本大系』第九巻（東京堂出版・昭54）はじめ各種ある。

話《わ》稿《こう》一 鹿《か》の子《こ》餅《もち》二

序

山の手を飛歩行《とびあるく》尻やけ猿、三下町《したまち》に住む腹つぷくれ、四いづれか、おとしばなしをせざりける。五ここに、その落《おち》を拾ひあつめたる帖《じょう》六あり。話の稿《やたらがき》七なれば、わかうの響《ひびき》八あるをもて、鹿の子餅と題す。意味深長の旨味《むまみ》は、ひとつ〳〵読んでごらんなされ。数は六百八九ほどありと云々。

明和壬辰の太郎月一〇　山　風一一 一二

一　話の下書き。鹿の子餅を売出した初代嵐音八の俳号「和考」をかけた。
二　餅を餡で包んだ上に小豆を付けた餅菓子。
三　落着きのない人の譬え。おっちょこちょい。
四　本来は金持を罵る語。裕福で落着いた人。
五　『古今和歌集』仮名序の文言に倣う。
六　「帳」に同じ。
七　乱雑に書いた草稿。
八　「話稿」と「和考」の音を通わす。
九　「音八」の字を「六百八」と分解し話数とした。
一〇　明和九年の正月。
一一　「嵐」の姓を二つに分けて匿名とした。
一二　音八の紋の模様。

口絵（勝川春章画・嵐音八像）

○桃太郎

「むかし〳〵の桃太郎は、鬼が島へ渡り、元手《もとで》入らずに、多くの宝を取つて来たげな。これほど手みじかな仕事[一]はない。しかし、犬と猿と雉子《きじ》が供《とも》をしたとある。おれも、きやつらをこまづけるがよい[二]」と、かの日本一《にっぽんいち》の秬団子《きびだんご》[三]をこしらへ、腰につけて行く。向ふの岩ばなに猿が出て居る。まづ、してやつたり[四]とうれしく、件《くだん》の団子ぶらつかせ、行過ぐるを、猿、呼びかけ、「お前、どこへござる」「おれか。おれは鬼が島へ宝を取りに行く」「腰につけたは、何でござる」「これは、日本一の秬団子」。猿、うかぬ顔にて、「こいつ、うまくないやつだ[五*]」。

○牛と馬

「惣体《そうたい》、けだものの中《なか》で、爪《つめ》の割れたものは道《みち》[六]が早い。犀《さい》[七]などとい

一　手っとり早い。簡単な。
二　手なずける。
三　黍の粉で作った団子。「此頃浅草門跡前に日本一黍団子出来る。家号むかしや桃太郎」(『半日閑話』)とある。
四　うまくいった。
五　昔と違って猿もぜいたくで食通になった。
＊　「二度の駈」(一四八頁)参照。
六　歩行の進み具合。
七　哺乳類奇蹄目で、角は漢方の解熱薬。実際は蹄は割れていないが、『和漢三才図会』の「犀有三蹄」に依った知識。

ふやつ、爪が割れて居るによつて、波を走ること、飛んだこつた」一「ハテナ。しかし、馬は爪が割れてなけれど、道が早い。あれは、どうしたものだ」「あれは、爪が割れて居ぬから、まだ人が乗られる。あれが爪が割れてみやれ。不断《ふだん》二飛ぶやうで、なか〳〵人が乗られるものではない」「牛はどうしたものだ。あいつは爪が割れて居れど、道が遅いは」「あれか。あれは爪が割れて居るから、道を歩く。あいつが爪が割れぬと、だいなし三、動くこつちやない」。

○煙草入《たばこいれ》

古代《こだい》の裂《きれ》四にて煙草入を数々こしらへ、味噌を上《あげ》五る者あり。望んで見れば、いかにもおもしろき裂あり。「まづ、この錦《にしき》は、いかふ結構な裂そうにござります。これはいつ頃の裂でござります」「それは、実《さね》盛《もり》が錦の直垂《ひたたれ》六の裂さ」「いかさま、そふもござりませう。又、この蝶のちら〳〵見へますは」「それこそ、曾我《そが》の五郎が半切《はんぎり》七の裂でござる」

一 大変な、驚くべきことだの意の通言。「飛ぶように波を走る」に「飛んだ事」をかける。

二 絶え間なく。いつでも。

三 まるで。全く。

四 古代の織物の切れ地。主に茶の湯等の袋物や掛軸の表具に用いた貴重品。

五 自慢する。

六 木曾義仲との戦いに、老雄斎藤実盛が若大将用の錦の直垂を着た故事。

七 曾我物などの荒事に使う能や歌舞伎の衣装。五郎の半切は蝶の模様。

「して又、ここに白地《しらじ》の裂に赤い所の見へまするは」「そりや、牛若の大口《おおくち》[八]の裂、その赤い所は、井垣《いがき》[九]の模様の切れたのでござる」「さて、よくお集めなされました。どうして、こふは集まりました」「みんな、人形屋で貰つて来ました」。

○鞠《まり》[一〇]

鞠にはまつた[一一]息子へ、親父、遠廻しの異見《いけん》。いかな事[一二]聞入れねば、ある時呼びつけ、油をとりて[一三]、「九損一徳《くそんいっとく》[一四]、何の役に立たぬ芸、向後《きょうこう》ふつつりやむべし。鞠があれば蹴《け》たくなる。その鞠、うつちやつてしまへ」といふに、息子、しほ〳〵と鞠を出《いだ》し、手代を呼び、「今まで、もてあそんだこの鞠、無下《むげ》[一五]に捨つるもあんまりじや。せめて庭の隅を掘つて埋め、しるしに柳[一六]を植へてくりや」*。

八　裾口の広い袴。
九　神社や鳥居の井の字形の玉垣。芝居の牛若の袴は井垣模様。
一〇　蹴鞠の遊戯。上流の遊びが町人層に普及。
一一　熱中した。
一二　どうしても。少しも。
一三　厳しく叱りつけて。
一四　損のみ多くて得るものが少いことの譬え。
一五　むざむざと。
一六　鞠場の四隅には松・桜・楓・柳(略式は柳のみ)を植えた。鞠に縁の深い柳を、思い出に墓じるしとした。
*　「鞠箱」(一四三頁)参照。

○俄《にわか》道《どう》心《しん》一

相店《あいだな》二の八兵衛、欠落《かけおち》三して行衛《ゆくえ》知れず。程少し過ぎて、両国橋の上で、ひたと四出つくわしたところ、ごつそり剃《す》五つた道心姿。でも許さず、胸《むな》ぐら引つとらへ、「コリヤ八兵衛、坊主になつたとて了簡《りょうけん》六はならぬ。いつぞやの八百の貸し、たつた今、返せ」「これ、坊主になつたと思つて、安くするな七。かうなつても、心まで坊主にやならない*」。

○盗人

盗人の用心に、親父、蔵に寝る。それでも盗人来て、家尻《やじり》を切り八、まづ一人、蔵の内《うち》へ入《い》れば、外《そと》の一人は、持出す道具受取る手筈《てはず》九で、しやがんでゐたり。ときに親父、目をさまし、壁に穴の明いたるは合《が》点《てん》ゆかずと、件《くだん》の穴より頭《あたま》をさし出したるに、外に居る盗人、「ム、、薬罐《やかん》一〇から先か*」。

一 俄坊主。
二 同じ家主の借家人。
三 無断で他所へ逃亡すること。夜逃げ。
四 ぱったりと。
五 根こそぎ。残らず。
六 勘弁。許すこと。
七 見くびる。馬鹿にする。
* 「貞髪」(一一二頁)参照。
八 家や蔵などの隅の壁を切って忍び込むこと。
九 手順。手くばり。
一〇 やかん頭(禿げ頭)を本物の薬罐と錯覚。
* 落語「やかん泥」の原話。

○挑《ちよう》灯《ちん》

夜ばなしの帰り、みち〳〵家来と咄しながら戻れば、家来も咄しが尽きて、「もし旦那、この挑灯には、なぜ鎖《くさり》[11]をつけたものでござります」「それは、ひよつと[12]理《り》不《ふ》尽者《じんもの》[13]が切つた時、切れ離れぬ用心じや」「シテ、その時は、だれが持ちます[14]」。

○浪　人

「雨の降る日は真《しん》の浪人[15]」と来て、晴間まつ張肘《はりひじ》[16]の門口《かどぐち》、おあまり貰《もらい》[17]が立つて、「おあまり下さいませう」。浪人、くすみ返つて[18]、「あまらぬ」。

○馬　鹿　娘

なんぼ馬鹿でも十七なれば、もふ袖を留《と》めてやつたがよいと、袖つ

一一　武家が使う弓張提灯に付いている鎖。
一二　万一。不意に。
一三　狼藉者。非常識な乱暴者。
一四　自分は捨てて逃出すから。
一五　慶紀逸選高点付句集『武玉川』七篇十五丁に載る句。雨天は外へ働きに出られず全くの失業浪人で、お手上げの意。
一六　懐手して肘を張る。
一七　残飯貰いの乞食。
一八　まじめくさって。

めた日[一]、近所の若い衆《しゆ》来て、「こりやお娘《むす》[二]、袖留《そでとめ》[三]めでたい。どりや見たい」といへば、娘、右の手をあぐる。「コリヤ、どふもいへぬ」といふ時、娘、左の手をあげ、「こつちやも[四]」。

○蕣《あさがお》[五]

朝とく[六]起きて、楊枝《ようじ》[七]遣ひながら、垣の透間《すきま》から隣を覗けば、寝みだれ姿の娘、縁側に腰かけ、朝顔の花をながめて居る。「これはかわゆらしい」と、息《いき》もせず覗き居たるに、庭に下《お》り、瑠璃《るり》[八]に咲いた一輪《いちりん》をちぎり、手のひらへのせて見る風情《ふぜい》、どふもいへず。「歌でも案ずる[九]よ」と、いよ〳〵ゆかしく見て居たるに、今度は葉を一つちぎりたり。何にするぞと見て居たりや、チンと、鼻をかんで捨てた。*

○鼻捻《はなねじり》[一〇]

殿の御好みで出来た鼻ねじり、お預け遊ばされたにより、紙袋《かんぶくろ》をこ

一　娘用の振袖から大人並みに袖丈を短く詰める。
二　他人の娘の愛称。
三　女性が一人前の成人になった祝いをされた。
四　左の袖も同じなのに。
五　朝顔。当時は広く観賞用に愛好された。
六　疾く。早く。
七　歯磨きの楊枝。
八　紫色を帯びた紺色。
九　考える。思案する。和歌は当時優雅な文芸。
*　「夕顔の花で洟(はな)かむおばゝ哉」(『おらが春』)の句もある。
一〇　馬の鼻先を挟んでねじ回し、暴れ馬を静めるために使う棒。

しらへ、これに入れて御次《おつぎ》の間《ま》[一一]にかけたところ、白ふて見とむなけれ[一二]ば、『御鼻ねじり』と書付けたが、御鼻ねじりでは、旦那[一三]の鼻をねぢるやうなれば、書直して、『鼻御ねじり』。

○鶉《うずら》[一四]

鶉好かせ給ふお大名、承り伝へ聞くに、参る者へは御料理など下され、甚だ悦《よろこ》ばせ給ふよし。お出入りの宗匠衆《そうしょうしゅ》[一五]を頼み、「私《わたくし》もきつい[一六]鶉好き」と申入れて、暁《あかつき》起きし行《い》[一七]たところ、さすがお大名のお手の廻つた事[一八]、朝つぱらからいろ〳〵のむまごと[一九]。酒たらふく下され、飲み食らひして居るうち、「チ、ツクワイ」[二〇]との一声《ひとこえ》。肝をつぶして、「あれは、何でござります」[二一]。

○御《お》髭《ひげ》

御大名、御髭を剃《す》らせ給ふ時分《とき》、お舌でお鼻の下や御頰《ほお》べたをふく

一一　貴人の居間の次の間。
一二　「白くて見っともない」の訛り。
一三　奉公人が主人を呼ぶ語。殿様。
一四　キジ科の鳥。豪放な鳴声が武家に好まれ、愛玩用に飼育が流行した。
一五　歌道・茶道等の師匠連中。
一六　大変な。非常な。
一七　『類船集』に「暁―鶉飼」とあり、鶉の鳴声は朝がよいので早起きし。
一八　手配りが行届いた。
一九　旨事。御馳走。
二〇　鶉の鳴声。
二一　御馳走目あての連中で肝心の鳴声も知らぬ。

御　髢

21　鹿の子餅

らませ給ふ。「なんと、おれが髭を剃る時、舌を巻いてはたらかせ、一ふくらませるで、剃りよくはないか」との御意《ぎよい》。二「イヤハヤ、格別仕《つかまつ》りやう三ございます」「その筈、これはおれが工夫《くふう》じや」*。

○剣術指南所《けんじゆつしなんどころ》

『諸流剣術指南所』と筆太《ふでぶと》な看板。人物《じんぶつ》くさき四侍来て、「何流なりとも、わたくし相応の流儀、御指南下され、御門弟になりましたい」との口上《こうじよう》。五「其元様《そこもと》六は、表の看板を見て、お出《いで》でございますか」「左様でございます」「ハテ、埒《らち》もない。七あれは盗人の用心でございます」*。

○蜜《み》柑《かん》

分限《ぶげん》八な者の息子、照りつづく暑さにあたり大煩ひ。なんでも食事進まねば、打寄つて、「何《なに》ぞ望みはないか」との苦労がり。九「何《なん》にも食いたうない。そのうち、ひいやり一〇と蜜柑なら食ひたい」との好み。安い

一 動かして。
二 仰せ。
三 特別やりやすく。
* 「潮吹やお多福をして髭を剃り」(『柳多留』二三・31)が同じ情景。
四 人品風采がすぐれてみえる。真面目そうな。
五 挨拶の言葉。
六 そなた様。
七 とんでもない。
* 類話→補注一
八 金持。富裕な商人。
九 心配の仕様。
一〇 「ひやり」の強め。

事と買いにやれど、六月の事なれば、いかな事なし[一一]。ここに須田町《すだちょう》[一二]に、たつた一つあり。一つで千両、一文ぶつかいても[一三]売らず。もとより大《おお》身代《しんだい》の事なれば、それでもよいとて千両に買い、「さあ、あがれ」と出せば、息子うれしがり、枕軽《かろ》く起上り、皮をむいた所が、十袋《とふくろ》あり。にこ／＼と七《なな》袋食ひ、「いやもふ、うまふて、どふもいへぬ。これはお袋様へ上げて給《た》も」と、残る三《み》袋、手代に渡せば、手代、その三袋を受取つて、みちから欠落《かけおち》[一四]*。

○医　案[一五]

これも一人息子、よほどの日数《ひかず》をぶら／＼わづらひ、薬や針の験《げん》[一六]も見へねば、親父苦労がり、少し通り者を出し[一七]、心安い若い衆《しゅ》をひそかに招いて、「市之丞《いちのじょう》が病気、引つこんでばかりの養生は、結句《けっく》[一八]、めづらいで[一九]悪い。貴様たちは不断《ふだん》も心安いは、こんな時じや。ちと誘ふて、遊び所《しょ》へ連れて行て、気を転じさせて下さい」との頼み。得手《えて》に帆《ほ》[二〇]と

一一　全く。何としても。
一二　東京都千代田区神田須田町。「諸国より送り来る水菓子問屋軒を並ぶ」（『狂歌江戸名所図会』）とある。
一三　「打ち欠く」の促音。一文欠けても。
一四　三袋で三百両と錯覚、途中から持ち逃げ。
＊　落語「千両蜜柑」の原話。
一五　医療の工夫。
一六　鍼治療の効果。
一七　物分りをよくする。粋を利かす。
一八　むしろ。かえって。
一九　気がつまって。
二〇　好機到来と利用する譬え。待ってましたと。

請合《うけあ》い、息子に遊びすすむれど、一円《いちえん》すすみなく[一]、「どこへも出るは、いや」との挨拶。「そうでは済まぬ。そんなら船は[二]」と、いろ〳〵に言へば、「何もかもいや。しかし、芳町《よしちょう》[三]なら遊んでみたい気もある」といへば、「安い事」と、親父に内《ない》々語れば、「どこでも大事ござらぬなれど、ちよつと医者殿へ聞いてみての事にして下さい」と念を入れて、すぐに医者殿へ行《い》て、「さて、市坊《いちぼう》もおかげでよほど心よふ、食《しょく》好《ごの》み[四]が出ました。『どふぞ芳町へ遊びに参りたい』と申しますが、どうでござりませう」「イヤ、それはちと許しにくい。野郎《やろう》[五]はうま過ぎて、もたれる[六]」と不承知の体《てい》。「しからば、内《うち》にきれいな二才《にさい》[七]がござります。これを用ひませうか」「いや〳〵、地穴《じけつ》[八]は毒気《どっき》がある。これもなるまい」「それでは、せつかくの好みが無《む》になります。どふぞ御了簡《りょうけん》[九]をなされて下されませ」「ハテ、困つたもの」と、机の上から、こまかに書いた大冊の書物《しょもつ》取出《いだ》しひらき、眉に皺よせ、繰返し見、「ハヽア、あるは〳〵」「何でござります」「寒《かん》ざらしの奴《やっこ》[一〇]のけつがよ

一 全く気が進まず。
二 隅田川の舟遊び。
三 中央区日本橋芳町。陰間(男娼)茶屋で有名。
四 病気時に出る食欲。
五 野郎頭の役者や陰間のこと。
六 味が濃厚すぎる。
七 未熟な若者の卑語。ここでは丁稚や小僧。
八 素人の男色。
九 了承。許可。
一〇 尻をからげて寒さに身をさらす下僕の尻。流行の小唄にも「奴の尻は寒ざらし」とある。寒中にさらした食品は、あくが抜けて毒気が少いことにかける。

い」。

○下　女

「どふだ、おさんどの[一一]。久しい[一二]。どこへござる」「けふは宿下《やどお》り[一三]に出やした」「して、今年《ことし》はどこに居さつしやる」「アイ、今年は下谷《したや》の餅屋に居やす」「なに、餅屋。そんなら、だいぶ餅を食ふだあらうの」「なあに、去年は湯屋に居たけれども[一四]」。

○初　夢[一五]

宝船《たからぶね》[一六]敷いて寝たあした、友達へ人を廻し、呼び集め、亭主、何やら大喜びの体《てい》。神棚へ御酒《みき》をあぐるやら、客へは酒肴《さけさかな》出すやら、上を下への大騒ぎ。「なんでも初春早々《はつはるそう》、めでたい事と見へた。どんなこつちや[一七]。おらも、ちつとあやかりたい。言つて聞かしやれ」「されば、聞いてくりや。ゆふべ、めでたい夢を見た」「何を見やつた」「丸漬《まるづけ》を

一一　下女の通名。
一二　久しぶり。
一三　奉公人が休暇で親元や請人の所へ帰ること。
一四　商売物に手を付けぬのが習い。湯屋奉公でも商売物の湯に日に何度も入らなかった。
一五　正月二日に見る夢。
一六　七福神を乗せ、回文の歌を書いた縁起物の絵札。正月二日の夜、枕の下に敷いて寝ると吉夢を見るという。
一七　「事じゃ」の訛り。

見た」「なに、丸漬を見た。丸漬がなぜ、めでたい」「ハテ、一富士《いちふじ》二《に》鷹《たか》[一]、南無三[二]、まちがつた」。

○田舎者

田舎者、はじめて堺町《さかいちょう》[三]へ行き、芝居見物して帰りけるを、「けふは芝居へござつたげな。どつちへござつた」「たしか勘左衛門[四]とやら勘三郎[五]とやらへ行きましたが、何がはや、悪い日行き申して、ろくだま[六]、狂言[七]はしもうしなんだ」「それはさん〴〵であつた。そして、どんな事がござつた」「逆沢瀉《さかおもだか》の鎧《よろい》とやらがなくなつた[八]とつて、一日ハイ、その騒ぎでしまいました」。

○新五左殿

新五《しんご》左《ざ》[九]殿《どの》

俳名《はいみょう》なくて為《ため》になる客と来て居る[一〇]お国の御家老[一一]、たま〴〵家内《かない》引連れ、江戸への出府《しゅっぷ》。出入りの町人、芝居振舞い、翌日機嫌ききに参れ

一 「三茄子」と続けて縁起のよい夢をいう成語。
二 しまった。三番目の失敗にひっかける。
三 中央区日本橋蠣殻町の北にある芝居街。
四 勘三郎の縁で、烏勘左衛門などを連想した。
五 六世中村勘三郎。中村座の座元。
六 ろくに。
七 芝居。歌舞伎狂言。
八 曾我物で兄弟が着る鎧。重代の鎧が紛失し探す筋の芝居は多い。
九 「新五左衛門」の略。江戸に馴れぬ不粋な田舎侍、野暮な屋敷者の蔑称。
一〇 俳号を付けたがる半可通は廓で敬遠された。
一一 無粋堅物の国家老。

ば、直《すぐ》に居間へ通され、丁寧の礼。町人は本田《ほんだ》屋《や》銀次《ぎんじ》郎《ろう》一二、当世しゃれのひつこぬき。一三「昨晩もそつと茶屋に御座なされましたら、奥様や嬢様へ、露友《ろゆう》が唄《うた》一四お聞かせ申し、一瓢《いっぴょう》が身一五もお目にかけませうと存じましたに、お急ぎ遊ばしまして、早ふお帰り遊ばし、残念にござります。また近い内、船を申付けませう」などと、くるめかけ一六れば、「いやもう、きのふはいかゐ世話。めづらしい江戸芝居見物して、皆もよろこび申す。さて、あの祐経《すけつね》一七になつた役者は、何といふ役者でおじやる」「あれは、松本幸四郎一八でござります。世間で、かの親玉《おやだま》一九〳〵と申すでござります」「なに、親玉とは、あれが事でおじやるか。いやはや、よい人品《じんぴん》、何を言ひつけても、勤め兼ねまい男。いかうさし働き、分《ふん》別《べつ》もあると見受け申した。それにつけても、あの音八郎二〇がたわけは」。

○雪隠《せっちん》

兵法《ひょうほう》二一の師匠の所へ、大水《おおみず》の見舞に行きてみれば、床上《ゆかうえ》へは上げず。

一二　当時流行の本多髷や銀煙管からもじった通人や洒落者の通名。
一三　洒落者の第一人者。
一四　荻江露友の長唄。
一五　芝居の声色物真似の名手海上一瓢の身振り。
一六　巧みにまるめこむ。
一七　曾我物芝居の敵役、工藤祐経。
一八　二世松本幸四郎(四世市川団十郎)。「木場の親玉」と呼ばれた。
一九　第一人者、頭分の通言。芝居の座頭、ことに市川団十郎を指す語。
二〇　道化役の名人嵐音八。芝居を知らず、幸四郎同様に「郎」を付け、役柄を地の性質と誤解。
二一　剣術などの武芸。

師の坊、雪隠と見へて、雪隠にて声あり。その声、はねるたび〳〵、尻をひねる様子にて、「トウ〳〵[一]、どこへ〳〵」との掛け声。トヾ[二]、はづしそこないしや、ぴつしやりと、尻へはねる音したれば、「南無三、相討《あいう》ち[三]になつた*」。

○小便

雪の夜中、小便つまりて目さめ、起きて立出で、雨戸明け[四]にかかつた所、氷《こお》りついて、いかな事、明かず。仕方なければ、敷居《しきい》へかがんで小便をたれかけ、さて、明けてみれば、氷とけて[五]、ぐわらりと明いたり。よし、と言ひて出たところが、何も用なし。

○悔《くやみ》

神道者《しんとうじや》の親父《おやじ》が死んだ時、くやみに行き、「さて、親父様はこの間、高間《たかま》が原《はら》[六]へお出でなされましたげな。お力落し、申しませうやうもご

一 剣術の掛声。
二 ついに。掛声「トウトウ」を利かす。
三 双方が同時に相手を打つこと。
＊ 「雪隠」(三一二頁)参照。
四 当時便所は多く路地か、雨戸を隔てて母家に接して建ててあるので。
五 小便の暖かみで。
六 高天原。天上界。神道では死後に霊魂が永住する聖地とされた。
七 釆女が原。中央区木挽町四丁目東側の馬場。昼間は歓楽地だが夜は街娼が出没した。「高天原」を「釆女が原」と失言。

ざりませぬ」との口上。おもしろし、おれもその通りにやらかそうと行き、「さて、お力落し、申しませうやうもござりませぬ。親父様は此中《このじゆう》、うねめが原[七]へお出でなされましたげにござる」。

○屁

初会《しよかい》[八]の座敷、女郎《じようろ》、ぶいとの仕《し》ぞこない。若い者[九]ひつかぶり、「旦那御免、『出物腫物所《でものはれものところ》嫌わず[一〇]』」と、頭《あたま》をかけば、客もさるものにて、『ひつたものこい[一一]』との事か。コリヤ、放屁《ほうび》をやり山《やま》[一二]」と一分《いつぷん》はづめば、「ぶいではない[一三]、粋様《すいさま》」といただき、「さあ、お床《とこ》[一四]にいたしませう」と出て行く廊下、女郎も何くわぬ顔で続いて出、上草履《うわぞうり》ゆたかに鳴らして呼びかけ、「八兵衛や、はたらいてやつたによ[一五]*」。

○文盲《もんもう》

臥《くたびれ》のびれの字は、五偏《ごへん》に卜《ぶん》の字と覚へたやつ[一六]、書画《しよが》の咄しの中

八　遊女が初めての客の相手をすること。
九　妓楼で働く男衆。
一〇　屁や腫物は時や場所を限らず出るとの成語。
一一　「放(ひ)った者来い」と「ひたもの(一途に)通って来い」をかけた。
一二　褒美をやろうの洒落言葉。語尾に「山」を付ける通人用語。
一三　おならの音「ぶい」に「不意(気)」をかけた。
一四　客と遊女が寝所に入ること。
一五　自分がうまく働いた(放屁)のにと、恩着せがましく言った。
＊　類話→補注二
一六　「臥」の草書体を、読める字で覚えた無学者。

へ罷出《まかりい》で、「下谷《したや》和泉橋《いずみばし》通り一に居《い》られます、唐様《からよう》二とやら唐流《からりゅう》とやら書かれる人は、達者そうな手三なれど、ひとつぱも四読めませぬ。いかふ艶《つや》のない、きたない手でござる」「それは、誰でござる」「その書いた物に、すなはち名も書いてござつた」「何さ」「[illegible]《せきちゅうべい》五さ」。

○恋病《こいやみ》

恋は女子《おなご》の癪《しゃく》の種《たね》六、娘ざかりの物思ひ寝、ただではない七と見てとる乳母、しめやかに問ふは、「お前の癪八も、わたしが推量違ひはあるまい。誰さんじや、言ひなされ。隣の繁《しげ》様か」「イヽヤ」「そんなら、向ふの文鳥《ぶんちょう》様か」九「イヽヤ」「してまた、誰じやへ」。娘、まじめになり、「誰でもよい」*。

○無筆《むひつ》一〇

「物申《ものもう》」一一「ドレイ」「北佐《きたさ》野《の》三《さ》五《ご》右《え》衛門《もん》一二、御見舞申します」「今日《こんにち》は

一 下谷組を称する文人墨客が多く住んだ地域。
二 江戸中期流行した中国の書風を模した書体。
三 筆跡。文字。
四 一葉も。少しも。
五 唐様の書家関思恭（かんしきょう）。草書のため、本名の関忠兵衛と誤読した。
六 女性は恋の思いで癪を起す。『譬喩尽』の成語だが、俗曲等にも多用。
七 何か理由がある。
八 胸や下腹部の激痛。
九 明和頃流行の俳名。
＊ 「お姫様誰でもいいとお煩い」（『見利評万句合』寛政四）は同想句。
一〇 読み書きのできぬ人。

旦那、まかり出ましてござります」「しからば、御《お》玄関帳《げんかちよう》[一三]へ記《しる》され、お帰りの時分、宜《よろ》しう仰せ上げられて下されませう」「イヤ、わたくしは無筆でござります。そこもと様御自筆に、帳面へ御名をお書きなされて下さりませ」「拙者も無筆でござります」。二人「ハテ、困つたものだナア」。客「しからば、かう致しませう」。取次「どうなされます」。客「参らぬ分《ぶん》になされて下され*」。

○海鼠腸《このわた》[一四]

御肴《おさかな》に今出す海鼠腸、料理人、お風味《ふうみ》をするとて[一五]、ずる〳〵とのむところ、「やれ、今お座敷へ出すのを、みんなにしては[一六]済まぬ」と側《そば》からいわれ、引出しながら、「こいつ、出這入《ではい》り[一七]にうまいやつだ」。

○牽頭持《たいこもち》

西の国の御家中《ごかちゆう》[一八]、品川[一九]に奢り、翌《あす》は立つて国元へ行かるるまで、牽

一一　武家屋敷での訪問客と玄関番の応答の文句。
一二　明和頃流行の「きたきたさの讃岐の金毘羅」をもじった人名。
一三　武家屋敷で玄関に備えていた来客名簿。
＊　落語「三人無筆」の原話。
一四　なまこの腸の塩干。酒の肴として珍重。
一五　味見をする。
一六　全部食べ尽しては。
一七　つるつるして、飲込む時も引出す時も。
一八　九州の大名の家来。
一九　東海道最初の宿場で妓楼が多く賑わった遊里。

頭持には一分《いちぶ》[一]もくれず。大方《おおかた》見送りに行つたなら、暇乞《いとまご》ひの時、はづまれうと思ひ、四五人言合せての送り。六郷《ろくごう》[二]の万年屋《まんねんや》[三]でも沙汰なく、駕に乗らるる時、顔を見て居れば、「みな、さらばじや。随分まめ[四]でゐやれ」と、駕の戸ぴつしやり立てて行く。跡《あと》見送り、「誰が、まめでゐるものだ」。

○名《めい》所《しょ》知《しり》

「わしは歌まくら修行[五]して国々をめぐり、名所旧跡、どこでも問ふて見さつしやい。知らぬ所はない」「それはうらやましい。そんなら問ひませう。まづ嵯峨《さが》とやらは、どんな所でござる」「嵯峨といふては、都《みやこ》第一の風景。大井川[六]とて石の流れる川もあり、向ふは金谷《かなや》、こちらは島田、鱠《なます》の名所でござる」「八《や》つ橋《はし》[七]のかきつばたは」「それは業《なり》平《ひら》の昼めし食はれた所。花の時分は、いやはや、見事なことさ」「よし沢のあやめ[八]は」「沢中《さわじゅう》一面のあやめ[九]、どうも言われた所じやござら

一　祝儀の金。
二　大田区南部、多摩川下流左岸の地名。
三　六郷を越した川崎で有名な奈良茶飯屋。
四　達者。丈夫。
五　和歌に詠まれた諸国の名所をたずね歩くこと。
六　嵐山を流れる大堰川。東海道の島田と金谷間の大井川と混同。
七　『伊勢物語』第九段で有名な愛知県知立市にあるかきつばたの名所。
八　上方の女形役者、三世芳沢あやめ。
九　人名の「あやめ」を植物と誤解。

ぬ」「松しまの茂《も》平治《へいじ》は」一〇「これがまた、大きな禅寺じや」一一＊。

○試合

「先生、この間、試合に参つた者がござりましたげな。さだめて手ひどい目にあわせて遣はされましづら」一二「なるほど、いやもう、まだ〳〵至極未熟な剣術、立合はねば、おくれた一三などと存ずるがいやさに、大人気《おとなげ》ないとお叱りでござらうなれど、立合いました。敵、竹刀《しなえ》をふり上げ、真《ま》一文字《いちもんじ》に打つて参るところ、さそく一四の早業《はやわざ》は、ここじや」「どうなされました」「額《ひたい》でうけた」。

○上《あが》り兜《かぶと》一五

「ちんぼうの看板たてる幟《のぼり》かな」一六と、人にも祝われた息子、その母、のろまの玉子一七をのむと夢見て孕《はら》みしゆへにや、二十《はたち》越へても古今の抜《ぬけ》作《さく》一八。四月の始めから二階へ引き籠つて何をするか知れず。五月の節句《せっく》

一〇　道化役者松島茂平治。
一一　松島の瑞巌寺などから寺の名と誤解。
＊　上巻「領解ちがひ」（一八九頁）の再出話。
一二　「したでしょう」の方言訛り。
一三　気遅れした。尻込み。
一四　早速。機敏。
一五　五月の節句に飾るおもちゃの兜。布や紙製。
一六　「五月の幟は珍宝（男児の象徴）のいる証拠」の句意。出典未詳。
一七　愚か者の玉子の意。
一八　大変な馬鹿者。

試　合

前に出て来て、「先途《せんど》一から、ちつとばかり細工《さいく》をいたしました。これ売つて、小遣銭《ぜに》にでもなされませ」と、美しい裂《きれ》ではりぬいた上り兜。二親《ふたおや》も肝をつぶし、人にも吹聴《ふいちょう》し、「日頃は足らぬやつと思ふていたが、大きな相違」と賞めちぎる親馬鹿。その上り兜も、時節の物とて早速に売れ、思ひ寄らぬ銭もうけ。聞く人舌を振ひし。二また、八月の始めから二階ごもり。今度は何が出来るぞと思ふて居た所、九月節句三前に出て来て、「先途からこしらへました物、お目にかけませふ」とのこと。「今度は何ンじや。早ふ見たい」といふに、出した所、又上り兜。四

○炮《ほう》禄《ろく》五売

霞《かすみ》が関《せき》の辻番六の前で、炮禄売、仲間《ちゅうげん》七に逢ひ、国者《くにもの》八とてしみ〴〵との咄《はな》し。「さて、久しうて逢ふた。まづ貴様も、まめでめでたい。ときに、どうぞ酒でも買つて振舞いたいが、ここはお屋敷の中《なか》、酒屋は遠

一　先度。先頃。
二　舌を巻いて感心する。あっけにとられる。
三　九月九日の重陽の節句。
四　馬鹿の一つ覚えで、季節外れの作品。
五　縁の浅い素焼きの鍋。
六　武家屋敷町の辻に警備のため設けた番所。
七　武家などの下僕。
八　同郷の人。

し」と、少し案じる身[九]ありて、うなづき、炮碌を一つ[一〇]手にとると、辻番から、「そこをごみ[一一]にせまいぞ*」。

○料理指南所《しなんどころ》

『料理指南所《じよ》』と看板かけて、小ぎれゐな格子づくり。弟子にならんと、朝とく来て案内乞へば、髭《ひげ》むしや〳〵と生へた仏頂面《ぶつちようづら》の男、取《とり》次《つぎ》に出でて、「まだ休んでごんす[一二]。ばか〳〵しい早いござりやうだ。昼過ぎにごんせ」と、懐手《ふところで》でのあしらい[一三]。一先づ帰り、八《や》つ時分[一四]に来て案内乞へば、かの憎体《にくてい》なやつ、不承〳〵の取りつぎ。内《うち》へ通れば、亭主出で、「ようこそ、お出でなされました。料理御執心《ごしゆうしん》でござらば、御相談申し上げませう」といふに、「それは近頃忝う[一五]ござります。さて、こなたのお取次は、意地の悪そふな人。山下次郎三《じろさ》[一六]と来て居る憎体。あれは御家来でござりますか」「ヱ、、あれかへ。あれは手前の辛子《からし》かき[一七]*」。

九　思案する身ぶり。
一〇　酒代の代りに炮碌一つ打ち破る気になって。
一一　落して砕けた破片で。
*　類話→補注三
一二　「居る」「来る」などの尊敬語。いらっしゃる。
一三　懐ろから手を出さぬままの無愛想な応対。
一四　午後二時頃。
一五　甚だ。大変。
一六　上方下りの敵役役者。明和八年正月中村座出演。
一七　「その面で辛子をかけと亭主言い」(『柳多留』二九・32)の句の通り、辛子は怒ってかくとよく利くとの俗説がある。
*　「目見へ」(七三頁)参照。

○睾《きん》玉《たま》

鎗《やり》もち角内《かくない》[一]、疝気《せんき》[二]で睾玉の大きくなる事、土塚《とつか》[三]のごとし。本道《ほんどう》[四]、外《がい》料《りょう》[五]、手を尽くせども、直らず。外料、もとより長崎流[六]にて、今までかかつた事、直さぬといふ事なし。「これを直さねば、名代《なだい》[七]がすたる。今日は仕方《しかた》あり」とて見舞ひ、本道も来合わせ見て居れば、角内を庭へおろし、耳くじり[八]ぬきはなして、首、中《ちゅう》に打落せば、切り口より流るる血にまじり、無間《むけん》の鐘の手水鉢《ちょうずばち》[九]のごとく吹出す水につれ、件《くだん》の睾玉、次第〳〵にちぢみ、不断の通りになりたり。外料《げか》、鼻を高くし、「なんと、奇妙か」といへば、本道、感心し、「いやはや、奇妙〳〵。しかし、ちつと荒療治だ[一〇]」。

○唐《から》様《よう》[一一]

唐様書《かき》の客ありて、書きちらさるる最中[一二]、鳶《とび》の者[一三]来て、「おらも一

一 槍を持って供する下僕。角内は奴の通名。
二 睾丸炎。下腹痛。
三 横浜市戸塚にいた大睾丸の乞食。「四斗俵より大なり。往来の人あまた絶へず施す」(『続飛鳥川』)とある。
四 内科医。
五 外科医。外療の宛字か、「科」の読み誤りか。
六 西洋医学の蘭方医。
七 評判。名声。
八 短刀をいう卑語。
九 『ひらかな盛衰記』四段目で梅が枝が無間の鐘に見立てて打つ手水鉢。
一〇 睾玉は小さくなったが、死んでしまっては。
一一 当時流行の中国明代

番、書いてもらいたい」と出しやばり、「もしへ、わしにも一枚書いてくだんせ。つがもない[一四]、また、あまくち[一五]な事はいやです。何ぞ豪儀《ごうぎ》な事が書いてもらいたうごんす」といふに、「安い事、何ぞ好んだがよい。詩《し》がよかろふか、語《ご》[一六]がよからうか」と言わるれば、「四《し》の五《ご》[一七]のと、小さい目は気がごんせぬ。ちつとふさ〱しい[一八]が、百千万と書いてくだんせ」「ヲツト、合点《がてん》じや」と筆を点じ、百の字の横の一画《いっかく》書かるると、「イヨ、ひやの字[一九]、出来やした」。

○薪《まき》屋《や》

神田川出水《でみず》[二〇]に、筋違《すじかい》[二一]の薪、こと〲く流れるを、柳原《やなぎわら》[二二]の乞食《こじき》、川端《かわばた》へ出て居て、鳶口《とびぐち》[二三]に引つかけ、流るる薪を引上ぐれば、たちまち乞食が薪屋になり、薪屋が乞食になつた。

の書風を真似た書体。
一二　筆まかせに書く。
一三　火消や土木人足。
一四　たわいもない。
一五　甘口。手ぬるい。
一六　成句・格言の類。
一七　あれやこれやと。もと賽の目から出た語。詩・語を四・五と誤解。
一八　厚かましい。
一九　百の上半部を「ひゃ」の字と読んだ無知。
二〇　明和八年八月の大風・津浪で神田川が出水した災害に即した際物咄。
二一　現在の万世橋辺。河岸に薪屋があったか。
二二　筋違橋下流の神田川土手。露店が多く並ぶ。
二三　棒先に鉄の鉤を付け材木などを引張る道具。

○物《もの》知《しり》

「時頼記《じらいき》[一]の序《じょ》に、将軍宣下《せんげ》[二]といふ事が書いてある。あれはどんな事じや」「あれは、かの源《みなもと》の頼朝公《よりともこう》などが、金《きん》の烏帽子《えぼし》を召して、真中《まんなか》にござると、和田、北条、畠山[三]そのほかの大名、烏帽子素袍《すおう》でならび、真中の頼朝公が、『将軍宣下』とおつしやると、みんなが一度に、『懺《さん》悔《げ》〳〵六根清浄《ろっこんしょうじょう》[四]』」。

○尻端折《しりはしょり》

竹之丞《たけのじょう》寺[五]の開帳[六]まいり。非番[七]連れの二人、両国橋渡りかかつたところ、橋の中ほどで喧嘩。「そりや抜いた」と大騒ぎ。されども、侍が来かかつて、跡へとては戻られまじ、まづ、ずるけたなり[八]では済まぬと、かい〳〵しく、「貴様も尻をはしよつた。おれもはしよる」と、七《しち》の図《ず》[九]までひつからげ、脇差横たへ、刀をぐいと落し差《ざ》し、腕まくりに身

一　西沢一風他作の浄瑠璃『北条時頼記』の略。
二　朝廷で臨時に征夷大将軍の宣旨を下す儀式。
三　頼朝の重臣、和田義盛、北条時政、畠山重忠。
四　「宣下」と「懺悔」が似た音なので、大山詣りの水垢離の掛声をかけた。
五　四世市村竹之丞が再興した本所五の橋にある自性院の俗称。
六　『増訂武江年表』明和八年四月の項に、「本所五之橋自性院にて、信州川東南照寺弥陀如来開帳」とある。
七　当直役でない人。
八　でれっとした格好。
九　七の椎。尻の上部。

ごしらへ。「サア、貴様は能《よ》しか」「能うござる」「能くば[一〇]早く大橋[一一]へ廻りませう」。

○座《ざ》　頭《とう》[一二]

座頭、昼中銭湯《せんとう》へ来て、「御免なされませう。冷物《ひえもの》でござります[一三]」と呼ばわり、風呂へ入つたところ、風呂の中には、人一人《ひつとり》も居ず。座頭、しばらくして、「まづ、かう言つたものさ*」。

○雷《かみなり》

「けふはどうやら降りさうな空」と、案じながらの暑気見舞。御頭《おかしら》[一四]の屋敷近くへ来ると、大粒な雨ばらつき出し、門《もん》に至れば、ぴかりと光つて鳴出す雷。門を駆けて這入《はい》りながらの観音経《かんのんぎよう》[一五]、「うんらいぐうせいでん[一六]」と唱へ、下座敷《げざしき》[一七]の際《きわ》へ行くと、取次、おりて手をつく。雷きびしく鳴るに、「ごうばくちうだいう」と唱へながら、死身《しにみ》にな

一〇　逃げ支度ができたら。
一一　普通両国橋をさすが、下流の新大橋もいう。
一二　按摩や鍼などを生業とした盲人。
一三　銭湯の洗い場や湯槽に入る時の挨拶。「冷えた体で済みません」の意。「ひえもん」とも。
*　「銭湯」(三一六頁)に再出。類話→補注四
一四　武士が直属の上役をさしていう言葉。
一五　『法華経』の「観世音菩薩普門品」の別称。観音の功徳妙力を説く。
一六　経文の一句「雲雷鼓掣電」の音読み。続く「降雹澍大雨」とともに雷除けの呪文。
一七　玄関脇の小部屋。

尻端折

つて[一]ひれ伏せば、取次聞いて、広間の帳付《ちょうづけ》の方《かた》へふり向き、「がうばく十太夫様[二]＊」。

○喜《き》勢《せ》留《る》

客二人あり。煙草盆一面《いちめん》[三]出す。きせる一本あり。一人の客、そのきせるを取り、吹いてみるに通らず。こより[四]をして吸口に通し、吹けども、また通らず。側《そば》の一人、「そのきせる、早く寄こしやれ」といふ。「ハテ、せわしない」と言ひながら、いろ〳〵して通せど通らず。側の客、腹を立ち、「早く寄こしやれ」と、ひつたくりにかかる。「やれ、せわしない」と渡さねば、亭主見かね、勝手の方《かた》を覗き、「コリヤだれぞ、あなた[五]へも一本、通らぬきせるを持つてきてあげろ」。

○豆腐屋

きれいな裏に豆腐屋あり。毎朝早起きして、夫婦名代《なだい》のもろかせぎ[六]。

一　生気も失って。
二　後の呪文を来客の姓名と誤まった。
＊　「雷がきらい降雹十太夫」（『柳多留』一二三別・16）は同想句。
三　鏡や盆など平たい物を数える時の呼び方。
四　紙を細く縒（よ）った物。ヤニ取りに使う。
五　あちらの人。
＊　「喜世留」（六八頁）参照。
六　評判の共稼ぎ。

しかるに起きた時分、[七]一朝《ひとあさ》もかかさずに朝まつりごと。[八]誰いふとなし、ぱつとした評判。ちら〱覗く人も絶へぬやうになりける。ある朝、路次《ろじ》口明《ぐちあけ》六つ時分、[九]かの朝まつりごと見に来た者、大勢おち合い、どや〱と這入《はい》りかかつた所、同じ裏借屋《うらしゃくや》の牢人《ろうにん》原減《はらへり》右衛門《えもん》、[一〇]用事あつて出かかり、朱鞘《しゅざや》の大小、紙子《かみこ》羽織[一一]、編笠手に提《さ》げ、人物《じんぶつ》くさく、[一二]「コリヤ各々《おのおの》。大勢つれ、何用あつて早朝に、この裏へは這入らるるぞ」と、小むづかしく問はれて、皆々もみ手にもじ〱[一三]として、「イヤ、ちとこの裏に見ます物がござりまして、アイ、参りましたでナフ、ござります」と、みんなが顔を見合わせていへば、牢人、のみこみ、「ム丶、それか。そりや、もう済んだ[*]」。

○角力場《すもうば》

釈迦《しゃか》が嶽《たけ》[一四]に仁《に》王堂《おうどう》[一五]ときては、近年にない大入り。札《ふだ》を買つても這入られぬ木戸[一六]の込み合い。仕方なければ裏へ廻り、囲《かこい》を破り、犬のや

七　商売柄早起き。
八　朝方に男女が性交を行うこと。
九　午前六時頃。
一〇　常時腹をすかしている貧乏浪人の通名。
一一　紙製の羽織。安くて丈夫なので浪人向き。
一二　もっともらしく。
一三　詫び事や頼み事をする時の恐縮した動作。
＊　類話→補注五
一四　雲州公お抱えの釈迦が嶽雲右衛門。七尺五寸の巨漢で西の大関。
一五　九州出身の仁王堂門太夫。明和八年東の大関。
一六　興行場の出入り口。当時は深川永代寺の角力興行が中心。

うに這《は》つて入《い》りかかつたところ、内《うち》に居る世話やき[一]見付け、「コリヤ〳〵、そこから這入る所じやない」と、頭を取つて押し戻され、得《え》這入らず。しばらく工夫して、今度は尻から這入りかかつたところ、また、内の世話やき見付け、「コリヤ、そこから出る所じやない」と、帯をつかんで引きずりこんだ。*

○十字《じゆうのじ》

悔《くや》みにきても寄りかかるは[二]傾城《けいせい》の常《つね》、まして無心いふ時[三]のしなやか。たま〳〵のことなりや生返辞《なまへんじ》[四]にもならず、のみ込んだとの安請合いして、「また、いくらほど入《い》る」と聞けば、「それは顔を合せては、言われんしん」[五]といふに、「そんなら、おれが背中へ指で書き給へ」と、大肌ぬぎになつて、背中さし向ければ、「そんなら書きんすによ」[六]と、まづ一の字を人さし指にて、しつかりと書く。「よし、合点《がつてん》だ」[七]とうなづくところ、十の字の竪《たて》の画《かく》、ちりけ[八]の所へ指をつけると、客、身

一 整理管理にあたる世話役の年寄。

* 類話→補注六

二 色っぽくしなだれかかる。

三 物をねだる。

四 いい加減な返事。

五 「言えません」の廓言葉。

六 「書きますよ」の廓言葉。「によ」は強めの語。

七 金一両と承知して。

八 首筋。襟首の下で両肩の中央部の灸点。

をひいて、「ヲツト、そこには灸がある」[九*]。

○将棋《しやうぎ》

「将棋といふもの、人の指《さ》すに、指して指されぬ事はないはづ、指してみよふ」と、駒を無性《むしやう》にならべ、やたらに指し、さて、しばらくよどみ[一〇]、「いかうむつかしくなつた。お手に何」[一一]「王が二枚」[一二]「ホ、ヲ、いやな物の」[一三]。

○大石《たいせき》

裏店《うらだな》へ引越してきた牢人《ろうにん》、世帯《せたい》道具は、さつぱりとなく、ひとつ竈《へつつい》[一四]と飯《めし》焚く焙烙《ほうろく》[一五]一つばかり。見舞[一六]に来る者へ何もないをきつい味《み》噌《そ》[一七]。「惣体《そうたい》、武士たるもの、衣類諸道具、持たぬものでござる。つね自由過ぎると、さあ軍《いくさ》といふた時、身が倦《う》んで困る[一八]。そこで我らは何も持たぬです」「それは聞へましたが、この上《あが》り口の大石《たいせき》は、踏み石

九　十両では困るので。「灸」に「九」を利かす。＊「女郎」(一七四頁)参照。
一〇　指す動きが止まる。
一一　相手の持駒を聞く語。
一二　王将が持駒に、しかも二枚もある筈がない。
一三　二人とも全く将棋の指し方を知らぬ言動。
一四　一つだけ設けた竈。普通は二つ並ぶ。
一五　縁の浅い素焼きの鍋。
一六　家見舞。引越祝い。
一七　大きな自慢。
一八　なまって。疲れて。

とも見へませぬ。何でござります」「それか。それは寒い時、持上げるのじや」。

○唐相撲《とうずもう》[一]

長崎の唐人《とうじん》屋敷[二]へ遊びに行つた時、日本人《につぽんじん》と見ると、虚空《こくう》[三]に相撲を取りたがる。もとより好きの事なれば、取つ組んだところ、なんの手もなく[四]唐人に投げられ、目をまわして起上がらねば、唐人肝を潰《つぶ》し、人参《にんじん》[五]をしたたかほうばらせ、水をのませれば、やう／＼気がつき、見たりや、口にくくんだは[六]人参。思ひよらぬ金をもふけ、味をしめて、「また、相撲はいやか」とすすめる身ぶり。唐人、うれしがつて立合い、組むか組まぬに、わざと負けて目を廻したふり。唐人、袋から何やら出すと見へしが、今度はしたたかな灸[七]をすへた。

○菜売り

一 狂言の曲名にあるが、筋は全く異なる。
二 長崎出島にあった中国人の居留地。
三 むやみに。
四 簡単に。たやすく。
五 朝鮮人参。漢方の滋養強壮剤として高貴薬。
六 含んだ。
七 非常に大きい灸。
八 千葉県市川市真間の弘法寺。紅葉の名所。
九 紅葉を、青菜同様、盛りが過ぎた結果と錯覚。
＊ 「紅葉」(三三七頁)にも再出。
一〇 中央区日本橋芳町。陰間茶屋が多い。
一一 火消や土木人足。

本所《ほんじょ》から来る菜売りに、「なんと、真間《まま》[八]の紅葉《もみじ》は、もふよいか」と聞けば、「ナアニ、紅葉はもふ赤く[九]なりました*」。

○芳《よし》町《ちょう》[一〇]

鳶《とび》[一一]の者、はじめて野郎[一二]を買い、床《とこ》になり、若衆《わかしゅ》に向つて、「モシ、ちつと大屋へでもあづけ[一三]やせうか*」。

○大《たい》銭《せん》[一四]

「四文銭《しもんぜに》[一五]の通用、日々《ひび》に重宝《ちょうほう》。たしかに、今すたつて居る大銭も、近いうちに通用するであらう。その時は太い緡《さし》[一六]が急になくてはならぬ。今からこしらへためて、儲《もう》ける」と、太い緡を綯《な》い溜めるを、隣のやつ見かじり[一七]、「あいつに負けず、おれも儲けやう」と、やがて柳原《やなぎわら》[一八]へ行き、古かねの中の鑿《のみ》と小刀《こがたな》を買い、古風呂敷《ふるふろしき》に包んでひつしよい、朝つぱらから町中《まちじゅう》を、「銭箱《ぜにばこ》の穴を広げう[一九]」。

一二　男娼。若衆。
一三　初めての男色行為にとまどい、難題の裁定を頼む意の「大家に尻を持込む」をかけたか。
＊　「尻にきづ受けて大屋にあづけられ」(『川柳評万句合』宝暦十一・天二)の句もある。
一四　宝永五年発行し翌年廃止した大型の十文銭。
一五　明和五年発行、真鍮銭。一枚で四文に通用。
一六　穴あき銭を刺し通してまとめる細い藁縄。
一七　ちらりと見る。
一八　筋違見付から浅草橋までの神田川南岸の土手。古物商の露店が多い。
一九　大銭が入るように。

○借《かし》雪《せっ》隠《ちん》[一]

不忍弁才天《しのばずべんざいてん》の開帳、[二]参詣群集《くんじゅ》。この島は、むざと[三]小便のならぬ不自由。そこを見込んで茶屋の裏を借り借雪隠。わけて女中方《がた》の用が足り、一人前《いちにん》五文づつときわめ、おびただしい銭《ぜに》もふけ。「これ、よい思ひ付き。おれも借雪隠」と地面[四]の相談。女房異見《いけん》して、「もはや一軒出来たあと、今建てたとて、はやらぬは見へてある[五]。ひらに、よしにさつしやれ」といへども聞かず。建てた日からの大入り。今まではやつた隣の雪隠へは、行く人怪我《けが》に[六]一人《ひとり》もなく、こつちばかりの繁昌《はんじょう》。女房不審し、「どうして、こつちばかりへ人が来ます」と聞けば、亭主、高慢鼻にあらわれ[七]、「なんと見たか。あれはそのはづ。隣の雪隠へは、一日おれが這入《はい》つて居る[*]」。

○九《く》郎《ろ》助《すけ》[八]

一　有料の便所。
二　上野不忍池中島の弁天社開帳。明和八年三月二十一日からの開帳に因む際物小咄。
三　みだりに。軽率に。
四　便所造設の土地代。
五　分かり切っている。
六　全く。間違っても。
七　自慢し得意になった時の形容。
*　落語「開帳の雪隠」の原話。類話→補注七
八　吉原廓内の京町二丁目、俗称新町の東南隅にある稲荷社。
九　『武玉川』初編三十七丁の句。女郎の遠い慮り―無心や紋日は早目にやってくるの句意。
一〇　「女郎」に同じ。

「傾城の遠い思案も遠からず」[九]。随分ぬけめない女臈《じょうろう》[一〇]、駒下駄鳴らし、新町《しんちょう》の稲荷《いなり》様へ参り、やや一時《ひととき》、慾心満々の願ひ事。内陣[一一]の戸帳《とちょう》さつと開き、稲荷の神体あらわれ給へば、神も納受《のうじゅ》[一二]しなんしたとうれしく、何《な》んと言ひなんすと見て居れば、神体無言にして、じろりと顔を見やり給ひ、前なる散銭《さんせん》[一三]箱ひつかかゑて御《お》這入《はいり》*。

○夜発蕎麦《よたかそば》[一四]

夜発蕎麦、一つ辻へ集まり、「さて、惣兵衛《そうべい》と十兵衛、『米が高くて[一五]蕎麦きり[一六]も合はぬ〳〵』と言ふたが、ゆふべから内《うち》へもどらぬといふ事じや。出奔《しゅつぽん》したか、又は狐にでも化《ば》やかされて、どこぞに居るか、何にもせい、可愛《かわゆ》いこつた[一七]。どうで歩《あり》く夜道、手ン〴〵に呼んで、尋ねてやらうじやあるまいか」「いかにも、それがよかろふ」と、面々、箱をかついで立ち別れ、声張り上げて、「蕎麦きり〳〵」。声低《ひく》にして[一八]、「十兵衛やそうべい[一九]」。

一一　神体や本尊を安置する社寺の奥の間。
一二　願いを受け入れる。
一三　賽銭箱。
*　上巻「真如堂の如来来迎の事」(二六八頁)の脚色話。
一四　夕方から深夜まで屋台を引いて売歩く蕎麦屋。
一五　明和七年の旱魃や同九年の大火で「諸色食物の価、常に十倍せり」(『其昔談』)と高騰した。
一六　もり蕎麦。
一七　かわいそうな事だ。
一八　売り声は大きく、肝心の人探しは小声で。
一九　夜鷹そばの売声「入麪(にゅうめん)や素麪(そうめん)」と「十兵衛や惣兵衛」の地口。

○薬《や》罐《かん》[一]

薬罐流れて釜山海《ふざんかい》の湊《みなと》[二]へ寄る。唐人《とうじん》[三]見付け、「替《かわ》つたものが流れてきた」と取揚げ、大勢寄つて、「これはまあ、何であらふ」と、評議まち〱。中でも智恵のあるやつがいふは、「これはどふしても日本《につぽん》の道具じや。その中にもこの格好、大方兜《かぶと》であらう。それに違ひはあるまい」といふに、側《そば》から、「兜にしては口が附いてある。しかも長く附いて居る。これはまた、どうしたものじや」との不審。「ハテさて、知れた事。これをかぶると耳がふさがる。その時脇から物をいふ、その口さ」「なるほど、それで読めた。[四]しかし、そんなら両方にありそうなもの。こつちらにはない。こりやどうであらう」「それも知れた事。寝ころぶ方さ[*]」。

○伊勢物語

一　弦の付いた金属製の湯わかし。
二　朝鮮半島東南端の港。
三　本来は中国人をさすが、外国人一般もいう。
四　訳が分かった。
＊　落語「やかん」の原話。類話→補注八
五　読み書きが上達。
六　女子の古典学習や手

母、親仁《おやじ》に向ひ、「お花もよほど手があがり[五]ました。もう百人一首《しゆ》[六]でもござらぬ。ちと伊勢物語でも読ませたらようござらう」。親仁うなづき、「なるほど、それよかろう。どうで伊勢へは参られず[七*]」。

○通小《かよいこ》町《まち》[八]

あるお公家《くげ》様のお姫様に、思ひ参候《まいらせそろ》の文《ふみ》[九]つけたれば、「今宵より百《もも》夜《よ》通ふて、夜毎に通ふたしるし、車の榻《しじ》[一〇]にきず付けよ。百夜過ぎなば、必ず逢はん」との返事うれしく、雨の降る夜も風の夜も、通ひ〳〵て九十九夜目、車の榻へきずを付け、立帰らんとせしところへ、腰元出でて袖をひかへ、「お姫様のおつしやりまする。『お通ひなされて九十九夜、一夜《ひとよ》ばかりは負けにしてあげませうほどに、わたくしに連れまして、お寝間《ねま》へすぐに参れ』との事」といへば、この男、ただ、「いやはや〳〵」との尻込み。「ナゼ、そのやうにおつしやります」といへば、「アイ、わたくしは日雇《ひよう》[一一]でござります*」。

習の初歩的教材だった。

七　当時、女性の伊勢参りは至難だった。学問と無縁な父親は伊勢国の旅行案内書と錯覚。

＊　明和八年三月初旬から流行したおかげ参りの際物咄。「伊勢物語もったいないと親仁」（『柳多留』二一・8）は同想句。

八　深草少将が小野小町に九十九夜通い、恋を果せず死んだという説話に因んだ謡曲。

九　恋文のこと。

一〇　牛車に付属の道具。轅の軛を支えたり、乗降時の踏み台となる。

一一　日雇い人夫の代役。

＊　類話↓補注九

通　小　町

春章画

○朝鮮人

朝鮮人帰国の時[一]、友達が取巻いて、「なんと、日本《につぽん》ではさぞ珍しい事があつたらう。まづ何が、その内《うち》にも変つた事じやぞ」と問ふに、「いやはや、何もかもめづらし事ばかりであつた。中にもめづらしいは、鞠《まり》[二]といふ物がある。これ、けだものじや。まづ庭へ垣[三]をこしらへ、その垣の内《うち》へ人が四人《よつたり》[四]這入《はい》ると、かの鞠めが出て、無性《むしよう》に人の足へ食らひつく所を、食ひつかれまいと蹴とばすと、又向ふの者の足へ食ひつく。ここでも蹴る。かくする事しばらくあつて、どふした拍子やら、中の一人が足もとへ来る所、はづして踏み殺したりや、屁をひつて[五]死んだ」。

○比《び》丘《く》尼《に》[六]

「足軽の心和《やわ》らぐ前句《まえく》附《づけ》[七]」。その前句より、比丘尼には目が細ふな

一 江戸時代には朝鮮使節が多く来日。『増訂武江年表』明和元年の項に「二月十六日、朝鮮人来」とある。
二 蹴鞠の遊び。鹿のなめし皮で作る。
三 七間半(約十四メートル)四方の蹴鞠の庭。
四 正式は七、八人。町人層に流行したのは略式。
五 鞠を踏付けた際の空気のもれた音を誤解。
六 尼姿の下等娼婦。足軽や下男が主な客。
七 短句の七七の題に五七五を付ける流行の庶民

つて、[八]菖蒲革染《しょうぶかわぞめ》[九]をぐすと[一〇]ぬぎかへ、ぬつと二階へあがり、待てどくらせど敵《てき》[一一]の来ぬに退屈し、呼ばんとせしが、名を聞かねば名も呼ばれず。様《さま》とは慇懃《いんぎん》なり、殿《どの》ではかたし。坊主頭から思ひ付き、二階より覗いて、「早う来たまへ、びくに老[一二]*」。

○押《おし》　込《こみ》[一三]

押込ども相談して、「とかく小さい所はよい仕事にならず」と、越《えち》後《ご》[一四]屋へ這入るにきわめ、「人に傷つけては、呉服物などよごれては、銭にならず。兎角《とかく》この方大勢で手筈をよくし、出るほどのやつ縛《しば》り、猿轡《さるぐつわ》をはめ、柱へくくしつけ、さて心次第に呉服物持出すべし」とて這入つたところ、「ソリヤ押込」といふより駆けて出る手代《てだい》、判取《はんとり》[一五]、下男《しも》[一六]、出るも縛り出るも縛り、片端《かたはし》猿轡をはめ、柱へくくしつけるに、又跡《あと》からも出る。縛れば又出る。縛れば出る。どうも縛り尽くされず、そのうちに夜があけて、烏が「かあ〳〵[一七]」。

的文芸。句の出典不明。
八　目を細めてにやつく。
九　布地に菖蒲の文様を染め出した袴。足軽や見付番・若党が用いた。
一〇　すっぽりと。
一一　相手の女。敵娼。
一二　剃髪した年寄などの呼び方。
一三　人家に押入る強盗。
一四　日本橋駿河町の江戸第一の呉服店。今の三越の前身。
一五　売上代金と帳面を持ち、帳場の番頭から判をもらう役の丁稚。
一六　下働きの雑役。
一七　夜が明けた。越後屋の大店ぶり。

○小《こ》鼓《つづみ》[一]

息子の小鼓、親父以《もっ》ての外《ほか》の立腹。友達へ逢ふてもその小言。友達も気の毒がり、「いや、そのやうにおつしやりますな。主《ぬし》[二]の鼓はいかう器用で、其者《それしや》[三]も我《が》を折ります。[四]まづちと、あの音《ね》をお聞きなされ」と、息子を呼び出し、「さあ〳〵、なんぞ短い事、親父様にお聞かせ申したい。早ふはじめ給へ」といふに、鼓取上げ調《しら》べた[五]音色《ねいろ》、いか様《さま》[六]の妙言《みようおん》。親父も肝《きも》をつぶし見て居れば、息子、鼓を肩よりおろし、その皮へ食ひさき紙[七]をして張らんとする時、親父、「一枚で張れ、一枚で張れ」[八]。

○野《の》等《ら》息子[九]

いがみの権《ごん》[一〇]ときて居る息子、夜更《よふ》けて帰り、火も消へて真暗闇。親父の頭《あたま》に蹴つまづき、「ハア、勿体《もつたい》ない」といふ声、母聞きつけ、「コ

一 能楽や長唄の囃子に使う小さい鼓。肩に乗せて右手で打つ。
二 あの人。
三 その道の専門家。
四 恐れ入る。驚く。
五 音楽を奏する。
六 本当に。たしかに。
七 食い裂き紙。端を口で切り裂いた細長い紙。
八 紙一枚全部では湿りが過ぎ、音が悪くなる。
九 道楽息子。
一〇 いがみの権太。浄瑠璃『義経千本桜』三段目に出てくる鮨屋の弥左衛門の子。典型的な不良息子。

レ、親父どの。こちの息子も心が直つたか、こなたの頭に蹴つまづき、『勿体ない』と言ひました」[二]。息子聞きて、「ナアニ、おらア飯《めし》つぎ[三]かと思つた」。

○糞《くそ》

古人《こじん》の糞を集める奴《やつ》あり。執心《しゆうしん》の客来つて、一覧を乞ふ。亭主よろこびて、香箱《こうばこ》[一三]やうの物、いくらともなく取出《いだ》し見するに、一つ〳〵に見て、「さて〳〵、驚き入りました。めづらしい糞どもでござります。拙者も年久しう好きまして、大概《たいがい》は目利《めきき》[一四]もいたしまする。ちと、あてゝみませうか」といへば、「それはお頼《たの》もしい義でござります。拙者も修行のため、いざ、お目利を承りましたい」「まづこの糞は、時代凡《およ》そ六七百年、しかも勇ある大将の糞。しかし、旅に苦しんだ相《そう》[一五]がござれば、大方、源の義経の糞でござらうやと存じます」「なるほど、義経の糞。お目利、いやはや、神《しん》のごとく[一六]でござります」「さて、こ

二　息子は「惜しい」意の勿体ないを母親は「恐れ多い」意にとり、改心したかと喜んだ。
三　飯びつ。おはち。
一三　香を入れる箱。糞を上品な香同様に扱う。
一四　品物の真偽や良否を見分けること。鑑定。
一五　奥州下りの流浪の旅。
一六　人智を越えた神力のような霊妙不可思議をいう成語。

の糞は、侍かと存ずれば、坊主くさい所も見へ、これもつわもの[一]の糞、時代も義経と同時代と見へますれば、これはもし、武蔵坊弁慶が糞ではござりませぬか」「弁慶でござります。御功者《ごこうしゃ》[二]のほど、感心いたしました。いざ〳〵、とてもの事[三]、その次も承りましたい」「ハ、ア、これはむづかしい。ちと知れかねます」「それはこの方でも、いろ〳〵吟味いたしまするが、知れませぬ」「いや、知れぬと申す事はないはづ。これも弁慶と同じ事で、出家と武士とのひりまぜ[四]に見へまするが、いかう位《くらい》[五]があつて、うづ高う[六]ござります。少し削《けず》りてみましても[七]、苦しうござりますまいかな」「そつとも[八]苦しうござりませぬ。お削りなされませ」「しからば」と削り、「さてこそ知れました。これは最明寺《さいみようじ》[九]の糞でござります」「してまた、それは何で知れました」「ハテ、削つた所に、ちら〳〵粟《あわ》[一〇]が見へます」。

一 強者。豪傑。
二 熟練。巧みな技芸。
三 事のついでに。
四 まざり合った糞。
五 気品。
六 盛上がって高い。
七 香道で香木を削って嗅ぐ吟味法を真似る。
八 少しも。ちっとも。
九 北条時頼の入道名。
一〇 諸国行脚中に佐野常世宅で粟の飯を供された謡曲『鉢木』に依る。

下《ゲ》司《スノ》咄《ハナシハ》屎《クソデ》果《ハツルノ》以《モッテ》ニ古《コ》語《ゴヲ》一、先《マズ》此《コノ》巻《マキハ》是《コレ》切《ギリ》。[二]

話《ワ》稿《コウ》鹿子《カノコ》餅《モチ》　終《オワリ》

二　下賤な者の話は、最初は上品でも終りは下品な話題で終るの譬え「下衆の咄は糞でをさまる」(『俚言集覧』)がある。
三　これで終り。芝居興行などの終演時の口上の決まり文句を用いた。

明和九歳[一]壬辰正月吉日

書肆[二] 江戸大伝馬三町目

鱗形屋孫兵衛[三]板

一 西暦一七七二年。
二 書店。板元。
三 絵本・細見・芝居本・宝舟など手広い出板をした。山野氏。俳号山之。明和九年二月の行人坂大火後、家運は傾き始め、安永六年『早引節用集』売り弘めの廉で没落。

珍話 楽《がく》牽《たい》頭《こ》

（明和九年刊）

解題　稲穂作。小本一冊。題簽は「珍話楽牽頭《がくたいこ》　全」。序題「珍話楽牽頭」。版心は丁付のみ。半面七行・約一四字詰。序一丁半（明和壬辰菊月　稲穂）。口絵半丁。本文六一丁。話数七七。挿絵見開四図。続刊の書名と板元を記した奥付半丁が付くが、これは『近目貫《きんめぬき》』のものかと思われる。

序を記した稲穂の経歴は不詳だが、署名下の印「蘭秀堂」からして、奥付の板元「蘭秀堂　笹屋嘉右衛門」と同一人と見られ、自作自板といえる。書名の「楽牽頭」は、丁付の始めに「岩」「戸」とあるように、神楽に使う楽太鼓をきかせ、同時に口絵に描かれた幇間＝太鼓持同様、笑いをふりまく意も含ませたものであろう。明和九年正月刊の木室卯雲作『鹿の子餅』に次ぐ同年九月序の江戸小咄本の第二作目だが、同書が卯雲の個人創作集の性格を持つのに対し、本書は、「珍話楽牽頭　近頃のはなしの会を絹ぶるひにかけ座興のたねにつづる」（後篇の『坐笑産《ざしょうみやげ》』巻末文言）とある通り、彼が主催した同人連による創作笑話の会「はなしの会」での優秀作を選んで一書にまとめたものである。また、『鹿の子餅』が専門書肆の鱗形屋からの正式出版物なのに対し、本書は稲穂の私版の形をなしており、奥付には「はなしの会」への咄の募集の文言を載せ、「はなしの会」の成果としての続編を予告・刊行している。本書に見られるこの編集・刊行の形式は、「はなしの会」に基く噺本に先鞭を付けたもので、『聞上手』はじめ各組連による競作を促し、安永小咄の盛況をもたらした点でも、『鹿の子餅』に匹敵する役割を果している。

本書は粒よりの佳話揃いで話数も多く、『鹿の子餅』に比べて庶民性に富み、作り手の出身層を反映している。彼はすぐれた笑話編集者であったが、安永二年正月序の『楽牽頭後篇坐笑産』、閏三月序の『坐笑産後篇近目貫』後は、稲穂の名も笹屋の号も消えた。しかし、本書や『坐笑産』には「書林　江戸日本橋万町　上総屋利兵衛板」の奥付の本もあるので、近所の専門書肆上総屋が板木を譲り受けて再板したと思われる。

江戸小咄の佳作にふさわしく、『噺本大系』第九巻（東京堂出版・昭54）はじめ、翻刻は多くある。

珍話 楽《がく》牽頭《たいこ》

序

花見には株《かぶ》一の毛氈《もうせん》二、月雪《つきゆき》には客の尻馬に乗つて三、青楼《せいろう》四、外場《おかば》五の噺《はなし》の梵論《ぼろ》六を買いあつめ、新古《しんこ》のわかちなく、楽《たのしみ》の響《ひびき》を寿《ことほ》ぐに、楽牽頭七と題し、旦那衆の一笑八にもならし。

明和壬辰菊月九　稲穂一〇

一一

一 持前の。
二 芝居の隠語「毛氈をかぶる」の略。女郎買で金を使う。勘当される。
三 便乗して。
四 遊女屋。吉原。
五 岡場所の略。官許の吉原以外の私娼街。
六 有髪の乞食僧をいうが、同音の「襤褸」に通わせ、噺の屑籠の意。
七 雅楽に使う「楽太鼓」に、太鼓持の芸を楽しむ意をかけた。
八 口絵には、旦那の前で、幇間がご機嫌をとり結ぶ図が描かれる。
九 明和九年九月。
一〇 笹屋嘉右衛門の号。
一一 稲穂の別号蘭秀堂の方形陰刻の印章。

口　絵

○山《やま》師《し》[一]

さる御大名、いかなる福神の末葉《ばつよう》[二]にや、大判小判蔵に満ち、金《かね》なき者の思ひにや、毎夜金の精《せい》[三]光り渡るを、殿のお目にとまり、「賤《さも》しき金の仕業《しわざ》よな。急ぎ、金の減るよふな工夫せよ」との仰せ付け。お出入りの山師、申し上るよふは、「長崎海道《かいどう》に広根《ひろね》の松[四]と申すがござります。これを数万《すまん》の人足《にんそく》を召連れ、一鍬《くわ》一両づつにて掘らせましたら、いかな[五]御金も減りませう」。役人ども横手を打ち[六]、早々申し付る。さて、かの松を段々掘つてみたところが、石の唐櫃《かろうと》[七]。「これは不思議」と蓋《ふた》を明ければ、中に打出《うちで》の小槌、金銀湧き出る事、山のごとし。山師、この体《てい》を見て[八]、すぐに欠落《かけおち》[九]*。

一　鉱山事業家。転じて、ぺてん師、詐欺師。
二　子孫。
三　金に宿る霊。
四　根が広く張った松。架空の名所か。
五　どんな多くの。
六　感心した時の動作。
七　唐風の六本脚で蓋の付いた大型の箱。
八　金を減らすどころか逆に増えたので、お咎めを恐れて。
九　夜逃げ。逃亡。
*　唐来三和作の天明五年刊黄表紙『莫切自根金生木(きるなのねからかねのなるき)』に踏襲された咄。

○喜《き》世《せ》留《る》

「煙管《きせる》三千本、急《きゅう》御用。一明朝《みょうちょう》までに持参仕れ」との仰せ付け。サア家内《かない》はもちろん、素人までに手伝わせ、一夜《や》に長羅宇《ながらう》二三千本すげしまひ、夜明烏《よあけがらす》ともろともに三納めに行き、ふと気が付き、「この煙管、出来は出来たが、羅宇の節《ふし》を通さなんだ。アヽ、ままのかわ四」と、役所へ納める。折ふし、ゐこぢ悪い五役人、受取りに出る。煙管屋の心の内はひや／＼もの。やがて役人、煙管の数をあらため、雁首《がんくび》へ親指を押しあて、吹いてみて六、「よし／＼」。

○御寵愛

殿様、御寵愛のお手飼七どもへ、珍しき芸、御覧遊ばされたき仰せ出され、狆《ちん》と猿との相撲八、殊の外のおよろこび。明日烏の番とて、鳥ども寄合《よりあい》を付け九、「おらが中間《なかま》でも、どふぞ、はねを取りたい一〇ものだ」

一　幕府や大名などからの至急入用の注文。
二　煙管の火皿と吸口をつなぐ竹の管。
三　夜明けと同時に。
四　ええ、ままよ。どうにでもなれ、の意。
五　依怙地。頑固で意地悪い。
六　息がもれる不良品かどうか調べる。
七　飼育の愛玩動物。
八　犬猿の仲の取組。
九　相談のため集合して。
一〇　喝采を博したい。はねに、「羽根」を利かす。
一一　御簾(みす)内でなく、

「よしく〳〵、鶯に出語《でがたり》[一一]を勧めさしやう」。

○曲《きよく》馬《ば》[一二]

「かみさんへ。御亭主を浅草へ同道して、帰りに曲馬と出かけるよ」。女房、仏頂面《ぶつちようづら》にて、「魔道《まどう》[一三]へ引つこんでくんなさんな」。

○仁《に》王《おう》

浅草の仁王[一四]が所へ上野の仁王[一五]来り、「どふだ、先生。まづ焼け残らしやつて、めでたい。おれはゆふべ野宿《のじゆく》をした。当分の内、出居衆《でいしゆ》[一六]に置いて下され」「安い事だが、内《うち》も狭し、岡目《おかめ》[一七]とは違つて、所々《しよしよ》の見舞に銭を遣《つか》つて、半焼《はんやけ》[一八]だよ」「泣きごとを言やるな。草鞋《わらじ》ではもふけたろう[一九]」。

舞台に出て語ること。籠の外での出語りなので、逃げぬよう、はねを取る。

一二　馬の曲乗り。明和八年六月、薬研堀埋立地での大坂下り曲馬の際物咄。

一三　悪の世界。吉原行の道筋の馬道を匂わす。

一四　浅草寺の仁王。

一五　上野竹の台中堂の仁王。明和九年二月の目黒行人坂大火で焼失。以後再建されず。

一六　居候。

一七　はた目。

一八　半ば焼けくその意と火事の「半焼」をかける。

一九　名物の大草鞋で普通の何百足分も作れる。

○灸

腰元、旦那に灸をすへ、たび〳〵落すゆへ[一]、旦那に叱られ、次の間《ま》へ来り、「お春どの、わたしが替《かわ》りに行つてくんな」「なぜ〳〵」「聞きなさい。しわい旦那[二]だ。『たび〳〵落すからすへるな』と。一《ひと》かわらけ落して[三]、たかが四文だ*」。

○百足《むかで》[四]

毘沙門《びしやもん》、百足を呼び付け、「不忍《しのばず》の弁天が所が風下《かざした》だ。はやく見舞[五]に行てたもれ」。百足、「かしこまり候」とて、台所にうづくまり居る。「なぜ早く行かぬ」「ハイ、草鞋《わらじ》をはいております*」。

○禿《かぶろ》[六]

深川の仮宅《かりたく》[七]にて、女郎、禿をよぶ。「アイヽヽヽヽヽヽ」[八]と言いな

一 火のついた艾を。
二 吝い。けちな。
三 艾は素焼きの皿に百個載せ覆い紙をして売る。
* 「百灸を落して高が四文なり」(『柳多留』一〇・29)の川柳は、明和九年十月十五日開きの句で、小咄に依った作句。
四 毘沙門天の使い姫。
五 行人坂大火時の火事見舞。
* 「百足旅立サア事だ足袋脚半」(『柳多留』一四六・11)が同想句。
六 太夫に仕える少女。
七 吉原焼失時に期日や場所を限って一時的に廓外で営業を許された妓楼。

がら、そばまで来て、また戻る。そばから客、「千鳥は、なぜ戻る」「返事があまりんす[九]*」。

○契約

御広間にて小姓同士、兄弟分の言いかわせ[一〇]に、互ひの小指を切りし[一一]折ふし、「殿より御召《めし》」と声をかけられ、血は泉のごとく流れ出る。「おつと、思ひ出した。ぼんのくぼ[一二]の毛を、三本抜き給へ*」。

○按《あん》摩《ま》

肩をひねらせけるに、大イの下手《へた》ゆへ、「これ、ぼうさん[一三]。こなさんより、おらがおしな[一四]が、はるか上手《じょうず》だよ」。按摩、胸をおさへ、やがて頭《つむり》をもみ、それより耳のあたりをもみ、ここぞ意趣《いしゅ》返しと、耳へ指をおしこみ[一五]、「はつつけやろうめ[一六]」。

八　禿の返事は長く伸ばすのが通例。
九　仮宅は手狭なので。
＊　類話→補注一〇
一〇　義兄弟を結ぶ誓い。
一一　誠意の証しの行為。
一二　うなじの中央の凹んだ所。「盆の窪の毛を三本抜くと鼻血が止まる」という俗信がある。
＊　類話→補注一一
一三　按摩は主に坊主頭。
一四　信州からの季節労務者「信濃者」を女性化した呼称。
一五　聞えぬようにして。
一六　「磔野郎」の訛り。人を罵倒する語。

○七つ目がね[一]

焼け出されの[二]女郎屋、見世《みせ》を張りたく思へども、女郎といへばたつた一人《ひとり》、いかがはせんと思案最中、友達来り、「おれがいい趣向がある。格子へ七つめがねを張り、女郎だくさんに見せる工夫。なんと、今孔明《いまこうめい》[三]であろうが」といへば、亭主、手を打つて喜び、早々その日より取りかかり、はや見世開きせしに、客、船宿[四]をともなひ、かの謀《ぼう》計《けい》[五]の格子をのぞき、「ここへあがろう」と、若い者へ好《のぞ》みを言へば、「金山さん、[六]お支度」と声をかける。客、のぞき居て、「おつと、惣《そう》仕廻《じまい》[七]ではない」。

○牛《ご》王《おう》[八]

隠居のくすね金[九]、紛失《ふんじつ》し、長屋中寄合い、「衣類も盗むべきに、金ばかり盗みしは心得ぬ」との疑ひ晴れず。てんでの身ばらし[一〇]に、牛王

一 中央に六角、回りに六個のレンズの付いた玩具の覗き眼鏡。一つのものが七つに見える。
二 行人坂の大火で。
三 中国蜀の宰相で軍師の孔明のような知恵者。
四 船宿からの案内者。
五 仕掛けの付いた。
六 遊女の源氏名。
七 遊女を全部買切ること。客には七人の遊女が全員立つと見えた。
八 熊野神社などで出す厄難除けの護符。裏に誓詞や起請を書く用紙。嘘を言うと死ぬといわれる。
九 へそくりの金。
一〇 自分の潔白の証し。

を取りよせ、大屋、ざいをふつて[一一]呑《の》ませし処に、「まだ、仕事師[一二]の太郎が居ぬ。早く呼んでござい」「モシ、太郎さん。早く大屋さんへ来て、牛王をのみなさいと」「アイ、お忝《かたじけの》ふござりやすが、今飯《めし》をたべやした[一三]」。

○目見へ[一四]

日なし貸《かし》[一五]の所へ、目見へ度々来たれども、この亭主、大の念者《ねんじや》[一六]にて、「男がよすぎて、女房もあぶなし、金もあぶなく、湯へ行ても長からうの」と、あじな[一七]所へまで、勘《かん》を付けて[一八]、一円[一九]きまらず。今日来りし目見への人相の悪いのが、大きに気に入り、「給金は望みにまかせん。今まで、どこに居やつた」「ハイ、辛子《からし》かき御用を勤めました[二〇*]」。

○水中の恋

鯉、鮒の娘と密通し、水中のたたずみ成り[二一]がたく、「言《ゆ》い交せしも

一一　采を振る。指図して。
一二　火消・鳶の人足。
一三　牛王を、解熱・解毒・鎮痛の漢方薬の牛黄(ごおう)と錯覚した。
一四　正式に勤める前に試験的に働く奉公人。
一五　貸金の元利を日割りで毎日取立てる高利貸。
一六　念を入れる性格の人。
一七　細かな。妙な。
一八　気を回す。
一九　一向に。さっぱり。
二〇　俗説「怒って辛子をかくと効く」に基く。
＊　「料理指南所」(三七頁)も同想のサゲ。
二一　身を落着ける場所。

目見へ

水の泡《あわ》[一]、いつそ死ぬるがましじや」とて、鰭《ひれ》と鰭とをからみ付け、網《あみ》うち船[二]へ、ひらりと、はね込む。[三][*]

○猿廻し

吉野《よしの》丸《まる》[四]へ猿廻しの船、漕ぎ付け、「新しき芸を御覧に入れませう」「所望《しよもう》じや〳〵」。はや大振袖[五]を着替へさせ、鷺娘《さぎむすめ》[六]の踊り最中、ポンとおならをしければ、座中、興をさます。猿、気の毒がり、まつ白くなつて[七]、「お暇《いとま》申します[*]」。

○化猫

手拭のなくなるを不思議に思ひ、気を付けみれば、裏の明地《あきち》にて猫ども集まり、踊りをおどる。[八]「さてこそ」とて、うかがひ見るに、てんでに手拭を頭《こうべ》へのせて踊る。しまいに三毛猫、みなの手拭を集めて戻る。跡《あと》より、いづくの猫ぞと、したひ見るに、髪結床《かみゆいどこ》へはいる。[九]

一 消えやすく、はかないことの譬え。
二 投網を打つ舟。
三 人間なら水中へ。
＊ 「魚心中」(二七八頁)は同想話、「土のわかれ」(九四頁)は脚色話。
四 隅田川の舟遊びに用いた大型の屋形船。
五 若い女性が着た袖丈を長く仕立てた振袖。
六 歌舞伎舞踊。長唄。
七 恥ずかしく、人間なら真赤になる所だが。
＊ 「真白に成つて黒ん坊腹を立ち」(『柳多留』八六・37)は同想句。
八 猫が踊った奇談は『甲子夜話』巻二・巻七などに見える。

○女郎の野宿《のじゆく》

太夫女郎、禿《かぶろ》をつれて、大火のみぎり、遣人《やりて》とはぐれ、「今夜は野宿をせん」と、緋縮緬《ひぢりめん》の三つ布団に引きかへ、柴の上へ、おのが駒下駄を枕となし、すや〳〵と寝入りしに、禿、駒下駄を取て放り出す。「なぜ枕にせぬぞ」「わたしや、はだしがよふありんす」。

○曲馬の気のばし

雨ふり、曲馬も休みなれば、馬《むま》ども寄合い、気のばしに、おはなを始めける。三升や結綿《ゆいわた》、張り手あれども、大谷《おおたに》は張り手なし。「栗毛や。十町を売ろふか」「ヒヒ、轡《くつわ》はごめんだ」。

○一僕《いちぼく》医者

大家《たいけ》より、いかなる吉日やら、呼びに来る。「ハテ、困つた事だ。

九　当時、髪結床の常連は、自分用の手拭として預けるのが慣習。
一〇　二月の行人坂大火。
一一　遣手婆。妓楼で遊女の監督や客の取持ちをする女。
一二　太夫は通常高い黒漆製の駒下駄を使用。
一三　枕代りの下駄なし。
一四　気ばらし。
一五　六角形の各面に役者の紋を描いたお花独楽(ごま)。賭が四倍の博奕。
一六　市川団十郎の俳号。
一七　瀬川菊之丞の紋所。
一八　三世大谷広次。俳名十町。丸に十の字で轡の形が紋所。
一九　確かだと勧める意か。
二〇　紋所が苦手の轡では。

一人行くも外聞が悪い。つい[一]行けば千疋《せんびき》[二]はしめたもの。ハテ、どうせう。よし〳〵、供を頼《たの》も」とて、隣の肴《さかな》屋へ行き、斯《か》くの訳を咄し、「どふぞ百疋にて、草履《ぞうり》取《とり》にちよつと頼みたい」。亭主も、「名を取ろより徳を取れ[三]」とて、早々雇われて行く。杢庵老《もくあんろう》、しかつべらしく座敷へ通り、首尾よく脈をうかがひ、お暇《いとま》申し、玄関へ送られ出しところが、杢庵、まつ青になつて、[四]「南無三《なむさん》」。天水桶《てんすい》[五]のかげより、肴屋が、「お草履、預かりおる」。

○うそつき

「聞いてくりや。おらが親父は、まづ、この米の高い[六]のに、五升づつしてやるて[七]」「ハテナ、さぞ男も大きかろふ」「まづ、足袋が十五文[八]よ。雪駄《せった》[九]が十七文だ」「ハテナ、そして下駄は」「下駄か。十九文さ[一〇]」。

○途中の目礼《もくれい》

一　ちょっと。
二　一疋は銭十文。千疋では二両二分の大金。
三　「名声を求めるよりは実利を得た方がよい」との譬え(『譬喩尽』)。
四　履物がないので。
五　雨水を溜めておいた消火用の大桶。
六　当時は旱魃、大火後で物価騰貴していた。
七　食べるぞ。
八　足袋底の長さの単位で、一文は約二・四センチ。
九　竹皮草履の裏に革を貼り尻鉄を打った草履。
一〇　安物の下駄を売る十九文見世。話が寸法から急に値段に変った。

二人連れにて咄しながら行く向ふから、惣髪《そうがみ》[一一]の茶仁体《ちゃじんてい》[一二]の者来り、目礼して別れしを見て、「市ぼう、今の眉間尺《みけんじゃく》[一三]は何者だ」「あれか。あの人は茶仁さ」「おきやれ[一四]、茶づきやいは」「イヤ、茶じやあ付合《つきや》はぬが、湯で付合う」。

○血《けっ》気《き》

永代橋《えいたいばし》へ行きかかり、橋代[一五]なきゆへ、いろ〳〵言訳しても通さず。さすが水道《すいど》の水にて育ちし若者[一六]、一寸も引かず。「通さぬとて戻るものか。ひいやりと泳ぐべい」とて、まつ裸になつて飛びこむ。そばから、「びんせん申そう[一七]」。

○手紙

友達、手紙を拾ひ、「晩の枕紙にいい」とよろこぶ。「その手紙を、おれにくりや」「なんにする」「国へやる[一八]」。

一一　月代を剃らずに髪をのばして頂で束ねた髪型。
一二　茶人風。
一三　中国古代の伝説的人物。転じて眉間の広い人、異様な風体の人をいう。
一四　下町の男が使う卑語。よせやい。
一五　橋を渡る時の料金。武士以外は二文ずつ取る。
一六　生粋の江戸っ子の形容。
一七　幸便と同船する。同じく無銭の者が「連れて行ってくれ」というのを、『兼平』などの謡曲の詞章「便船申さうなう」で大げさにいった。
一八　字が書けぬため、他人の手紙で代用。

○儒　者

儒者、品川へ引移《わたまし》[一]、弟子ども、家見《いえみ》の祝義に行き[二]、「先生は繁花《はんか》[三]の日本橋をお見捨てなされ、何の能き思召《おぼしめし》御座候哉《や》」。儒者、まじめな顔にて、「唐《から》へ二里近い[四*]」。

○首　売

本所割下水《ほんじよわりげすい》[五]のほとりを、「首売ろふ〳〵」と、せつて歩行《あるく》[六]を呼込み、「首はいかほどじや」「一両でござります」「それは下直《げじき》[七]なり」とてお求めなされ、正宗《まさむね》[八]の刀を出され、土《ど》壇場《だんば》[九]へ連れ行きしに、首売、身をひねり、袂《たもと》より張子《はりこ》の首を投げ出す。「己《おのれ》が首を調《ととの》へたぞ[一〇]」「私が首は、看板でござる[*]」。

○文《ふみ》[一一]

一　移転の尊敬語。
二　新築・引越の祝い。
三　繁華。賑やか。
四　品川は日本橋から二里西方で中国に近い。中華かぶれへの風刺。
＊　類話→補注一二
五　墨田区本所の堀割。
六　売声あげての行商。
七　値段が安い。
八　岡崎五郎正宗の鍛えた名刀。原文「政宗」。
九　土で壇を築いた首斬り場。
一〇　お前の首を買った。
＊　落語「首屋」の原話。
一一　手紙。とくに遊女から客へ出す誘いの手紙。

息子、座敷牢[一二]へ入れおきしに、「深川[一三]より」と上書《うわがき》したる文、親父の手へ渡り、開き見るに、吉原の焼け出されと見へて、随分細字《さいじ》に紙のいらぬよふに短く認《したた》め、物のいらぬ小指を切り[一四]、香箱《こうばこ》でありそふな処を、蛤貝[一五]に入れ送りしを、親父、感心して、息子が前へ持ち行き、「これ、見おろう。世間ではこのよふに、商売に身を入れるは」。

○横《おう》平《へい》[一六]

大尽《だいじん》[一七]の所へ出入りの者、年始に行き、座敷へ通り、はるか末座《ばつざ》に平伏し、「結構な春でござります[一八]」。大尽、髭を撫でながら[一九]、「ゑいかげん[二〇]な春だ*」。

○旅《りよ》人《にん》

二人づれにて山道へ掛かりしに、狼、親子にて山の頂《いただき》に居るを見付け、「こんな時は、気をのまれては悪い。強い事を言ふがよい」と、

一二　座敷を格子で仕切り道楽息子や狂人を閉じこめておく所。
一三　深川の仮宅の遊女。
一四　客への証し立て。
一五　蛤の貝殻。薬などの容器に使う。
一六　横柄。いばって人を見下げる無礼な態度。
一七　大金持。富豪。
一八　よいお正月。新年の挨拶語。
一九　得意然たる様。
二〇　人並みの「結構」も大尽にはごく普通。
＊　「朔日」(二九七頁)参照。

一人は、「金時《きんとき》[一]の末葉《ばつよう》だ[二]」といふ。いま一人は、「仁田《にたんの》四郎[三]が末《すえ》。猪《いのしし》などに、ちと出つくわしてみたい」などと咄し行く。狼言ふよふ、「とつさん、あれもてつぽうだの[四]*」。

○子《ね》の年[五]

士《さむらい》、供一人召連れ、途中に死にたる鼠あり。「角内《かくない》[六]、この鼠を持つて参れ」「へヱ、あれは死んでおります」「そりや知れた事さ。身どもは子の年じやから、見のがしにはならぬ」「へヱ旦那、午《うま》のお年でなくつて、我ら仕合せ*」。

○掛《かけ》硯《すずり》[七]

息子、掛硯の金、二分《にぶ》[八]遣ひける。親父、息子を呼び付け、「おのれ、二分盗みおつたな。これ、能く聞けよ。後《のち》には皆、われに譲るは」。息子、まじめな顔にて、「譲る時、二分引けばよい」。

一　源頼光の家来の坂田金時。幼名金太郎。
二　子孫。
三　鎌倉武士の仁田四郎忠常。巻狩で猪の背に乗り討ち果した話で有名。
四　嘘の異称。駄法螺と本物の鉄砲とをかけた。
*　「鉄砲」(九四頁)参照。
五　子(ねずみ)年生れ。
六　武家の下僕の通名。
*　類話→補注一三
七　金や印鑑などを入れた引出しが下に付いた掛子のある硯箱。
八　一両の半分の金額。

○面《めん》屋《や》[九]

若殿より、お多福《たふく》の面[一〇]を仰せ付けられ、何とぞ出精《しゆつせい》して[一一]御出入りにもなりたく、「これに付ても、正真《しようじん》のお多福が見たい」といふ処へ、ねんごろなる者[一二]来り、「能きお多福の手本がござる。御蔵前[一三]の酒屋まで同道すべし」と伴ひ行き、かの酒屋の見世に腰かけ、飲みたくもない酒十六文が燗《かん》を申し付ると、かの娘、暖簾《のうれん》の陰よりのぞきける時、「手本はあれじや」と指をさせば、娘、内へはいり、「かかさん、臭《しゆうと》のある所はいやよ」[一四*]。

○杜若《かきつばた》

杜若、寄合《よりあい》を付け[一五]、「皆の衆、なんと思やる。世の中に投入れ[一六]がはやるから、我々が寿命が短い。この上、言い合せ、開くまい」「ヲ、、それがよかろ」と悦びの眉をそむ[一七]中にも、退屈なるままに、少し開き

九　面作りの店。
一〇　丸顔で額が高く、頬がふくれ、鼻の低い女の顔の面。神楽面の一。
一一　励みつとめて。
一二　親しい知人。
一三　幕府の米倉が置かれた隅田川右岸の地名。
一四　嫁の下見と誤解。
＊　類話→補注一四
一五　集会を持ち。集って。
一六　型にはまった立花(りっか)に比べ、無技巧に投入れる生け方。
一七　嬉しさのあまり顔がほころびる。謡曲『鉢木』の「常世は喜びの眉を開き」の詞章をふむか。

てみれば、いつの間《ま》にか床柱《とこばしら》[一]。

○按摩《あんま》の出来心

按摩を呼込み、「ちつと待つてください」といひ、小便に行く。跡《あと》にて按摩、見世をなでて見れば、万見世《よろずみせ》[二]なり。だん〳〵手さぐりにする所が、棚の紙にさぐりあたる。「まづ一帖、しめこのうなぎ」[三]と懐《ふところ》へ入れる。間もなく亭主帰り、上《かみ》から下《しも》まで[四]ひねりしまい、かの盗み紙を取出し、はなをかむ。「ホヤ、このおぼう[五]は、赤い紙[六]でさ」。

○金銀の針

はり稽古のため、御用《ごよう》[七]をとらへ、「一升買おふから針を打たせろ」。この御用、主《しゆう》思ひにて、「打たせませう」といふ。やがて銀の針を一本打ち、笑みをふくんで、「さらば抜かん」と抜きにかかつてみれば、イカナ[八]抜けず。迎ひ針[九]に極意《ごくい》[一〇]の金の針を打てども、抜けず。せん方つ

一 床の間の柱にかけた小形の花生けの中。
二 雑貨屋。荒物屋。
三 うまく物が手に入った時のしゃれ言葉「しめこの兎」の類の地口。
四 上・下半身全体。
五 按摩は多く坊主頭。
六 疱瘡が軽くすむまじないに貼った紙は赤色。盲人で紙色には気付かず。
七 酒屋の御用聞きの小僧。
八 「いかな事」の略。
九 抜けなくなった針を打った圧力で抜く針。
一〇 秘訣。奥の手。

き、「この針は高直《こうじき》一一な針だが、われにやるぞ*」。

○真《まっ》裸《ぱだか》一二

友達、真裸になり、「内《うち》から人が来れば悪い。二階へでも寝ていかう」と二階へ上がり、寝てみても寝られず。「亭主や。下から風が来て、寒くてならぬよ」「オット、心得た」と、階子《はしご》を引く一三。

○座《ざ》頭《とう》一四

座頭、犬の足へ踏みかけければ、「わん」と鳴く。「おつと」「杖のほうへ」「あい」と言いながら、また、犬の面《つら》へ踏みかけ、「わん」といふ。そばから、「この坊さんは、勘《かん》がない一五」「なに、犬が長い一六」。

○自《じ》鬢《びん》一七

「おのしが鬢は、どこの床《とこ》一八で結《ゆ》つた」「自鬢だが、よく見へるか」

一一　値段が高い。
*　上巻「言ひぬけの箆」(二四四頁)の再出話。
一二　博奕に負け、金のかたに着物まで取られる。
一三　取外しのできる梯子なので、外せば寒風が上がらないと思いこむ。
一四　盲人で剃髪、音曲や按摩・鍼などを業とした者。片意地で強情者が多い。
一五　勘が悪く、にぶい。
一六　盲人の負惜しみ。
一七　自分で自分の鬢を結うこと。
一八　髪結床。

「うそだろう」「大誓文《だいせいもん》よ」[一]「ほんなら、おれにも結《い》つてくりやれ」「結ひ兼《かね》るものか。おぶつさりや[二]」。

○丑《うし》の時参《ときまいり》[三]

神主、夜中に小便に起き、神前の方をうかがひ見るに、何やら明るく、四つばいに這つて居るを怪しみ、「おのれは何者だ」「わたしは丑の時参りでござんす」「そふ見へる。神木《しんぼく》はそこにはない」「まづ、釘《くぎ》を落したから、尋ねやす[*]」。

○燈籠《とうろう》見物[四]

田舎者、女郎屋《じよろうや》より燈籠見物に廻り、さらば、もと揚がりし女郎屋へ帰ろふと、尋ねけれども知れず。よふ〳〵少しの目当てを思ひ出し、若い者[五]を呼び出し、「さつき、せんじ[六]の羽織を着て、燈籠見に行きし客があるか」「なるほど、お出なされましたが、まだお帰りなされま

一 間違いなく。誓って、本当を強めた言い方。
二 後ろからは結えぬが、負ぶえば自髪なみに結えるので。
三 丑の刻＝午前二時頃、神社の神木に藁人形を置き、釘で打ちつけると、七日目の満願の日に呪われた人が死ぬといわれる俗信仰。
＊ 類話→補注一五
四 名妓玉菊追善に因んで、七月中に各茶屋で灯籠を軒に吊す吉原行事。燈籠見物で賑わった。
五 妓楼に勤める男衆。
六 撰糸。薄い絹織物。羽二重の類。
七 他人にたかったり、

せぬ」「その客はおれか。見てくりや」。

○あぶら虫[七]

仕事師[八]、曲馬[九]をのぞき、「今日は借りるよ」と言つてはいる。さて、口上言い[一〇]、罷り出、「お待どふにござりますから、最初かけ[一一]を乗らせます」。仕事師見て、大きに腹を立ち、「いま／＼しい。おれがなんぼ、かけ[一二]で見ればとて、行つたり来たり、掛取を見るよふだ」。

○四季の立花《りつか》[一三]

『四季の立花お望み次第』といふ看板を見て、「稽古のため一覧せん」と内へはいり、「鶏頭《けいとう》[一四]が所望《しよもう》でござる」「初春に仏めきたる御好み[一五]」「みなまで言わしやるな。当時鶏頭のないところ[一六]が所望だ」「畏りました」とて、亭主のさそく[一七]、しゆろ箒《ぼうき》を芯《しん》に立てる[一八]。侍「お暇《いとま》申す[一九]」。

無銭飲食や無料入場の常習者を嘲っていう語。
八　火消や鳶の人足。
九　薬研堀での見世物。
一〇　興行場で演目や役者名などを紹介する役。
一一　駆け足。
一二　支払いを後回しにする「掛買」と馬術用語の「駆足」をかける。
一三　華道の基本的様式。
一四　秋、茎頂に小花が密生して鶏冠状をなす花。
一五　仏前の供花用に使う。
一六　正月に鶏頭はない。ないものねだりをした。
一七　知恵。機転。
一八　箒を逆さに立てて鶏頭の花に見立てる。
一九　箒を逆さに立てるのは客を帰すまじない。

○駒下駄[一]

美しき女、三人連れにて通る。「さてもきれいの。何者であろふ」「あれは、かのまん〳〵[二]が所《とこ》のよ」。側《そば》から、「嶋縮緬《しまちりめん》[三]が妾と見へる」「なぜ。しるしでもあるか」「ハテ野暮め、駒下駄がほんの音《ね》[四]だ」。

○謎

「謎を四割八分[五]で、胴《どう》[六]を取ろふが、張るか」「こりや珍しい。題を出しやれ」「ぬらくらして長いものは」「鰻であらふ」と一両張る。「なむさん、しめられた[七]。それ又、ふせる[八]ぞ。ぬらくらして長いものは」。小首をかたげ、今度は五両出して、「蛇《へび》であらふが」「おつと[九]、鰻のつらでござい*」。

○片思ひ

一 台も歯も一木を刳って作った下駄。
二 金満家。金持。
三 縞のお召縮緬。高価で上品な着物。
四 「駒下駄の音に色めく」(『遊子方言』)で、履きなれた好い音から、芸者上がりの妾と推理。
五 勝つと五倍になる賭。チョボ一での定筒。
六 胴元。胴親。
七 せしめられた。
八 賽の壺を伏せる。もう一度やるの意。
九 最初五両取られ、次に二十五両取返す。
* 落語「穴子でからぬけ」の原話。

有徳《うとく》[一〇]なる息子、傾城《けいせい》に魂を抜かれ[一一]、まことに奢る平家久しからず[一二]、今は角屋敷《かどやしき》も売代《うりしろ》なし[一三]、通ひ〳〵て後には、船賃[一四]の工面《くめん》も出来ねば、せめて逢つてばかり来らんと、そぼろの形《なり》[一五]にて江戸町《えどちょう》[一六]へ赴き、暖簾《のうれん》の際《きわ》まで行き、若い者を呼出し、「どふぞ、松風[一七]に逢はせて給《た》も」と頼めば、若い者、二階へ上り、松風に逢ひ、「片《かた》さん[一八]がお出でなされました」「銭なしが事か。病気だと言《ゆ》ふて給も」。若い者、階子《はしご》を降り、「お癪気《しゃくけ》[一九]でござります」「なに、嘘ばかり。おれがこふゆふ形《なり》だから逢わぬのだ。母《かか》さんに逢う気[二〇]で出ればよい」。

○蕎麦振《ふる》廻《まい》

蕎麦振廻にまねがれ、腹充満し、「拙者は少々虫がかぶります[二一]」。相《あい》客《きゃく》、気の毒がり、「そりゃ御難義。反魂丹《はんごんたん》[二二]でもお用ひなされますか」「ハイ」。腹を撫でてみて、「小さいのを一粒《いちりゅう》、ご無心申そふ」。

一〇　金持。
一一　夢中になり。
一二　「気儘に振舞うと身が保てない」意の成語。
一三　売って金に代え。
一四　吉原通いの猪牙代。
一五　みすぼらしい格好。
一六　吉原廓内の町名。大門近く、大見世が多い。
一七　遊女の源氏名。
一八　「片思い」をひねった息子の愛称。
一九　女性特有の下腹痛。
二〇　女郎の実家は貧乏で母親もみすぼらしい衣装。「母さん」に「片さん」を利かす。
二一　腹が痛む。
二二　癪や食傷・霍乱などに特効のある丸薬。

駒 下 駄

○雷

ゴロ〱ピシヤ〱〱〱。「万吉よ、お雷《かみなり》がお鳴りなされる。そこに居て、臍《へそ》をつかまれるな。早く内へ行つて、蚊屋《かや》[一]の中へはいつて、おとなしくして居ろ」。万吉、やがて内へかけ込み、「かかさん、蚊屋を釣つてくんねへ」「ばかめ、蚊屋はナ、質屋へ貸しておいたは」「そんなら、いぶしてくんな[二]」。

○いきすぎ

医者、ひもじさのあまり、人目に恥じず、柿を丸ッかぢりにしながら行く。向うから出入り場[三]の番頭来るを見付け、とつぱくさ[四]して、懐《ふところ》へ入れるを見て、「苦しうない、おかぶりなさい[五]」。

○下手将棋

一　麻は電気を通じにくいので、蚊帳は雷除けになるとの俗説がある。

二　蚊帳代りに蚊いぶしをするが、雷除けの蚊帳代用にはならない。

三　得意先。お出入り。

四　大あわて。せわしなくばたつく様。

五　笠をかぶった人にいう挨拶の言葉を、柿にかぶりつく人に応用。

上州館林《たてばやし》六のほとりに、打続く長雨《ながあめ》に降りこめられ、つれ〴〵のあまり、将棋の相手を乞いければ、所の者一両人来りて指《さ》しけるに、江戸者、相手変れど主《ぬし》変らず、何番指せども、手は出ず。七「これ、御亭主や。いま見へられた人々は、定めて、この土地での指折りであろうの」「いや、指し習ひ八でござります」「はてな、もつと弱いのがあらば、呼んで下され」「イヱ、もふござりませぬ」「はて、不自由な所だ」。

○手足の論

膝の上へ、手をふだん上げる故、足うるさがる。手の曰《いわ》く、「兄弟にたとへてみれば、おれは上《かみ》にあるゆへ兄だは。おれがなければ、商《あきない》もできぬ」「そふ手前勝手ばかりをいふな。この足がなければ、商に出る事もなるまい」「そふいへば、これは五分《ごぶ》〳〵よ。今日の露命《ろめい》をつなぐ九食物《しょくもつ》は、口へ足で運ばれるか」。足もこの一言《いちごん》に返答なく、「よし〳〵、糞《くそ》をふんづけて拭《ふ》かせう」*。

六 群馬県館林市。秋元氏六万石の城下町。
七 かなわない。
八 習い始めの未熟者。
九 ほそぼそとはかない命を保つ。
* 中国笑話集『笑府』の「口脚争」(閨語部)の脚色話。

○鉄　砲

「聞いて下され。今日、四谷《よつや》を通りしに、耳の際《きわ》にて、『ぽん一』と
いふ音に、肝《きも》をつぶしました」「それは鉄砲であろう」「いや、この咄
ばかりは、ほんだ二*」

○土のわかれ

上総《かずさ》三の在《ざい》に、高さ十四五間余《よ》の松と、三抱《みかか》へほどの檜《ひのき》と、数年夫婦
の契りをこめしに、今度、松は芝居より所望《しよもう》四のよし、檜は御屋敷より
御用なれば、両木、枝に涙をしぼり五、しよせん死なばもろとも、人手
にかかるも残念と、「南無阿弥陀仏」と言ひながら、足先《つまさき》へ鍬を突き
込む六*。

○肴《さかな》　売《うり》

一　本物の鉄砲の音。
二　鉄砲音に、本当の意の「ほん」をかけた。鉄砲に嘘、法螺の意がある。
*　「旅人」(八一頁)参照。
三　千葉県中央の地域。
四　芝居小屋から建築や大道具材料として注文。
五　深く歎き悲しむ様。「袖に涙」をもじる。
六　根を切る。樹木が枯死する方法となる。
*　「水中の恋」(七三頁)の植物版。

「つかぬはなしだが、[七] 司《つかさ》といふ字は、どふ書くの」「さればの、おらが師匠にはない字だ。[八] アレ〳〵、向ふを通る肴売が、大ィの学者だ。呼んで聞かふ」と、肴屋を呼びこみ、「喜八どの、司といふ字は、どふ書くの」「それは、こふいふ字さ」「どふいふ字だの」「言《ことば》にては、ちと言いにくい。こふさ。同《おなじく》といふ字を片身《かたみ》おろして、[九] 骨付きの方さ」。

○饅頭

客、仲町《なかちょう》[一〇] へあがり、芸者大勢呼ぶ。「これは伴公《ばんこう》[一一] さん、お久しぶり」ともてはやされ、酒宴の最中、伴公、袂《たもと》より饅頭を取り出し、一つに一両づつ小判をさしこみ、「気の替つた肴《さかな》[一二] が出来た。ちと上戸《じょうご》へは向くまいの」といわれ、牽頭《たいこ》ども、口をそろへ、「下戸《げこ》の役も勤めます」「ハテナ、困つた事には、伴公が算盤《そろばん》違ひで、人数より饅頭が少ない。なんでも、月代《さかやき》[一三] 剃つている者にばかり取らせう。しかし、皆なじみなれば、明るくては遣《や》らぬ者へ気の毒」と、燭台吹き消し、「それ、や

七　前とつながらぬ話。唐突な話。
八　習った事のない。
九　魚の中骨を境に二枚に開いて。
一〇　深川永代寺門前の花街。問屋の番頭達が客筋。
一一　番頭客の表徳か愛称。
一二　酒に添える食物。酒席に興を添える事柄。
一三　頭の額から脳天にかけての部分の髪。

るぞ」と、あたまを撫でては、「それ、にしきの饅頭一つ[一]」。なかに月代の生へたやつ、もらわぬも残念と、尻をまくつて、さかさまに出す。伴公撫でて、「それ、二つ[二]」。

○船

近在船寄合《よりあい》、「聞けば、親船[三]が永代橋へ突き当り[四]、胴骨を突きぬいたそふな。それゆへ、親船も手[五]を負つたそふな。永代どのには、往来に世話になるから、気の毒で見舞にも行きにくい。どふぞ中直りをさせたいものだ」などと咄し居る処へ、釣船行合わせ、「これ〳〵、そふ苦労にさつしやるな。きのふから平船《ひらだ》[六]がわたりをつけた[七]」。

○盗人

隠居の庵《あん》へ盗人《どろぼう》はいる。隠居目をさまし、「小僧[八]よ、盗人が来た。追出してやれよ」。小僧、夜着《よぎ》引ッかぶり、「今のは、犬でござります」。

一　黄金(小判)の入った饅頭。
二　尻のつるつるした感触を剃った月代頭と勘違い。しかも尻の割れ目で二人分とした。
三　小さい伝馬船を積んだ大型の廻船。
四　明和九年八月十七日の大風で「大船永代橋を損す」(『増訂武江年表』)の事故に基く際物咄。
五　傷。怪我。
六　底の平たく浅い細長い川舟。主に石材の運搬船や渡し舟。
七　話をつける、挨拶の意を「渡し」にかけた。
八　原本「小蔵」。

盗人、「わん〱」といふ。「又、音がするぞ」「あれは猫でござります」。盗人、「にゃアウ」といふ。「小僧よ、戸をあける音がするぞ」「あれは獅子[九]でござります」。盗人、「ひゃろひひ[一〇]」。小僧、夜着の袖から顔を突ん出し、「盗人さん、跡《あと》で茶碗の曲[一一]をお頼み申す*」。

○田舎者

田舎者、女郎買に行き、はや床《とこ》へまわり[一二]、「モシ主《ぬし》やあ、お名あ千《せん》山《ざん》[一三]さんとや。でかばちね[一四]へ家の先生だあから、ごてへ[一五]そうな名も相応だ。おめへの肌は、雪に似申した」「ヲヤ、ばからしうありんす。なぐさみ[一六]なんすのかへ。黒ふありんすよ」「いや、色の事は言い申さぬ。げへに[一七]冷《つめ》てへといふことさ*」。

○愚《おろか》

おふくろ、息子がそばへ行き、「そなたはこの日の短いのに、煙草

九　太神楽(だいかぐら)の獅子舞の獅子。
一〇　獅子舞に合わせる笛の音。
一一　茶碗などを回す太神楽の曲芸。
＊　狂言の『盆山』(別題『人か杭か』)の小咄化。
一二　客と遊女が布団に入ること。
一三　遊女の源氏名。
一四　「でかい」の方言。非常に大きい。
一五　「御大層」の訛り。
一六　からかう。
一七　「げいに」の訛り。ずいぶん。大変。
＊　「石橋」(一二二頁)参照。

ばかりのんで居ていいか」「そのよふにおつしやらぬものでござります。おしつけ[一]、朝鮮人来朝[二]。その時こそ、煙草の呑みッくらに召出さるる稽古のためでござります」「ヲヽ、そふとは知らなんだ。あまり人には話さぬ[三]がよい」。

○大《たい》食《しよく》

夷講《えびすこう》[四]に盛り付けられ、のつつそつつ[五]、腹をかかへて帰る道にて、「お助けなされて下されませ。昨日から食べずにおります。どふもひもじくてなりませぬ」「それはうらやましい*」。

○教　訓

不孝なる息子、勘当せんと立腹最中の処へ、読み物の師匠[六]、中へはいり[七]、「御子息の魂を鍛《きた》い直して進ぜう」と、我が宿へ伴ひ行き、「これ、よく聞かしやれよ。父の恩は天のごとし、母の恩は地のごとし[八]。

一　間もなく。やがて。
二　江戸時代を通して朝鮮人使節の出府は多い。近くは明和元年二月。
三　練習は内密にして。愚か息子に甘い親馬鹿。
四　旧暦十月二十日に商売繁盛を祈って福神の夷様を祀り、客を招いて酒食を供する商家の行事。「夷講上戸も下戸も動けへず」(『柳多留』一一・6)と御馳走が出た。
五　前に伸びたり後に反ったり。苦しむ様。
*　落語「二度の御馳走(雑穀八)」のサゲ。
六　寺子屋や心学の先生。
七　争いの仲裁に入る。

親ほど大切なものはない」などと教訓最中、格子のそとにて、たれやらたたずみ、「いま／＼しい。親ゆへに大きな損をした。ああうるさい[九]親には困るぞ」。師匠、にが／＼しき顔にて、「悪者めが、異見《いけん》の水をさしに[一〇]来たよ」と、格子よりのぞきみれば、芋売り[一一]。

○糞《くそ》

闇の夜に、何やらぐにゃと踏みつけ、糞か泥か分からぬ折ふし、向うより[一二]提灯《ちょうちん》来たる。これさいわいと、懐《ふところ》より銭を出し、提灯の側《そば》へ行き、「なめなら糞だぞ」。

○ろくろ首[一三]

「本所《ほんじょ》へ美《び》なるろくろ首が出るといふ事だが、嘘かほんか、見届けに行かふではないか」「こりやおもしろい。今から行かふ」と、三升樽をさし荷《にな》ひ、大盃《おおさかずき》を小脇にかい込み、本所さして急ぎ行く。頃は極《ごく》

八 「父の恩は山より高く、母の恩は海より深し」(『童子教』)同様、父母の恩の大きく深い譬え。
九 煩わしい。
一〇 邪魔立てをしに。
一一 子芋を売り歩く行商。新しい子芋(さといも)は好まれるが、親芋(いもがしら)は嫌われて売れ残る。
一二 緡面。文字が彫込まれずに滑らかなので、銭の裏面をいう。投げた銭の裏(なめ)か表(かた)で事を決める賭の方法で調べた。
一三 首が異常に長くて自由に伸び縮みする化物。

ろくろ首

月《げっ》[一]、寒気しのぎがたく、「なんと金兵衛、おしつけ八つ[二]であらふ。まづ寒さしのぎに一ぱい呑もふではあるまいか」「そふもしよふ」と、樽を開き酒最中、向ふより十七八の美なる娘、しづ〳〵とあゆみ来る。「綱平、や、いい肴《さかな》[三]が来るぞ。あれがかの[四]なら、お仙もはだし[五]だ」などといふ処へ、かの娘、二三間《げん》向ふへすわり、「ちと、おあい[六]、致しませう」と首をのばす。「これは〳〵、願ふに幸ひ、さあ〳〵」と、大盃へなみ〳〵つぐ。娘、ありがたしと、ぐつと引つかけ、「ああ、いい気味でござんす」と、のどを撫でる。「これはうらやましい。一《ひと》入《しお》、楽しみが長い」「アイ、その代りに、おから[七]を食べる時のづつなさ[八][*]」。

○宗旨論

大勢集まり、「なんと、今での出家[九]は、何宗であらふ」「御門跡様《ごもんぜき》[一〇]さ」「イヤ、片腹《かたはら》いたや[一一]。日本一に並びなき日《にち》様[一二]を忘れたか」「イヤ、こ

一　陰暦十二月の異称。
二　そろ〳〵午前二時。
三　酒興の相手。
四　かの者。話題の人。
五　明和の中頃、美女で名高い笠森お仙もはだしで逃出すほど美しい。
六　酒を飲む二人の間に入って代って杯を受け、酒席の興をたすけること。遊里で酒杯献酬の作法。
七　豆腐のしぼりかす。
八　術なさ。つらさ。
＊　「麦こがし甚だこまるろくろ首」(『柳多留』一一二・13)は同想句。
九　今一番有難い宗派。
一〇　浄土真宗。東・西本願寺やその管長もいう。
一一　笑止千万。

の長珠数《ながじゆず》[一三]めが、言わせて置けば、ほふずがない。[一四]源《みなもと》の浄土のかみ様[一五]をしらぬか」などと水かけ論の中へ、寺町《てらまち》の鰻屋罷《まか》り出て、「おの〱方には、身方《みかた》見苦しい[一六]評の付けよふ。[一七]どなたがどふ仰せられても、禅宗ほど堅く、ありがたい宗旨はござるまい」。座中、口をそろへ、「なぜ〱」「ハテ、蒲焼《かばやき》が現金[一八]だ」。

○屁

初会《しよかい》の床《とこ》[一九]にて、女郎、ぶいとのしそこない。[二〇]客「こりや、たまらぬ匂いだ」「お許しなんし。このおならには訳がありんす。わたしが母、十《じ》死一生《しいっしよう》[二一]のとき、『毎月一度づつ、お客の前で恥をかきんせう』と、観音さんへ大願をかけんした」といふ口の下から、又ぶいとのしそこなひ。「ヲヤ、うれし。来月分も仕廻《しま》つた」*。

一二　日蓮宗。日蓮上人。
一三　長い数珠を使う事から、日蓮宗信者の異称。
一四　とんでもない。
一五　阿弥陀如来をいうか。
一六　味方びいきで公平を欠き、みっともない。
一七　論義の仕方。
一八　現金払いで有難い。
一九　客が初めての遊女を相方とした寝間。
二〇　放屁の失態をする。
二一　臨終。「九死に一生」をさらに強めた語。
*　上巻「まひとつのあんじ」(一三九頁)の再出話。

○身投げ

両国の橋番、[一]呼び付けられ、「毎晩[二]橋の上から身を投げるそふだが、なぜ気を付けぬ。今夜から随分気を付けろ」ときめつけられ、[三]さて、その夜より、蚤取眼《のみとりまなこ》[四]にて、油断せざる処に、曲者《くせもの》[五]来りて、欄干をくぐる所を、番人うしろから、むづと組み、「毎晩の身投げは、おのれであろふ」。

○竹田《たけだ》

竹田近江《おうみ》[六]が宅へ日待《ひまち》[七]にまねぎ、はや客も揃ひしかば、膳を出し置き、近江、罷《まか》り出、「さて、何ぞ御馳走と存じ、少しの細工をお目にかけます」と言い、勝手の方へ扇を広げてさし招ぎければ、客銘々へ、平《ひら》[八]、列をたがへず歩《あゆ》み出、膳の前へ直る。客人、「何よりの御馳走、奇妙〳〵」と誉《ほ》むる声、風波戦音にひとし[九]。ときに平一つ、座中に滞《とどこお》りて

一　両国橋の通行の取締りや警備に当る番人。
二　当時身投げが流行か。
三　厳しく叱られ。
四　気を配ってあちこち鋭く見る目付き。
五　挙動の怪しい者。
六　大阪竹田座のからくり人形芝居の家元、竹田近江少掾。
七　通夜し御来迎を拝む俗信仰。転じて遊楽の宴会となる。
八　平椀・平皿の略。
九　荒い風浪や戦闘音に似た高いどよめき。
一〇　山菜の「薇」と機械の「発条」をかける。
一一　油が切れて止まってしまったという洒落。

動かず。近江、走りよつて蓋《ふた》をあけて見、「ぜんまい[一〇]もあり。ヲヽ、そのはづ。油揚《あぶらげ》が落ちた[一一*]」。

○腰　元

美しき殿様に、腰元、心をかけて居れども、まことに蚫《あわび》の貝の片思[一二]ひ、日々に思ひはますかがみ[一三]。ある時、殿様御風邪《ごふうじゃ》にて御床《おとこ》に付かせらるる。かの腰元、お薬を持行き、差上げければ、殿、薬茶碗をいただき給ふ[一四]。腰元、笑みをふくみ、「奥様が御覧《ごろう》じたら、おやきもち[一五*]」。

○島　台[一六]

「祝義にちと子細らしいが[一七]、島台を遣《や》ろふと思ふが、どうせう」「御無用〳〵。島台ほど、しつくわい[一八]なものはござらぬ」「その訳はの」「先づ台の上に松があるは。それ、そのそばに竹が」「ヲヽ」「その下に亀が居るは」「ヲヽ」「上の鶴が亀のつらをじろ〳〵眺め、流れ

＊ 類話↓補注一六

一二 蚫の貝が片面だけなので「片思ひ」に冠して使う成語。

一三 謡曲『昭君』の詞「思ひはいとどます鏡」など「思いが増す」の意。

一四 薬湯を目八分に捧げて飲むのが服薬の作法。

一五 無知な腰元は自分への好意の表われと錯覚。

＊ 「煎薬をいただけば下女ついと立ち」(『末摘花』初・2)の図。

一六 婚礼時の飾り物。蓬萊山を模した洲浜の上に、染め紙の松竹梅や鶴亀を配した縁起物。

一七 もったいぶって。

一八 述懐。愚痴や恨みごとを言いたてる。

の水に遊びながら、『万年生きるとはうらやましい。おれは、たつた千年か』と、心の内の悲しさは[一]」。

○大文字《もじ》

大文字の筆にて、文《ふみ》[二]を書いて居る。「もし、その大字《だいじ》は、屏風へでも張りなさるのか」「コワ、馬鹿らしい。文でありんすよ」「そんな文は、釈迦《しやか》一代《いちだい》このかた[三]、見やせぬ。大方、大層な御無心であらふ」「なあに、お客がつんぼだから[四]」。

○藪　医

「盗人がはやる。どふぞ殺してしまつたら、おだやかであらふ。随分昼夜《ちゆうや》に限らず、御用心なされまし。今横町で見かけたから、おしつけ[五]、ここへ来よふも知れぬ」と、番太[六]が触れて歩くを、藪中竜竹[七]、これを聞き、むつくと起き、薬箱より匕《さじ》を出だし、斜《しや》に構へて居る[八]。弟

一　謡曲『柏崎』の詞章「心の中の悲しさは、唯おぼしめしやらせ給へ」を用いた。
二　遊女から客へ出す催促や物をねだる手紙。
三　「今まで」を誇張した表現。「釈迦入滅以来」ともいう。「神武以来」の類。
四　大声でないと聞えぬ聾だから文字も大きく。
五　押付け。間もなく。
六　自身番に雇われ夜警や雑役を勤める番太郎。
七　藪医者の通名。
八　しっかと身構える。

子「お脇差をあげませうか」「はて、いらざる世話さ。この匕には覚えがあるて九*」。

○三人兄弟

兄弟三人ながら夜遊びに出る。母、親父のきびしきをいとひ、一〇「どらども一一が早く帰ればよいに。親父殿が又おこらしやろう」と案ずる所へ、弟《おとと》が帰る。「おのしは、どこへ行つた」「謡講《うたいこう》一二に参りました」「なに、謡ではおじやるまい」。又二男《じなん》、のろりと戻る。「コレ、もふ何時《なんどき》だと思やる。九つを一三打ちましたは」「ハイ、喧嘩の中へはいり一四まして、手間を取りました」と、あちら向いて舌を出す。「なに、喧嘩ではおじやるまい」。又惣領の甚六一五戻る。母、目をむき出し、「おのしが身持《みもち》が悪いから、弟が真似をする。今までどこに居やつた。もふ親父どのに知れても、そせう一六はせぬ」「御尤もでござりますが、友達の付合で、唯今まで吉原におりました」「ハテナ、そふではおじやるまい*」。

九　多くの病人を盛り殺したので、効力に自信がある。
*　類話→補注一七
一〇　心配して。
一一　道楽息子たち。
一二　当時流行した同好者が集まって謡を習う会。
一三　夜中の十二時。
一四　仲裁に入る。
一五　お人好しで愚鈍な長男を侮っていう通名。
一六　訴訟。詫びのとりなし。
*　「母親はもつたいないがだましよい」(『柳多留』初・36)の図。落語「三人兄弟」の原話。

〇釣り船

大店《おおだな》の手代、女郎買をもよほし、猪牙船《ちょきぶね》[一]に乗り、新地《しんち》のはな[二]を通り、釣り船を見て、「あんなおもしろくもない楽しみを、悠々として居る。あの隙《ひま》をわしにくれいで。ちよんの間《ま》遊び[三]では堪能《たんのう》せぬさかい[四]」などとはなし行く。釣り船のじやん／＼手合《てやい》[五]、聞付け、「あんまり安くするな[六]。おしつけ、うぬらも釣り好き[七]になろう」。

〇天人

国侍[八]、二人リ連れにて観音へ参り、「さあ／＼拝み給へ」「真中のが観音様かの」「そふさ」「右のわへ」「あれは大日《だいにち》様」「左のは」「勢至《せいし》様」「ハテネ」。天井の天人の姿[九]を見付け、「あれ、あの観音様をもはばからず、寝ころんで居る女は、なんでござるな」「あれか、あれは豊後節《ぶんごぶし》[一〇]よ」「そふ言わしやつては、のみこめぬ」「ハテ、野暮め。こと

一　細長くて舟足の速い川舟。通人が遊所通いに乗る。
二　新大橋の川下を埋立てた三つ股新地の先端。
三　短時間の遊び。手軽な廓遊び。
四　手代は主に上方下り。
五　ひと癖もふた癖もありそうな連中。
六　馬鹿にするな。
七　廓遊びが過ぎての果ての釣り好き。
八　田舎侍。
九　狩野洞春筆の妖艶な天女の舞い姿の絵。
一〇　享保頃宮古路豊後掾が語り出した妖艶な曲節が特徴の江戸浄瑠璃。
一一　豊後節の歎きの個所で「……ことかいなあ」

かいなあの御姿」。一二*

○年《とし》越《こし》一二

さる所に浪人者ありける。「年越の寿《ことぶ》き、まづ赤鰯一三は手前もの、門口へ挿すにも及ばず。これはよしト。さて、豆を買ふ銭がない。しよせん、近所の前もあれば、豆をまかずにもおかれまい。ハテ、どふしたものであらふ」と思案をめぐらし、「よき工夫あり」と、きらず一四をいり、「鬼ア外《おにやあそと》、福《ふくあ》ア内」とまきければ、縁の下から貧乏神の子、おどり出、「雪こん〳〵よ」一五。

○浪人

木落《このおち》猿右衛門一六といふ浪人ありける。あまり横平《おうへい》一七なるゆへ、大屋のいふ。「貴公の物言ひ、聞き苦しい。昔、二百石取つたりとて、今の役に立つものにあらず。一間店《いつけんだな》一八相応に物を言ふがよい。ちと、たしな

と上体をくねらせ声を振りしぼる姿。

* 「天人はことかいなあの御姿」(出典未詳)の句もある。

一二 旧年から新年に移ること。その変り目の夜。大晦日、節分の夜をいう。

一三 赤鰯は錆び刀の俗称。節分の縁起物柊にさす鰯は、これで間に合う。

一四 豆腐のおから。

一五 雪降りに歌うわらべ唄(東北地方)。おからを雪と見間違えた。

一六 諺「木から落ちた猿」に因んだ生活不如意の浪人の通名。

一七 傲慢。尊大な態度。

一八 間口が一間ほどの小さい家。裏長屋。

年　越

111　楽牽頭

み給へ」と突つこまれ、「御心入れ[一]、忝い。身どもも、あながち子細らしき所存《しよぞん》ではござらぬが、横平に言わねば、乞食とまがひます」。

○貞　髪[二]

和尚、品川[三]へ通ひそめ、たま〳〵仏がとれても[四]、弟子坊主の引導で間《ま》をあわせ、おのれは日々の女郎ぐるひ。すた〳〵高輪《たかなわ》さして行く道にて、地主の尼君《あまぎみ》[五]にでつくわす。「こりや、お前は出家に似合《にや》わぬ売女狂ひか。道理で、わたしが所《とこ》へはお出でがない」。和尚、頭をかき、「それでもお前は落髪なされたから、いつもの調子にたわむれ[六]もなるまいと存じ、さしひかへました」「そふおつしやつたが能いのさ。心まで尼にはなりませぬ*」。

○大根《だいこ》売《うり》

初鰹のおごりに[七]、客、大根おろしの所望《しよもう》。折ふし、大根売来るを呼

一　御忠告。御好意。
二　「貞女の髪」に「剃髪」を通わす。
三　品川の遊廓。芝増上寺の僧や三田薩摩屋敷の田舎侍が常連客。
四　死者を弔う葬式。
五　髪を落し尼姿になった檀家の後家をさすか。
六　夫が生存中の時のように情を交す。
＊　「俄道心」(一六頁)と同じサゲ。
七　江戸人が好んだ高価な初鰹の御馳走。

び込み、「この大根は、おれがもの[八]より細い」といふ。大根売、腹を立ち、「おめへのものが、どのよふな道具[九]だとて、この大根より太くはあるまい」。亭主「そんなら掛《かけ》にしよふ。もし、この大根より太くば、どふする」「酒を買ひませう。わしが勝つたら、二百ただ鳥山《とりやま》[一〇]だよ」「あふ、合点《がってん》」と、くらべてみた処が亭主の勝ち。大根売も興をさまし、一言《いちごん》の言《ことば》もなし。女房立出で、「大根屋どん、馬鹿者にかまわしやるな。大きに無駄なひま[一一]を費《つう》やしたの。その替りに、とうなすでも持つてござい」「また、きん玉とくらべるのか*」。

○法《ほう》印《いん》[一二]

『狐付き[一三]即座に落す事請合《うけやい》』といふ看板、門口へ掛ければ、たれいふとなく、さる金持の耳へ這入《はい》り、早速頼みに来る。法印、してやつたりと、百両に直段《ねだん》を定め、その夜近在へ赴き、狐一疋求め来り、召仕《めしつかい》の親仁《おやじ》に申付るよふは、「この狐を挟箱《はさんばこ》[一四]に入れ、供《とも》いたすべし。

八　男女の性器を憚っていう語。一物。
九　身体の部分の称。とくに性器をさす。
一〇　ただで手に入れる「只取り」のしゃれ言葉。通言の「〇〇山」の一例。
一一　時間。
＊　「くらべ」(一九六頁)参照。
一二　山伏の俗称。加持祈禱や占いなどする行者。
一三　狐の霊が取付いたといわれる一種の精神病。
一四　武家が外出時に調度類を入れ、供に背負わせた箱。

先にて狐付きに向ひ祈禱最中、この狐を奥の方へ追ひ放すべし。さすれば、狐はなれしと、一ツぱいはめる算用。一 ナ、心得たるか」と言いふくめ、金持のところへ赴き、錫杖《しやくじよう》ふり立て、顔より滝のごとくの汗を流す。二 供、時分はよしと、挟箱の蓋を取つてみた処が、狐は死んで居る。奥へ遣《や》らずにも置かれまいと、勝手へ廻り、「モシ、お盆三をお借しなされませ*」。

一 うまくだます計画。
二 祈禱に熱中する様。
三 狐の死骸をのせて出す容器としてのお盆。
* 落語「お盆」の原話。

楽《がく》牽《たい》頭《こ》　初編

座《ざ》笑《しよう》産《みやげ》四　二編

近《きん》目《め》貫《ぬき》五　三編

蟬《せみ》の声《こえ》六　近刻

蘭秀堂　江戸伊勢町　笹屋嘉右衛門板

四　角書に「楽牽頭後篇」とある稲穂序(安永二歳巳春)、「巳二月日　蘭秀堂　笹屋嘉右衛門」の奥付を持つ噺本。

五　角書に「座笑産後篇」とある稲穂序(安永二閏弥生日)の噺本。

六　『近目貫』の続刊予告だが未刊と思われる。

聞《きき》上《じよう》手《ず》

（安永二年）

解題　小松百亀作。小本一冊。題簽「聞上手　全」。内題などなく、版心は丁付のみ。半面七行・約一五字詰。叙二丁(安永のめでたい春)。本文五五丁半。話数六四。挿絵見開四図。末丁裏の本文末に、続刊予告と「元飯田町中坂　遠州屋弥七板」と記される。

序編者名はないが、大田南畝の『奴凧《やっこだこ》』に「百亀が聞上手といふ本」の文言があり、二篇以下の序者名からも小松百亀編と分かる。彼は通称三右衛門。元飯田町中坂で薬舗小松屋を営む町人である。噺本の他にも艶色物随筆や画作があり、西川派の画をよくするので、挿絵も百亀画と思われ、特色ある帳交模様の表紙も新鮮で雅趣に富む。俗諺「聞上手の話下手」を踏まえた書名で、刊年も序末に「安永のめでたい春」とあるだけだが、明和九年十一月に安永改元の際物咄「暦」が含まれ、続篇『聞上手二篇』の序に「安永二歳弥生の日」とあるので、序記は安永二年正月である。板元の遠州屋は百亀と同一町内の親しい人とも思われる。

稲穂の『楽牽頭』(明和九年九月序)を第一弾として、笑話愛好者の催し「はなしの会」の優秀作選集が一斉に出版された。本書もその一つで、催主百亀は不知足散人の別号で『聞上手二篇』(安永二年三月)、奇山序で『聞上手三篇』(同年閏三月)、さらに雛肋斎画餅序で『富来話有智』(同三年正月)、不知足序で『聞童子』(同四年正月)と、その成果をまとめて出版している。いずれも、広く笑話を募集し、連衆と称する同好者が寄せた咄の中から佳作を選んで編集したものである。選者や連衆によって出来栄えに多少の優劣はあるが、百亀の連衆は教養度の高い武士や町人が多いためか、日常生活に材をとった身近な笑いと親しみやすい叙述が特色で、豊かな編集手腕と相まって、『鹿の子餅』と並称される安永小咄の代表作となっている。

詳しい頭注・補注を施したものが、日本古典文学大系100『江戸笑話集』(岩波書店・昭41)に載り、「大東急記念文庫善本叢刊」近世篇6『噺本集』(汲古書院・昭51)に複製が所収され、翻刻は『噺本大系』第九巻(東京堂出版・昭54)はじめ各種ある。

叙

子不レ語二怪力乱神一《かいりきらんしんをかたらず》[一]、万八《まんぱち》[二]を嫌ひてなり。されど、仏《ほとけ》に方便《ほうべん》[三]といふ偽《うそ》あり。武士は計策《けいさく》[四]といふて敵を欺《だま》す。商人《あきんど》に掛直《かけね》、傾城《けいせい》に手管《てくだ》[五]、みなこれ、てつぽう[六]を用ひずといふことなし。矧《いわんや》[七]、座興に於《おい》てをや。徒《むだ》なしといふべからず。人の噂をいわんより、根《ねっ》からたわけ[八]を語るとも、聞く人、あほうを知て聞けば、徳を損ずるの害はあらじ。今集むる笑《しょう》話《わ》一帖《いちじょう》[九]、聞上手《ききじょうず》[一〇]と題す。下手《へた》の咄《はなし》も種を積む[一一]の謂《いい》なり。洗張《あらいはり》[一二]、小刀《こがたな》細工《ざいく》[一三]も、読む人の腹《おなか》にあるべし。横合いから腰おらず[一四]と、喈《だまっ》て聞いて居さしやんせと云爾《しかいう》。

安永のめでたい春

一 『論語』述而篇の孔子の言葉。聖人は不正常・暴力・無秩序・神霊などは話題にしない意。
二 嘘。「千三つ」と同じで、当時の流行語。
三 下根の衆生を悟りに導くための便宜的手段。
四 計略。はかりごと。
五 客をだます手段。
六 嘘。でたらめ。
七 まして。「況」の古用。
八 全く馬鹿げた話。
九 一冊。
一〇 諺「聞上手の話下手」をひねった謙称。
一一 努力して功をなす。
一二 古い咄の仕立直し。
一三 脚色を加えた咄。
一四 口出して邪魔せず。

○いなか帰り

「どふだ、久しうあひませぬ。お替《かわ》りもねいか」「これは五兵衛殿、きついお見限り[一]の。そふなさつたがよいのさ[二]」「イヱ、わつちも先度《せんど》[三]から田舎へ行つて居やした。それで来やせなんだ」。女房「道理でこそ。マア、あがりなさい。ホンニ、お前がござらぬゆへ、毎日お噂ばかり申してゐやした。そして田舎は、おぢさんの所へかへ。何ぞおもしろい事でもあつたかへ」「アイ、何もおもしろい事もなか橋《はし》[四]さ。したが[五]、田舎は気散《きさん》[六]じなことさ。マア、聞きねい。門口に莚《むしろ》を敷いて寝てゐても、だれも叱るものはなし、大あぐらで[七]飯を食ふているとの、向ふの山には梅や桜が咲いてゐるの、こちらの池には杜若《かきつばた》[八]が今をさかりと開いてゐる。又こちらには紅葉《もみじ》が紅葉《こうよう》して、鶯などが来て鳴くの、それは〳〵、気の晴れた穿鑿《せんさく》[九]さ」。亭主「それは、ほんによかろう」。女房

一 久しく顔を見せぬ。
二 冗談半分のすねた言い回し。
三 先頃。
四 日本橋と京橋の中間に明暦以前あった橋付近の地名。「無いさま」をしゃれて言った通言。
五 しかし。けれども。
六 のん気。気晴し。
七 無遠慮に大きく組んだあぐら。
八 アヤメ科の多年生。開花期は五、六月。
九 気分がさっぱりとする話。気晴しの沙汰。

「したが、待ちなよ。アノ、梅や桜の時分に、なアに[一〇]紅葉《もみじ》があろうや」「ハテ、そこが田舎はやりばなし[一一]さ」。

○提《ちょう》灯《ちん》

友、遠方より来たる[一二]ことあり。何かのはなしに日を暮らし、「もうお暇《いとま》申します」と立ちかかれば、亭主、「これは〳〵お残り多い[一三]。それ、灯《あかり》を見せませい。イヤほんに、宵闇《よいやみ》[一四]じゃから、提灯をあげ申せ」「イヤ、それには及びませぬ。サア、お入り[一五]なされませい」といふ内に、女房が提灯をとぼして持つて出で、「ひらに[一六]、持つておいでなされませ」と差しいだすを、亭主見て、「ア、、それは大ぶん古い」「イエ〳〵、どのやふに古ふても、よふござります」「それでもあんまりじや」といへば、女房、そばから、「ナアニ、夜だから御堪忍《かんにん》あそばせ[一七]」。

一〇　どうして。何故。
一一　「田舎の人は性格や言動が雑で好い加減」という意の成語を使っての言訳。四季が一度に楽しめる理想境願望を匂わす。
一二　『論語』学而篇の「有朋自遠方来」に依る。
一三　お名残り惜しい。
一四　陰暦十六日から二十日頃までの、月の出が遅くて暗いこと。
一五　玄関から奥の間へ。
一六　どうぞ。ぜひとも。
一七　暗くて見えぬから汚くても我慢して下さい。

○人間

四五人茶店に腰かけて、芝居のはなし世の噂、その座ぎりの近付《ちかづき》[一]なり。「お前はどこでござる」「わしかへ。わしは糀町《こうじまち》[二]さ」「それは遠方でござる。わたしは神田の永富丁《ながとみちょう》[三]。表[四]にゐますから、お通りなさらば寄りなさい」「こちらのおふたりは、お連れかへ」「イヱ、おらは浅草、この人は本所《ほんじょ》の人さ」「ヤレ〳〵、かふ寄合ふも他生《たしょう》の縁《えん》[五]」と、目口《めくち》乾《かわ》き[六]のござ〳〵ばなし[七]。最前《さいぜん》より聞きいたる老人、手を打て、「一人は糀町、一人は浅草、ふたりは神田、本所の人とな。サテモ、人間というものは」と、感心したる体《てい》に見へければ、「ソレハ又、なぜでござる」といへば、「サレバサ、犬ならば嚙合《かみや》わふに[八]」。

○呵《しかり》の通《かよい》[九]

息子、おやぢに度《たび》々叱られて、「もし、おやぢ様。そのやうに、ふ

一 その時限りの知人。
二 千代田区麹町。
三 千代田区神田鎌倉町の辺。
四 表通りの所。
五 諺「袖摺(振)り合うも他(多)生の縁」。見知らぬ人との一寸した出合いも、多くの生を経る間からの因縁による意。
六 詮索好き。噂好き。
七 とりとめのない雑談。
八 「犬も他所負け」の俗諺もあり、犬は縄張りがあって、他所の犬とは仲が悪く嚙み合う。
九 小言を記した通帳。

だんがみ〳〵言わずと、悪いことがあらば、ためて置いて、いつしよに叱つたがよい」といへば、「たわけめが。おのれ[一〇]がつくす[一一]を覚へてゐらるるものか」といふ。息子、帳をこしらへ、持つて出で、「これへ付けて置いて下され」といふ。おやぢ、帳面を取て見れば、上書《うわがき》[一二]に、「油之通《あぶらのかよい》[一三]」。

○鍔《つば》の直《ね》段《だん》

さる歴《れき》々の衆[一四]、柳原《やなぎわら》[一五]を通り、干店《ほしみせ》[一六]にある鍔を見給ひ、「面白さふな鍔じや」と手にとりて、近習《きんじゆ》の侍に、「直《ね》を聞け」と仰せらる。御《ご》供の侍、「この鍔はいくらじや」と問へば、「六十四文」といふ。「御前《ぜん》[一七]のお求めなさるのじや。もつと高く言へ[一八]」といへば、商人《あきんど》、声を大きく[一九]して、「六十四文」。

一〇　お前。
一一　馬鹿をつくす。馬鹿なことや放蕩をする。
一二　表紙の文字。
一三　叱ることを「油をしぼる」という。小言をまとめて記す帳面にふさわしい表題。
一四　身分・家柄の高い人。
一五　千代田区須田町から岩本町辺の神田川の土手。古物商の露店が多い。
一六　露店。大道見世。
一七　お殿様。諸大名や旗本などを家臣が呼ぶ語。
一八　値段を高く。
一九　「声を高く」と誤解。

○行灯《あんどん》

道造《みちつく》り[一]の場所へ、車に行灯を大分積んで引き来たる。仕事師[二]ども見て、「これはあてこともない[三]、たくさんな行灯《あんどう》じゃ」といふところへ、曳々《えいえい》声[四]にて、また一両引いてくる。「これはけしからぬ行灯《あんどう》じゃ」といへば、親分[五]、鍬を肘《ひじ》にあて、つく〴〵見て言ふ。「何でも、どこか大きに日の暮れる所[六]がある」。

○御即位《ごそくい》

「大屋さん、アノ御即位といふは、何のことでござりますの」「ヲヽ、あれは禁裏《きんり》様[七]のお位におつきなさることじゃ」「ハテノ、そして禁裏様の御手に持つてござる木でした物[八]は、何じゃいの」といへば、家主、しばらく考へて、「アレハ御即位をおすへらさ[九]」。

一　道路工事。
二　工事の日雇い人夫。
三　途方もない。とんでもない。江戸語。
四　力を入れる時に出す、「えい〳〵」の掛声。
五　仕事師の親方。
六　日暮れ後は行灯の灯りで仕事をするので、沢山の行灯から、大工事同様、大がかりな日暮れと言った。
七　天皇の敬称。
八　木で作った。
九　「即位」を飯粒を練って作る糊の「続飯(そくい)」にかけ、それを練り押付ける篦(へら)とこじつけた。

○毛抜《けぬき》一〇

皆寄つてはなしてゐる所へ、友達来り、「今この毛抜を買ふてきた。見てくりやれ」といふ。「これはよい毛抜じや。いくらで買つた」と問へば、「三十二文で」といふ。「それは安いものだ」と言いながら、髭にあててみて、「こりや一向にくわぬ一一」といへば、「サレバ、それを疵《きず》一二にして買つた」。

○梅もどき一三

茅場丁《かやばちょう》の薬師《やくし》一四へ参り、帰りに梅もどきをととのへ一五、何でも安い物と思ふて、手にさげて帰る。向ふからも友達が、梅もどきをさげて、ぶら〳〵来る。「助坊《すけぼう》か。おのし一六も植木を買つたな。コレ、おらも買つてきたが、貴様のは大分《だいぶん》よさそふな。いくらで買つた」と問へば、「ヲヽ、これが十六文さ。ナント、安かろふが」といへば、「サ、お

一〇　髭や毛髪などを挟んで抜取る道具。当時、髭を伸ばさぬ町人にとって必需品であった。
一一　刃がうまく嚙み合わず、毛がよく挟めない。
一二　難点にして安く。
一三　モチノキ科の落葉灌木。葉の形が梅に似ているので、この名がある。
一四　中央区日本橋茅場町の薬師堂。縁日の植木市が有名。
一五　買う。
一六　「おぬし」の訛り。

れも十六文で買つたが、同じ値で、貴様のより悪い」「イヤ〳〵、木《こ》ぶりがよさそふな」「インニヤ、それだが、貴様のほどには、もどかぬ[一]」。

○はららご[二]

「けふは珍しい汁《しる》を振舞われてきた」「ソレハ何汁じやの」「はららご汁とやらで、香《こう》ばしいものさ」「ソレハよかつたらふ。はららは[三]、よいものさ」「されば、ゑゑものか知らぬが、今日のは目ばかりだ[四]」。

○色白

御屋敷の窓下を通るに、何か美しいやつが出てゐる。さすがの色男も、ちと、りきみが付いて[五]、脇目もふらず通り過ぎて、振り返り窓を見れば、ヱヽ、ばかな、白鳥《はくちよう》の徳利《とつくり》だ[六]*。

一 枝葉の様子の悪いのを、もどかぬ＝似ていないと、妙な言い方をした。

二 産卵前の魚の卵塊。特に鮭の卵の筋子をいう。

三 はららごの女房詞。

四 知らぬ者同士で、細い粒を魚の目と思い違いした。

五 気取りが出て。

六 首の細長い大きな白磁酒徳利の俗称。形が白鳥に似ているのでいう。

* 「評判の窓に白鳥の徳利」(『川傍柳』二・22)は同想句。

○銅《かね》の鳥居

隣のかみ様、大難産《おおなんざん》。さても気の毒、医者よ人参《にんじん》[七]よと大騒ぎ。亭主、こらへかねて裸になり、井戸端へ飛んで出で、水をざんぶりと浴びて[八]、「南無《なむ》金比良《こんぴら》大権現《だいごんげん》、何卒《なにとぞ》安産いたすやふに。御礼には、からかね[九]の大鳥居を差し上げませふほどに」と一心に祈る。産婦、聞き付けて、「もしこれへ[一〇]、わしが安産したとて、どふマア、かねの鳥居ができるものぞ。つがもない[一一]ことばかり」といへば、「ハテ、やかましい。わしが金比良をだます内に、早く産み給へ*」。

○厄はらい[一二]

「御厄はらい疫《やく》おとし」と呼ばつて来る。「コレ〳〵、厄はらい殿。頼んます」と紙に包んで[一三]渡せば、受取つて、「ヤアラ、旦那の御寿命申さば[一四]」「ヲツト待つたり。旦那のではない、おれがのだ*」。

七　高貴薬の朝鮮人参。
八　水垢離(みずごり)の祈願。
九　青銅。銅と錫の合金。
一〇　お前さん。
一一　とんでもない。ばかばかしい。江戸語。
*　類話→補注一八
一二　節分の夜、厄難を祓う詞を唱え銭を乞う者。
一三　心付けの銭と豆。
一四　厄を祓う時の決まり文句。
*　「やあら旦那といへば下女わたしがの」(『柳多留』二八・30)は同想句。

○初　鰹

初鰹を奢らんと、一盃しかけるところへ、近所から、「急にお目にかかりたい、ちよつと〳〵」と呼びにくる。「なむさん、けいどう。一 コリヤ六助、このまま置てゆくぞ。気を付けよ」と言い捨てて出でて行く。六助もそこら片付る内に、三毛めが刺身を半分ほどしてやる。二 六助おどろき、猫をおしのけ、とてものこと、三 残りも三毛にかづけふと、四 二《ふた》箸《はし》三《み》箸《はし》、舌打ち五すれば、側《そば》から猫が、「フウ〳〵」六＊。

○ど も り

「ことしの年男《としおとこ》七は、どもりの八助、さぞおかしからふ」といふうち、八助は升《ます》を斜《しや》にかまへて大音上《だいおんじよう》八。「フ、、福は内、ヲ、、鬼は、ヲ、、おには」といへば、鬼が門口からのぞいて、「これさ、出るのか、入るのか」＊。

一　警動。本来は私娼窟などの不意の手入れ。「邪魔が入った」「しまった」の意。
二　食べてしまう。
三　いっそのこと。
四　責任をなすりつける。
五　舌つづみを打つ。
六　怒った時の鳴声。
＊　落語「猫の災難」の原型。
七　その年の干支に当った男。節分の豆まき役。
八　気取った身構え。
＊　「年男瘂(おうし)で鬼がまご〳〵し」(『柳多留』五九・8)は同想句。

○綱右衛門九

渡辺の綱右衛門といふ浪人あり。近所の衆打寄り、「お前様は、名にあふ四天王の随一、鬼の腕を切らしやりました一〇綱様の御子孫と承りました。どふぞ御先祖の高名《こうみよう》ばなし一一を承りたし」といへば、綱右衛門、子細らしく、「なるほど、我らは源頼光《みなもとのらいこう》の御内《みうち》、渡辺源次綱《げんじつな》が末葉《ばつよう》でござる。申すもおこがましく候へども、只今絵馬や幟《のぼり》にかたち一二を残されしは、かの洛陽九条《くじよう》の羅生門《らしようもん》一三に鬼神《きじん》住んで、往来《おうらい》をなやませしに、我が先祖渡辺の綱、君の仰せを蒙り、印《しるし》の金札《きんさつ》一四給わりて、五枚兜《かぶと》一五を猪首《いくび》に着なし、羅生門に急ぎ行き、馬よりひらりと、おりしも五月《さつき》の宵やみに、かの金札を立ておきて、立ち帰らんとする所に、悪風しきりに吹き来たり、鬼神は腕をさし出し、綱が兜の錏《しころ》一六を、むンづとつかんで後《うしろ》へ引く。綱もさるもの、身を逃がれんと前へ引く。互いに、エイヤと引く力に、鉢付《はちつけ》の板より引きちぎつて、左右《そう》へばつとぞ退《の》いた

九　源頼光の四天王の一、渡辺綱をもじった名。

一〇　羅生門で鬼の片腕を切った謡曲や芝居で名高い「茨木」の説話。

一一　手柄話。

一二　豪勇な武者絵の画材。

一三　京都朱雀大路の南端九条にある都城の正門。

一四　証拠品の金札。以下謡曲『羅生門』の詞章をふまえる。

一五　錏の板の五枚あるいかめしい兜。

一六　「兜の錏」あたりから、『羅生門』(茨木)と、『八島』(錣引)が混線してくる。

りける」「コレ〱申し、それではどふやら八島《やしま》の軍《いくさ》[一]のやうにござります」「サレバ〱、その間違いゆへ、身も浪人致した」[*]。

○悪い癖

心安い者[二]に、よく家来を叱る人あり。ある時来りて、「晩には皆が来るはづじやから、何もないが、貴様も来て咄し給へ」といふ。「それは忝いが、貴様は人が行くと、よく家来を叱る人じやによつて、行きにくい」「されば、おれもたしなむ[三]けれど、どふも叱りたくてならぬ。悪い癖じや。したが[四]、もふ晩には叱らぬほどに、来てくれ給へ」といふゆへ、「そんなら行かふ」と約束して、咄に行きける。案のごとく、やたらに家来を叱るゆへ、客衆みな〱気の毒がり[五]、「そのやふに叱り給ふなら、みなお暇《いとま》申さふ」といへば、亭主も困り、「そんなら、もふどのやふな事があつても叱るまいほどに、咄し給へ」と、とめて咄させける。しばらく過ぎて、亭主も家来も見へねば、「これ

一　屋島の戦い。平景清と三保の谷四郎の錏引の話が名高い。
＊　上巻「人丸赤人」(一六八頁)同様の混線話。
二　親しい友だち。
三　気をつける。慎む。
四　しかし。けれども。
五　当惑して。

は不思議」と、裏口[六]を覗いてみれば、亭主、家来をとらへて、肩先へ食いついて[七]ゐる。

○凧《たこ》

息子が凧をあげるにあがらず。親父出て、「どれ〳〵、おれがあげ付けてやらふ。向ふの河岸《かし》へ持つてこい」とて、小僧を連れゆき、一《ひと》駆《か》け走ると、よくあがる。親父おもしろがり、引いたりしやくつたり[八]、余念なし[九]。「コレ父《とつ》さん、もふ、おれにくんねい〳〵」とせつけば、「エ、やかましい。われを連れてこねば、よかつたもの」[*]。

○水打[一〇]

夏の夕げしき[一一]、門《かど》へ水を打つている所へ、よい年増《としま》[一二]が気色《けしき》どつて来[一三]るゆへ、打ちかかつた手桶を左へふり廻し、撒《ま》かんとする所へ、きれいな振袖[一四]が来かかる。これへもかかつてはと、こちらへふりむけば、

六　勝手口。
七　噛みつく。声を出さずに叱る行動。
八　前後上下左右に、すくうようにゆする。
九　夢中になる。
＊　「あげかかる凧に我が子が邪魔になり」(『川柳評万句合』宝暦八年鶴)の図。落語「初天神」のサゲ。
一〇　水を撒く。打ち水。
一一　夕方。
一二　娘盛りを過ぎた二十代の女。
一三　気取り澄まして。
一四　年若いおぼこ娘。

年増が間近く来る。せんかたなさに、手桶をさしあげて、手前[一]のあたまから、ざつぷり。

○近　目[二]

近目の男、開帳[三]へまいる。「霊宝は左へ〳〵。これは鎌倉の権五郎景政《かげまさ》[四]の鎧でござる」。男、立寄つて、ていねいに見る。「コレ〳〵、くさいものでは[五]ござらぬ」。

○女の評判

どこでも寄れば色ばなし。[六]「アヽ、おらは、おぼこな振袖[七]がゑい」「イヤ〳〵、新造《しんぞう》[八]より年増《としま》[九]がおもしろい」「イヤ、おらは地色《じいろ》[一〇]はきらいだ。比丘尼《びくに》[一一]がゑゝ」といふ内に、一人が、「いや〳〵、何もいらぬ。諸事《しよじ》[一二]、後家《ごけ》がよい。とかく後家のこと〳〵[一三]」といへば、皆、口をそろへて、「そふだ〳〵、後家〳〵」といへば、「アヽ、おらが嬶《かか》も、早く後家

一　自分。
二　近眼。
三　社寺で秘宝秘仏を有料で一般公開する催し。
四　源義家の家臣。後三年の役の豪勇の士。
五　近眼で顔を近く寄せたのを、匂いを嗅ぐと見た。宝物にありがちな偽物＝臭い物をかける。
六　男女の色事の話題。
七　うぶで年若の娘。
八　眉を剃らずに白歯の十代の娘。
九　娘盛りをすぎた二十代の女。
一〇　素人女との色事。
一一　比丘尼姿の私娼。
一二　すべての点で。
一三　女は後家に限る。

にしたい」。

○比丘尼《びくに》一四

神田《かんだ》へんにて、比丘尼が二三人行きあひて、連れ立ち話して行くを聞くに、「今日わつちやの、通り町一五で、ゑゝ女を見やした。ソレハ〳〵とんだ器量での、島《しま》ちり一六の小袖に紫うらを付けての、帯は黒繻子《くろじゆす》の幅広を、路考《ろこう》一七に結んでの、そして髪は」といふて手をあげ、「わが身でなし一八、深川本多《ほんだ》一九さ」。

○五匁五分《ごもんめごふん》二〇

呉服屋へ買物を取りに行き、直《ね》を問へば、「五匁五分」といふ。「面倒ながら、ちよつと書き付けて下さい」といへば、手代がいふには、「マア持つていて、見せてござれ。五匁五分が覚へにくくば、ソレ、指を折つて五匁、又こちらの指を折つて五分と覚へてござれ」といへ

一四　神田多町や新大橋東詰などに中宿を持つ歌比丘尼。二十歳前で薄化粧し比丘尼姿で勧進したが、売春も多かった。

一五　日本橋から京橋へかけての大通り。

一六　縞のお召し縮緬。

一七　当時人気の女形二世瀬川菊之丞(俳号路考)好みの粋な帯の結び方。

一八　自分の髪の毛で結い。

一九　男の本多髷の流行を真似た深川芸者の髷形。

二〇　江戸時代の銀目の単位。元禄以降は大方小判一両が銀六十匁。一匁は十分。五匁五分は銭で約三百七十文。

比 丘 尼

ば、「よし〳〵、のみこみ印《じるし》[一]」と、両手を握つて立出でしが、また立帰り、「コレ〳〵、どふぞこれを、二分《にふん》負けて[二]くれまいか」「ナゼへ」「これでは戸[三]があけられぬ」。

○律《りち》儀《ぎ》[四]

「今年置いた久助[五]めは律儀者じや。あんな者は少ない」といふ所へ、久助まかり出で、「もし旦那様。私が国から持つて参つた金子《きんす》が一分《いちぶ》[六]ござります。これをお前様に預けて置きたふござります」「ヲ、、それは奇《き》特《どく》[七]じや。見世の番頭へ持つていて、預けたがよい」「イヱ〳〵、わたくしはお前様に預けたふござります」「ソリヤ又なぜに」「アイ、お前様のしんぼう[八]を見届けました」。

○落　馬

二人連れ立つて桜の馬場[九]へ行き、「サア、借馬《しやくば》[一〇]に乗つてみよふでない

一 「分かった」の意の「のみこみ」をしゃれた「のみこみ山」同様の通人用語。
二 戸を開ける指が二本自由になるように。
三 両手とも握っては。
四 実直。義理堅いこと。
五 下男の通名。
六 一両の四分の一。銭で千文。
七 感心。よい心掛け。
八 仏語の心法の転で辛抱。我慢、勤勉の意。
九 上野山内から元禄頃に湯島聖堂の西隣、神田川沿いに移った馬場。
一〇 乗馬用に料金を取っ

か」といへば、「コリヤ面白からふ。したが、おらはつゐに乗つたことがない」「ハテ、静かに乗つてみやれ」と、無理に乗せて引きいだす。「これはこわいものだ」と桃尻《ももじり》[一一]になつて乗つて行く。引つかへすと、馬は一散に駆け出だす。「アレ〳〵、どふもならぬ〳〵」といふ内に、馬場の中ほどで、ころりとこけ落ち[一二]、「アヽ、これでよい」。

○大牛

「おらはゆふべ、牛を夢に見た。さても大きな牛もあるもんだ」「どれほどあつた」「アノヽ、暗闇ほどさ[一三]」。

○物《もの》日《び》[一四]

親父が見たらきん〳〵といふべき息子[一五]、女郎買に行く。女郎に下心あるとみへて、無性《むしよう》とかける[一六]。はや床《とこ》になりて、案のごとく、「コレ、せきさんへ、八朔《はつさく》[一七]をしまつて[一八]おくんなんし」。息子答へて、「八朔は、

て乗せる馬。
一一　尻が馬上の鞍にうまくすわらない状態。
一二　ころげ落ちて。
一三　物の区別がはっきりしない譬え「くらがりに牛」を引っかけた。
一四　吉原で特別な行事がある日。紋日。
一五　当世風の髷や身なりで得意がる道楽息子。
一六　惚れたように見せかける。だます遊里語。
一七　女郎が絹の白無垢を着る八月一日の紋日。
一八　紋日などの特別の費用の負担を約束して。

ちとむつかしいことがある」「そんなら、月見を[一]」「イヤ、月見は例年《いつも》行く処があるじや」「そんなら、十三夜[二]をしまつておくれ」「イヤ、そう〳〵は出られぬ」。

○合羽《かつぱ》[三]

親父、娘に合羽をねだられ、つぶやきながら、仕様《しよう》ことなしに買うて来て、「ソレ、おのぞみの合羽」と差し出せば、娘悦び、「よい合羽じや」と引つくりかへし、「父《とつ》さんへ。とても[四]買つてくんなさるなら、襟《えり》はびろうどがよいもの。こんなおかしな装束」と気に入らねば、「なに、装束が悪い。ヱ、やかましい。費《つい》[五]へなことをいふなよ。コレ、干物《ひもの》で見ろ、むしつて捨てる所だ[六]*」。

○吝《しわ》いやつ

「伊勢《いせ》甚《じん》[七]めは吝いやつじや。あの男のところへ行つて、ついぞ何も

一　陰暦八月十五日、月見の紋日。

二　九月十三日、後の月見の紋日。

三　ポルトガル語のカッパ=外套を模した雨具。

四　どうせの事に。

五　贅沢。金がかかる。

六　合羽の襟は干物では捨てる鰓の部分に相当。

*　「合羽の装束干物なら捨てる所」(『柳多留』一二四・87)は同想句。

七　伊勢屋甚……の略称。伊勢出身の商人は吝嗇で通っていた。

食わせたことがない」と言いながらも、用があつてちよつと見廻《みま》[八]へば、伊勢甚立出で、「これは〳〵、よふおいでなされた。マアお上り」と上へあげ、「さて、御物遠《ものどお》[九]でござります。コレかか、久しうてお出でなされたに、何ぞ上げましたい」。女房聞いて、「アイサ、何ぞあげたいものじやが、このごろはきつい時化《しけ》[一〇]で」と、例の食わせぬ挨拶する処へ、表に、「鰹〳〵」と魚屋の声。女房聞いて、「アレモシ、あんな悪口[一一]*」。

○幽霊

きをひ組[一二]の夫婦喧嘩。「ヤイ、ふんばりめ[一三]。うぬ、顎《あご》がすぎる[一四]と、たたつ殺してしまふぞ」「ヲヽ、殺さば殺しや。幽霊になつて、とり殺して見せふぞ」「ヱヽ、おしの強い[一五]。よしてくれろ。白無垢[一六]も持たねいで」「ヲヽ、白無垢がなくとも、鱗《うろこ》の半てん[一七]*で」。

八　立寄る。
九　疎遠。御無沙汰。
一〇　天候不良で馳走の魚介類が少い。
一一　自分の言葉を否定する鰹売りの売り声。
*　上巻「吝き者の事」(三一頁)の脚色話。
一二　競い組。気の荒い勇み肌の連中。
一三　女を罵っていう語。元来は下等の売女の称。
一四　言葉が過ぎる。
一五　図太い。厚かましい。
一六　葬式や死装束などに用いる白ずくめの着物。
一七　三角形を配列した鱗形の模様に似た火消の印半纏。能では鬼女の衣。
*　類話→補注一九

幽　霊

○戸　棚

ぐわら〳〵ぴかり〳〵。「ソリヤ鳴るわ」と亭主、大のきらい。「コレ〳〵嬶《かかあ》、蚊屋《かや》はまげて[一]しまふ、どふせふな。アレまた、パチ〳〵ぱちと鳴つてくる。コリヤ、もふたまらぬ」と、戸棚をあけてかけこむ処へ、小僧[二]が外からかけてきて、親父が戸棚にかくれるを見て、「かかさんや、あすも又、お節句[三]かへ[*]」。

○掛《かけ》乞《こい》[四]

大晦日《おおみそか》の夜中時分、掛取、財布を肩にかけ、「お仕舞《しまい》[五]はできましたかの。御亭主、昼の約束の通り、外《ほか》は仕舞ふて来ました。さつきの残りを払ふて下さい」「ホイ、今やりませう。ちつと待つてゐさしやい」と、委細かまわず帳合《ちょうあい》[六]してゐれば、「コレ、もふ追《お》ッ付《つけ》八つ[七]になります。七百[八]ばかりの事じやに、ちよつと出してくだんせ」「ハテ、追ッ

一　質草に入れて。
二　男の子供。
三　各節句前は掛買の支払い期。借金取り逃れに戸棚に隠れる常習者。
＊　「雷」(三三五頁)に再出。
四　掛売りの集金人。掛取り。
五　年末のしめくくりの取立てや勘定。
六　収支の計算。帳簿の記入や照合。
七　すぐに午前二時頃。
八　七百文。僅かな額。

付脇からくる所がある。もちつと待たしやい」「これはしたり。それが待つていられるものか。そんなら春[九]でもきませう」といふを、亭主、「イヤ〱、暮れまでの約束じやから、今夜払つてしまいます。そこら廻つてから、来さつしやい」「アレ、まだあてこともない[一〇]。あればかりに何度取りにくるものだ。春のことにしませう」「イヤ〱、今《こ》年《とし》中に払わねばならぬ。ぜひとも待つていさつしやれ」「イヤ、春取りに来ませう」「イヤ〱、今夜払わねば帰さぬ」と、互ひに争ひ、声高《こわだか》になれば、女房、そばから、「これ、こちの人[一一]。あれほどに言わつしやるに、春まで延ばして進ぜさつしやい[*]」。

○鞠《まり》箱

息子、鞠[一二]を好いて蹴る。親父、気に入らずして、大きに呵《しか》つて曰《いわ》く、「そも〱その鞠といふもの、貴人高位の遊ばすもので、此方どもがもてあそぶものじやおじやらぬ。九損一徳《くそんいっとく》[一三]とて、腹の減るばかりが[一四]徳

九　正月。新年。

一〇　とんでもない。ばかばかしい。

一一　妻が夫をいう語。

*　類話→補注二〇

一二　蹴鞠。当時中流以上の町人間に流行、特に道楽息子の好んだ遊芸。

一三　損ばかり多くて得が少いことの譬え。

一四　運動になるので。「腹の減る芸に息子は飽きが来る」(『柳多留』二四・27乙)の句もある。

鞠　箱

じやげな。それがなんの徳なこと、九損一損といふものじや。たび〳〵止めろといふに、とかく止まぬそふな。鞠があればこそ蹴《け》たくなる。いつそ打つちやつてしまへ」と、にが〳〵しく言へば、息子、しほ〳〵と成て、それから後《のち》は、親父の留守ばかりかんがへて[一]蹴る。ある時、息子の留守に、親父、縁側にて鞠箱を見付け、「まだ止めぬそふな」と、そばへ寄り、両手でそつと蓋《ふた》をあげ、内を見て、「ハア、捨ておつた[二]そふな[*]」。

○義太夫ぶし[三]

又ある息子、義太夫が好きでうなる。おやぢ、腹を立て、「何のおのれが上瑠璃《じようるり》、声は悪し、とても上瑠璃語り[四]にはなり得まいし、何の役にも立たぬ。重ねてうなりおると、くらわすぞ[五]」と、きびしくきめられ[六]、湯屋より外《ほか》[七]に楽しみなく、ある時、雨は降る、二階へ上がり、夜着《よぎ》引かぶつてうなり出すと、おやぢ聞き付け、下から声をかけ、

一　ねらって。
二　挿絵の通り鞠は蓋の裏側に付いているのに気付かず。
＊　「鞠」(一五頁)参照。
三　竹本義太夫が大成した浄瑠璃。
四　専門の浄瑠璃太夫。
五　殴る。叱責する。
六　強く咎められ。
七　当時銭湯の湯槽で声自慢の天狗連が語った。
八　歌舞伎で浄瑠璃を幕の後ろで語る時、声量がないと十分通らない。夜着=幕を通すほどの声量

「ヤイ〳〵、たわけめが又語りをる。黙らぬか」と呼ばはれば、夜着の内から息子が、「ナント、これでは幕を通しませふか[八]」。

○薦《こも》かぶり[九]

薦かぶり、二三人あつまりて、おあまり[一〇]をわけて居る処へ、花ござ[一一]を着た非人[一二]来かかりて、「ホヲみんな、ゑいものをしたな。おらにもちつと、くれのかね[一三]」「ヲ、長か。ここへ来《こ》ふ〳〵」「ヒヤア、われや力《りき》んだ[一四]ものを着たな」「ヲ、サ、今拾つたが、ちつと派手すぎる*」。

○生《なま》酔《よい》[一五]

夜更けて通る棒鱈《ぼうだら》[一六]が、ひよろ〳〵足の千鳥がけ[一七]、頭が下がるとこみあげて、「ゲイ」といふと、道なかへ小間物見世を出し[一八]かける。夜なればかまふ人もなく、すぐにのめつて、たわいなき処へ、犬が三四疋よつて、見世をば大方なめてしまい、生酔《なまえい》の頭や顔をぺろ〳〵となめ

かと息子の自慢。
九　乞食の異称。
一〇　飲食物の残り。
一一　多色に染めたござ。
一二　乞食。
一三　「呉れ」に暮の鐘を言掛けた当時の通言。
一四　気張った。
*　「錦」(二〇八頁)参照。
一五　酔っぱらい。ひどく酔うこと。「なまえい」とも。
一六　酔いどれ。江戸語。「此魚(塩鱈)には笹の葉(酒)を腹に入れてある故」(『牛馬問』)とある。
一七　斜めに打ち違えた形。左に右によろけて歩く。
一八　反吐をはくこと。

れば、「ア、、どなたか知らぬが、いかい御《ご》介抱《かいほう》」。

○二度《ど》の駈《かけ》[一]

桃太郎、鬼が島の手柄に味をしめ、又思ひ立つ旅衣《たびごろも》。[二]今度は竜宮へでも行つてみんと、腰には例の黍団子《きびだんご》、すかり[三]に入れてさげて出る。道にて猿に出《いで》合へば、「桃太郎殿〳〵、どこへござる」「竜宮へ宝取りにまいる」「腰につけたは、何でござる」「日本一の黍団子」[四]「一つ下さい、お供申そう」。桃太郎、すかりより一つ出して取らせければ、猿、手にとり、つく〴〵見て、「モシ、小さくなりやしたの」[五*]。

○声の薬

玄関構《げんかがまえ》に金看板《きんかんばん》[六]出して、『声のたつくすり』[七]と書いてある門口へ行きて、「頼みませふ」といへば、大きな声で、「どうれ」[八]といふ。「もし、声の立つ薬を下さいませ。アノ、今『どうれ』とおつしやつたよ

一 再び攻め入ること。『平家物語』巻九の梶原「二度の駆け」が有名。
二 謡曲『道明寺』の詞章。旅「立つ」と衣を「裁つ」をかけた。
三 海女が獲物を入れる網袋。
四 浅草むかしやで売出した名物団子を利かす。
五 二度目で質が低下したのを皮肉った。
* 「桃太郎」(一三頁)参照。
六 金文字を彫込んだ人目につく大仰な看板。
七 大声やよく通る声。
八 客を迎える挨拶語。

ふに、声が立ちますか」と問へば、取次の男、声を低ふして、「また、このよふにも申[九]されます*」。

○すへ切《ぎり》[一〇]

剣術の師匠、「すへ切といふ手の内[一一]をして見せん」といへば、弟子ども、「これは先生、拝見致したい」「なるほど〳〵、しからば明日、人込みの所へ行つてから、往来の者、いづれにてもお望み次第、すへ切にして見せ申さん」と、弟子どもを同道して、人通りへ出《いで》て待つて居て、「アレ、あそこへ来た男を切つてみせふ」と、先生立向ふて、抜くぞと見へしが、刀を鞘《さや》へ、何事もなし。弟子ども、いかがと思ふ内に、男七八軒あゆみしが[一二]、首は前へころり。あとから、「モシ〳〵、首が落ちました*」。

九 声の高低も自由に。
* 類話→補注二一
一〇 相手を動けない状態にして斬ること。
一一 剣術の腕前。極意。
一二 斬られても同じ姿勢のまま暫く歩く。
* 類話→補注二二

○豆腐屋

夫婦ぐらしの豆腐屋ありけるに、二人ながら無筆[一]なり。されども女房覚へ[二]がよく、「モシ、一丁おくれ。代《だい》はあとから」「アイ、向ふの伊勢屋へ一丁」といへば、女房、「ヲイ、よし」といふ。間もなく伊勢屋から、「只今の一丁の代」と持つてくれば、「これは御きんとふ[三]。ソレ、今の一丁、代すみます」「ヲツト、忘れたり[四]」。

○御《お》迎《むかい》[五]

仕事師[六]のおふくろ、大病なれば、友だち見廻《みまい》に来て、「どふだの、おふくろ。飯でも食へますか」「イヤモウ、わしも今度のわづらひはお暇乞じや。早くお迎いがくれれば、よふござる」「ナニサ、お迎いのなんのと、そんな奢つたこと[七]を言わずとも、つつかけて[八]行きなさい」。

一 読み書きができない者。
二 記憶力。
三 金当。伝言や返却・支払いがなされた時に労をねぎらっていう語。
四 帳簿に入金済みと記入する代りに、覚えた記憶の中から消す。
五 臨終時に仏が浄土に導くために迎えに来るという浄土宗の来迎信仰。
六 火消・人足や鳶の者。
七 ぜいたくなこと。
八 気軽に履物をつっかけて、こちらから押しかけて行く。
九 子供たちが供男をからかうはやし言葉か。

○灯《ちよう》ちん

御屋敷の灯ちんが通れば、子供が大勢ついて、「灯ちん食をふな[九]〳〵」。お仲間《ちゆうげん》[一〇]が仏頂顔にて、「ヱヽ、やかましい子供だ。コレ〳〵、かまわずとくわせろ[一一]」。

○狩場《かりば》の切手《きつて》[一二]

曾我《そが》の兄弟、敵《かたき》工藤[一三]を討たんと思へど、狩場[一四]の切手なければ、忍び入ることならず。梶原の家老、番場《ばんば》の忠兵衛[一五]が所持して色里にある由《よし》、聞きいだし、「何とぞ奪ひ取るべし」と、兄弟、土手[一六]に待伏せして、なんなく番場を切りふせて、懐中をさがし、帛紗《ふくさ》包みを引きいだして、「大願成就《じようじゆ》、これこそ」と悦びいさみ、我が家《や》に帰り開き見れば、コハいかに、箱入温石《はこいりおんじやく》[一七]。

一〇　侍と小者の中間に位する武家の召使い。
一一　「食わせろ」に、殴ってしまえの意をかける。
一二　通行許可証。
一三　兄弟の父親河津祐泰を殺した工藤祐経。
一四　富士の巻狩りの陣屋。
一五　明和五年上演『筆始曾我章』など曾我物に登場する梶原景時の家臣。好色者で敵役。
一六　吉原近くの日本堤。
一七　製塩の竈の破れを材料に幅二寸、横四寸程の長方形の薄形懐炉。この頃売出されて流行した。『増訂武江年表』安永年間記事に「○箱入温石始る」。

○格《かっ》好《こう》

薬種屋[一]の店にて、若い衆が寄つて話する中へ、さる老人来かかりて聞きゐたりしが、「コレ〱、貴様たちは何を話すか知らぬが、とかく若い者は、物の格好といふことを知らいでは、役に立たぬ。『これは格好がよい、いや、ようない』と、まづ第一に、格好といふことを知つたがよい。それだによつて、ここらにも、格好正気散《かっこうしょうきさん》[二]といふがある」。

○金《かな》物《もの》

ある人、金物を好いてなめる病いあり。さま〲の金物をなめて楽しみけるが、いまだ塔の上なる珠《たま》[三]をなめて見ず。何とぞ浅草の五重の塔の上にある擬宝珠《ぎぼうしゅ》[四]をなめてみたい望み。やう〱手筋を求めて、浅草のお別当様[五]へ申込み、願の通り、五重の塔へ足代《あししろ》[六]をかけさせ、てつ

一 生薬屋。

二 漢方の頭痛・風邪薬の藿香(かっこう)正気散の洒落。薬袋に描かれた駆病の神の鍾馗に、「正気」をかける。

三 擬宝珠のこと。

四 宝珠の飾り。塔の先端や橋の欄干上に冠せた葱の花に似た金物。

五 大寺の事務を統轄する役僧。

六 足場。

七 欄干のは人が触るので手の汗で塩気がある。

ぺんの擬宝珠をなめて見、「多年の望み達したり」と喜びける。「どふだ、貴様は塔の擬宝珠をなめたか」「アイ、なめました」「どのやふなものだな」「イヱ、思ふたほどにもござりませぬ。橋の擬宝珠[七]に塩けのないものさ」*。

○暦[八]

伊勢の御師《おし》[九]が門口から、「御機嫌よふござりますか。例年の通り、お祓《はら》い[一〇]を進ぜまする」と、台にのせて出せば、「これは忝いが、しかし今年から、ちつと存じ寄り[一一]もござれば、御土産《とさん》[一二]も熨斗《のし》も受けますまい」「イヤ、それだが、年号が変つたから[一三]、暦をもらわずばなるまい」「その代り、今までの暦を下にやり[一四]ますから、取替へて下さりませ」。御師、真顔になつて、「ソレハめいわく[一五]でござります」*。

＊　落語「擬宝珠」の原話。
八　伊勢神宮の神官藤浪家が発行した伊勢暦。
九　伊勢神宮の下級神職。
一〇　お祓いをした御札。
一一　考え。思い付き。
一二　暦に添える伊勢の産物ヒジキ・さらし鯨など。
一三　明和九年十一月十六日に安永と改元。
一四　下取りに出す。
一五　古い暦では役立たぬ「迷惑」と「明和九」の洒落。
＊　「十一月改元の時落首、年号は安く永くとかわれども諸色高くて今に明和九」(『増訂武江年表』)。

暦

○大　名

夜中に御大家《ごたいけ》の御通り。「どなたでござります」と問へば、おさへ[一]の衆が聞かぬふりしてゆく故、聞へぬかと思ふて、「モシ、どなた様でござります」。おさへ、つかうど声で[二]、「夜はいわん[三]」「ハテ、大きな医者様だ」。

○岡 場 所[四]

新宿《しんじゆく》[五]がはやつて、とんだ美しいが出ると聞いて、どんな女郎が出るかと思ふて遊びに行き、思入《おもい》れにふざけて床《とこ》へまわれば[六]、女郎も打ちとけ顔なり。客「どふか、ぬしやア見たよふだ。今までは、どこにゐなさつた」。女郎「わつちかへ。わつちはな、吉原にいやした」「ヲ、そふかの。道理で見たよふだ。そして町《ちよう》[七]では、どこらにいなさつた」「わつちや、江戸町の三丁目[八]に」。

一　大名行列の最後部を警備する供。見物人に聞かれると、「何々の守様」と長く引いて答える。
二　つっけんどんな声。
三　昼は名乗るが夜は触れない。「寄輪以庵《よるわいあん》」という医者名と聞き違えた。
四　官許以外の遊里。
五　甲州街道の宿駅内藤新宿。明和末年に再興を許された人気の遊所。
六　寝間に入れば。
七　五丁町の略。吉原の異称。
八　大門に入ってすぐの大見世の多い江戸町は一、二丁目しかない。見栄を張った嘘が暴露。

○富士山

若い衆大勢寄つて、御山参りのはなし[九]に、「おらは越中の立山《たてやま》へ行つてみたい」「おらは又、湯殿《ゆどの》も大峰《おおみね》[一〇]も登つてみたけれど、マアそれより、三国一の名山といへば、駿河《するが》の富士へ登つてみたい」「ナアニ、おきねへ[一一]。あがつてよければ、西行《さいぎょう》が下にはおらぬ[一二]」。

○雇《やとい》の供《とも》

ひとり者の医者あり。さる町家から呼びにくれば、「これは思ひもよらぬ、よい鳥がとれた[一三]」と悦び、一張羅《いっちょうら》を出して見得《みえ》をつくり[一四]、「ひとりでは行かれまい」と、相店《あいだな》[一五]の長八を、「慮外ながら[一六]」と草履取にたのみ、召連れて出けるが、長八が形《なり》のあまり見苦しきに迷惑し、「コレ〱長八、貴公の形はあんまり見とむない。ナント、案じ[一七]はあるまいか」といへば、長八、しばらく工夫して、腰の手拭をとつて頬《ほお》

九　山岳信仰で山上の社寺に参詣に登ること。
一〇　山形県の湯殿山や奈良県の大峰山。富山県立山に並ぶ修験道の霊地。
一一　よせやい、ほっておけの江戸語。
一二　富士を眺める富士見西行の図柄から、登ってもつまらぬ所とした。
一三　よい鴨が来た。待ち構えた所によい相手が来た意の江戸語。
一四　外観をかざる。
一五　同じ借家に住む者。
一六　失礼だが。
一七　工夫。思い付き。

被《かぶ》りをして、「これでよい。サアござれ」といふ。医者、これを見て、「マア、その頬被りは、どふだ」「ハテ、これでお前の供とは見へませぬ*」。

○格子作り[一]

天気がよさに友だちをさそひ、夕薬師《ゆうやくし》[二]と出かける。茅場町《かやばちよう》へ行く道に、よい身代《しんだい》[三]と見へたる格子作りの内に、廿ばかりの息子が書物《しよもつ》を見てゐる。「アレマア、この暑いのに、何が楽しみで気のつまる[四]本を見る。ナア、変なやつじやアねいか」と言いながら薬師へ参り、帰りがけにさつきの内を見るに、まだ机にかかつている。「とんだこつた。まだ本を見てゐるは」と、しばらく立ちとどまれば、息子はずつと立て、のびをしながら、「ア、、一分《いちぶ》[五]ほしい*」。

○芸　者

* 「一僕医者」(七七頁)も臨時の供の失敗話。

一 家の表に格子をはめた小意気な造りの家。

二 日本橋茅場町薬師。植木市が出て、夕涼みがてらの参詣人で賑う。朝観音に夕薬師と並称。

三 資産家。

四 堅苦しい。憂欝な。

五 遊ぶ金の千文。文無しでやむなく読書。

* 「釣り船」(一〇八頁)、「庵室」(三五二頁)参照。

六 男の本多髷に似た深

深川本多《ほんだ》[六]に結つて本八丈《ほんはちじょう》。「とんだ意気ななりだの」「アレハ芸者だの」。あとの男が[七]、長い箱を風呂敷包みにしてさげながら、仏頂面して小言をいふを聞けば、「歩行《あるく》はお下手《へた》[八]*」。

○貧　家

この上もない貧乏人の所へ、盗人はいりて、そこらさがして見れど、何もなし。亭主は天徳寺《てんとくじ》[九]を引つかぶり、知らぬ顔で寝ていれば、「ヱヽいま〳〵しい。このやふな何もない内《うち》も、又あるまい」と小言をいふ。亭主、あまりおかしさに、くつ〳〵笑へば、「イヤ、笑いごつちやない」。

○ふ の 字

ある人、「有卦《うけ》[一〇]に入れば、ふの字の付いたものを七いろ[一一]そなへる」といふことを聞て、友達に向ひ、「コレ、おれはの、ことし有卦に入《い》

川芸者の好んだ髷型。
七　三味線箱を持ち芸者の供や雑用をする男。
八　小児をあやす「あんよはお上手転ぶはお下手」を逆に、芸者の転び＝売春を皮肉る。
*　「転ぶは上手〳〵踊るはお下手」(『柳多留』一二・10)の句もある。
九　紙ぶすま。紙を外被とし、綿の代りに藁を入れた下僕や貧乏人が用いた布団。芝西久保の天徳寺門前で作り売られた。
一〇　陰陽道で、人の運が良い方に向く年回り。
一一　有卦に入ると七年吉事がつづくので七種。

つたから、ふの字を七つを用ひた。聞いてくりやれよ。まづ、ふつと思ひ付て、ふたりづれで、ふら〳〵出かけて、ふねに乗つてな、ふか川[一]へ行つて、ふたりあげた。[二] ナント、よからふが」といへば、友達聞いて、「イヤ、まだそれでは、一つたらぬ」といへば、「ヲヽそれよ、ふられた」。

○雲《う》丹《に》[三]

ある医者殿へ見廻《みまい》けるに、「これは〳〵よふこそ」と座敷へ通し、盃をいだし、馳走しける。肴《さかな》に越前の雲丹[四]を出だしける。「もし、コレハ何でござりますの」「うにでござる」「ハテ、結構なお肴でござります。風味《ふうみ》と申し、おめづらしい」「サレバサ、やふ〳〵もらいました。ときに、この角《つの》は、きつい毒消しさ[五]」。

○井戸がへ[六]

一 岡場所の一の深川。舟で遊びに行く客が多い。
二 芸者を二人呼んだ。
三 棘皮動物ウニの卵巣の塩漬。酒の肴に珍重。
四 福井県の名産。
五 ウニコウル(一角獣)の角が解毒剤なので、ウニの棘も同じと錯覚。
六 夏季、長屋の共同井戸の水やごみを、全員で汲出して掃除すること。

長屋中寄つて井戸がへをするに、相店《あいだな》の浪人衆、「出ずにもいられまい」と罷り出でて、「身共《みども》もお手伝い申さふ」といふ。「また、御浪人様か。けつく[七]、邪魔にならふ」と迷惑ながら、「モシ、そんならお前様は、ここへお出なさつて下さりませい」と、綱の先をあてがい、「ソレ、引いたりよ[八]」と声かければ、浪人、四角になつて[九]、「しからば、お先へ[*]」。

○仲人《なこうど》

至つて不器量なる娘あり。とかく縁遠くて、親たちも困りゐける。ある時、心安くなされて下さる鯛庵《たいあん》老[一〇]の御出《おいで》。四方山《よもやま》の話もすみて、亭主、鯛庵老に向ひ、「ご存じの娘がこと、年頃にもなりますれど、いまだ相応なこと[一一]もございませず。お前様は方々広ふお歩きなされますれば、お聞合せなされて下さりませい」といへば、鯛庵殿もこれには困り、「なるほど心得ました。病家《びょうか》そのほか、方々へも参れば、随

七　結句。かえって。
八　井戸内のごみや水を引張り上げる掛声。
九　堅苦しく構えて。
＊　「井戸替の先へ素人二三人」(『川柳評万句合』天明六)の図。
一〇　仲人医者にふさわしく「大安」に通ずる医者の名。
一一　ふさわしい相手との縁談話。

分と心掛けませふが、又、余人《よじん》にもお頼[一]みなされい[*]」。

○鑓《やり》持《もち》

さるお屋敷の御使者、馬に乗つて供廻り美々しく召連れられしが、鑓の鞘《さや》がた〳〵となるゆへ[二]、馬上より振返り、「鑓の鞘を落すなよ」と言付け、又振返りては、「鑓の鞘に気をつけよ。落すなよ」と、幾《いく》度《たび》も言付けて行けるが、振返りて見れば、鑓の鞘なし。侍、大きに腹を立て、「あれほど気を付けたに、不届千万《ふとどき》」と叱れば、鑓持がいふには、「あまり御苦労[三]になされますによつて、鞘は懐中いたしました[四*]」。

○年《とし》弱《よわ》[五]の兄

話のついでに、「コレ、貴様の御舎兄《ごしやきよう》[六]のお年は、もふいくつにならしやる」と問へば、「わたしより、五つ六つ若ふござる」といふ。「それは変つたことをいわしやる。どふしたこと」と問へば、「されば、

一　治療に自信がない時にいう医者の決り文句。
＊　「仲人にかけては至極名医なり」(『柳多留』一三・25)の仲人医者。
二　槍の鞘は外れやすくて音がする。
三　心配。気遣い。
四　鞘を外しては槍先が抜身のままで危険な上、趣向をこらした鞘の模様も見せられない。
＊　類話→補注二三
五　年下。
六　実兄。

『今年《ことし》は年がとられぬ〳〵[七]』と申されたが、わたしが知つても、もふ十年の上[八]じや」。

○風《ふう》鳥《ちよう》[九]

「駝鳥《だちよう》[一〇]といふ鳥は、火を食ふ鳥でござる」「それは奇妙な鳥じや」「糞《ふん》は消炭《けしずみ》でかな[一一]ござらふ」。また、「風鳥といふ鳥は、風ばかり食ふて居ます」と話せば、「それは又、何を糞にしますぞ」と問へば、「ハテ、屁ばかりさ[*]」。

○金拾ひ

「人が『金を拾へばうれしいものじや』といふが、おれも拾ふてみん」と、小判一両才覚して[一二]内へ帰り、座敷の真中へ投げて、拾いあげてみたれど、嬉しくもなし。これは合点《がてん》のゆかぬことじやと、今度は思ひ切て、ぴよいと投げれば、物のあわい[一三]へ隠れて見へず。これはし

七　年末の勘定が足りなくて年が越せない。
八　十年以上にもなる。
九　南方産の極楽鳥。「無㆓食餌㆒、向㆑風吸㆑気」(『和漢三才図会』)の知識で作られた咄。「風鳥空腹今日も凪〳〵」(『柳多留』一一七・32)の句もある。
一〇　火食鳥の異名がある。
一一　消炭か何かで。食物が火なので糞は炭。
＊　類話→補注二四
一二　工面して。
一三　物の間。

たりと[一]、色々さがして、やう／＼と見付け、手に取上げ、「ほんに嬉しかつた」。

○二《に》度《ど》添《ぞい》[二]

ある男、二度目の女房を呼んで暮[三]しけるが、ちつとのしそこなひがあつても、「もとの仏[四]がいたらば、かふはあるまいに」と、口癖のやふに言出せば、今の女房、腹を立て、夫婦いさかいするところへ、隣の太郎平《たろへい》[五]来かかり、あつかひ[六]にはいりて、訳を聞き、「なるほど、御亭主のいわるる通り、前のかみ様はよい人であつたが、また、今の仏[七]も悪い人でもない」*。

○親　分[八]

きほひ組[九]の八兵衛、子どもの薬をもらいたる医者殿へ行きて、「このたびは、おかげで息子めを一人拾い[一〇]ました。わつちがことじやから、

一　これはしまった。
二　後妻。後添い。
三　妻を迎える。結婚。
四　死んで仏になっている先妻。
五　馬鹿者の通名。
六　仲裁。
七　生きている人を仏と言った間抜けぶり。
*　「またしても前の仏で小いさかい」(『柳多留拾遺』九・17)の光景。落語「先の仏」(雑穀八)のサゲ。
八　職人などの中の顔利きで手下の世話する人。
九　侠気を重んずる任侠の徒。勇み肌の連中。
一〇　命拾い。

何もお礼にあげるものもございませぬ。その代り、何所《どこ》でも喧嘩をなさつたらば、『八兵衛が子分だ』とおつしやりませ」。

○居風呂《すゑふろ》[一一]

「水風呂《すいふろ》があいている。今おれが出た跡《あと》だが、はいらんか」といへば、「ヲイ、それはよからふ」と、まつ裸になつて、居風呂へ片足いれて、「ヲ、、あつい」と足をひく。「ヱ、臆病な。そんなにあつくもないもの、こたへて[一二]はいり給へ」「イヤ、むめて[一三]くれなさい。おらアは大の猫足[一四]*だ」。

一一　釜付きの桶でわかして入る風呂。水(すい)風呂は訛り。

一二　我慢して。

一三　水をうめて。

一四　上部が膨み、中間が細く、下部に丸味のある猫足(膳・机)を、熱いものを食べるのを苦手とする「猫舌」同様に使ったおかしさ。

*　「猫足と見へて朝湯をやたらうめ」(『柳多留』一四二・21)は同想句。

話《わ》稿《こう》

聞上手《ききじょうず》後篇一　嗣出《ししゅつ》二

続《つづい》て板行《はんこう》仕候間御求め御覧可被下候《くださるべく》

元飯田町中坂三

遠州屋弥七四板

一　安永二年三月出版の『聞上手二編』。

二　続いて出版すること。

三　千代田区九段一丁目辺。九段坂ともちの木坂の間の坂。

四　雪花堂。『誹諧名物鑑』(明和八)から『算鵩』(寛政三)などを刊行。同町内の小松百亀の小咄本も多く、同人と関係をもつ書林か。

俗談 今《こ》歳《とし》咄《ばなし》

（安永二年）

解題　書苑武子編。小本一冊。序題「俗談今歳花時《ことしはなし》」。内題「落咄今歳咄口拍子二編」。尾題「今歳咄 大尾」。版心は丁付のみ。半面七行・約二〇字詰。序一丁(巳初春　南蛙坊)。本文四八丁。話数六九。別に無題の一話と各半丁に絵入りの三話、終丁表裏に絵咄が各一話加わる。国立国会図書館蔵本には、「当世落咄今歳咄」(下部汚損)の題簽と、板元文苑堂の「落咄新板出来目録」や落咄募集文言を添えた奥付半丁がある。本来は『御伽噺』のものと思われるが、巻末に付載しておいた。

内題の「口拍子二編」から見て、軽口耳秡著『俗談口拍子』(安永二年正月刊)の二編にあたることは、同書の跋で後編を予告した南蛙坊が本書の序文を記したのでも分かる。耳秡—南蛙坊—武子は、おそらく同一人か、ごく関連の深い連衆仲間であろう。武子は青木宇千の別名で、この後も「口拍子」「今歳咄」の書名を持つ噺本に関わっている。すなわち、太保堂主人の別号で両面摺一枚の『今歳噺二編』(安永二年四月)を、さらに『今歳噺三篇』(未見)に続き、城戸楽丸の名で『今歳噺四編御伽噺』(同閏三月序)を出す一方、書苑武子編として「口拍子三編」にあたる『話説仕形噺』(同五月頃)を初め、青木宇千名で『春みやげ仕形咄三編』(安永三年)や『和漢咄会』(同四年)の仕形咄本を続刊している。

武子＝青木宇千の経歴は未詳だが、自板でこうした連作を刊行した点、かなり有力な小咄連衆を持った会主であったに違いない。欠けた丁面を補うため、多少の混乱は見られるが、本書では半丁に咄と絵を収めたり、絵咄を試みているし、その他にも両面摺の体裁や、文中の文字を絵で表現する仕形咄本を出すなど、常に新機軸を発揮している。また、奥付に見られる文苑堂の文言は笑話募集の実態を示す好資料である。内容は簡潔で洒脱な味では他書に劣らず、とくに大半が埒外本『間女《まめ》畑』(天明頃)に再出された艶笑話も、安永小咄らしい品位を保っている。

翻刻は、『噺本大系』第九巻(東京堂出版・昭54)、東洋文庫192『江戸小咄集1』(平凡社・昭46)等にある。

俗談 今歳花時《ことしはなし》

筆に笠きせ、[一] 墨《すみ》の奴《やっこ》[二]を供に連れ、江戸中を欠《か》け[三]歩行《ある》き、新しき咄《はなし》を沢山に買出し、今宵は咄の関《せき》[四]とらむといへば、行司が出て口上。「そも〳〵談笑《はなし》の始まりは、吾《わ》が朝《ちょう》にても初まらず、大唐《もろこし》[五]にても初まらず、天竺《てんじく》[六]にても初まらず、只今この処にて始めまする野鉄砲《のでっぽう》[七]が、談笑《はなし》の初でござります」。一座同音に、[八]「ソウダソダ〳〵」。

巳初春[九]　　　南蛙坊

一 筆先に冠せる竹筒。鞘笠。携帯用の筆記用具の矢立と外出時に冠ぶる笠を利かせる。
二 黒ずくめの服を着た従僕。筆と墨の縁語。矢立を提げ供を連れの意。
三 「駆け」の宛て字。
四 力士の最高位大関。咄の会での最高点の笑話。
五 中国。
六 印度。
七 目あてもなく、むやみに打つ鉄砲。鉄砲＝嘘から転じて、口から出まかせの話。
八 一同声を揃えて。
九 安永二癸巳年(一七七三年)正月。

落咄 今歳咄 口拍子 二編

東都 書苑 武子 彙《い》編《へん》[一]

ぢゞとばゞ

ぢいは山へ柴かりに、ばゞは内《うち》で洗濯《せんだく》も何もせずにゐたれば、ほどなくぢゞが帰つて来たを見れば、廿四五の男になつて帰つた。ばゞ、肝《きも》をつぶし、「こなた、どふしてそのやうに若くならしやつた」「サレバ、ありがたいことじや。アレ、あの山越へてこの山越へて、あちらの〳〵[二]滝の水を一ト口呑むと、このやうに若やいだ。こなたも行《い》て、呑んでお来やれ」。ばゞも喜んで、へこ〳〵[三]して行かれたが、とほうもなくひまが入《い》る[四]から、ぢいが跡《あと》から行て見たれば、ばゞは欲どしく[五]呑んだそふで、滝つぼの端《はた》で、「おぎやあ〳〵」[*]。

一 種々のことを集め、編集したもの。
二 近世歌謡集の『松の葉』巻三「こんくわい」などに見える流行歌詞。
三 「小児の戯言に、をばゝへこ〳〵と云。板片木などのしなふ意」(『俚言集覧』)で弱々しくたわみやすい様だが、「おばばへこ〳〵の気あるでむづかしい」(『柳多留』二〇・26)の通り、老人の欲気満々、腰を動かす形容の通言。
四 時間がかかる。
五 欲疾し。欲ばって。
* 上巻「菩薩の大慈悲」(三二〇頁)の脚色話。

忍ぶ恋

屋敷女中に逢ふ約束して、たび〲通へども、折りが悪かつたり、邪魔が入たりして逢われぬゆへに、大師《だいし》六へ参つて、みくじ七を上《あげ》て見たれば、九十九ばんさ。八

梟《ふくろう》

「夜、目の見へる薬はあるまいか」と人に聞たれば、「ソレハ、梟の目を黒焼九にして目へ塗れ」といふから、その通りしたれば、五六町先まで、昼のやうに見へたから、おもしろさに夜中《よじゆう》歩き、夜が明けると、マツクラ。一〇*

縮《ち》緬《めん》

緋《ひ》縮緬寄合い、「お主《ぬし》は今度、能《よ》い口があつて行くげな」「ヲヽサ、

六 上野寛永寺内の両大師。元三(角)大師。
七 元三大師の御鬮。五言絶句の占文が全部で百あり、百籤で有名。
八 小野小町のもとへ百夜通いを約束し、九十九夜目に死んだ深草少将の叶わぬ恋の故事に因む番号。『百籤鈔』では大吉。
九 薬用に動植物を蒸焼きし黒焦げにすること。
一〇 元来夜行性で、夜間に活動して昼間眠る梟の目の習性が移った。
* 類話→補注二五

お姫様御婚礼の地赤《じあか》[一]に済《す》んだ[二]。貴様も出世だげな」「イヤ、出世とはいふものの、主《ぬし》とは雲泥《うんでい》の違ひで、大僧正の緋の衣《ころも》[三]。なまぐさ気《げ》[四]はかがず、堅い事ばかり聞いて、気のないものだ[五]」といへば、末座《ばつざ》から一ト巻《まき》出て、「各々《おのおの》はうらやましい。ヲラは、切《きれ》になつて居れば、どんな目に逢はふも知れぬ。蚊屋《かや》、緞帳《どんちょう》のへりまではよいが、六尺切[六]にはうんざりだ」。

辞世《じせい》[七]

盗人をとらへ、殺さんとするとき、盗人「しばらく待て給《た》べ。辞世の歌をよみたい」といふ。「ソレハ奇特《きどく》な事じや。サア、よめ」といふたれば、

かかるときさこそ命の惜しからめ
かねてなき身と思ひしらずば[八]

皆人聞いて、「ソレハ太田道灌《どうかん》の歌[九]じやが」。盗人「アイ、これが一

一 朱色の地に松竹梅などの模様を付けた女の晴着用の絹織物。
二 決まった。
三 高位の僧が着た法衣。
四 戒律を破って魚鳥を食べ女色に溺れる気配。
五 つまらない。
六 長さ六尺の布で作った褌。当時若者間で流行。
七 死に際に詠み残す詩歌。
八 「辞世の歌とて世に言ひ伝ふる」(『常山紀談』)と、よく知られた歌。
九 室町中期の武将太田持資。江戸城を築き、歌人として名高く、彼の歌集と伝えられる『慕景集』その他に載る歌。

生の盗みおさめでござります」。

呉服屋

大師〔一〇〕参りの下向《げこう》〔一一〕に、飴《あめ》で拵《こし》らへた松茸をみやげに買つて、本町の呉服屋〔一二〕の前をさげて通れば、「何でござります〳〵」といふから、「これでござる」と出して見せたれば、呉服屋「子どもよ〔一三〕、下《した》の帯〔一四〕、持つてこいよ」。

市《いち》松《まつ》

佐野川《さのがわ》市松〔一五〕を買つて遊び〔一六〕、客思ふには、「さて〳〵、これほど高い物はないが、ここにゐるうちばかりで、別れて帰れば、何のへんてつもない〔一七〕ものじや。どふぞ形見《かたみ》になるものを持つて帰りたい」と思い、市松が尻へ墨を付け、菊座《きくざ》〔一八〕の所を板行《はんこ》に押して内へ帰り、つく〴〵と眺めて居る所を、女房《にようぼ》が見て、「ソレハ何でござんすへ」と問ふ。亭主

一〇　川崎市の真言宗智山派金剛山平間寺。厄除けとして有名な川崎大師。
一一　戻り道。帰途。
一二　呉服屋が多く並んだ日本橋本町。
一三　店の小僧を呼ぶ語。
一四　褌。松茸の形から男性器を包む下帯を連想。
一五　初世は若衆・若女形役者で、市松模様の創始者でも名高い。この頃は二世。原本「野」の字空白。
一六　男色の相手として。
一七　平凡な。つまらない。
一八　形の似ている所から肛門の異称。

「これは市松サ」。女房「ナニヤ、唐松《からまつ》一だものを」。

女郎

「お前に無心があるが、どふも言いにくうありんすから、川崎音頭《おんど》二の文句にして、唄《うた》いんせう」。客「コレハきまり。三サア〳〵」。女郎「袷《あわせ》小袖《こそで》に蝶鳥《ちょうとり》付て」。客「合点《がってん》じや」。女郎「もふるの四夜着《よぎ》に緋縮緬の裏よ」。客「そつちでせい五*」。

嘘つき

仇名《あだな》を千三《せんみつ》六といふて、嘘ばつかりつく者があつた。友達「お主《ぬし》は嘘ばかりつくが、『正直の頭《こうべ》に神やどる』七といふから、必ず嘘をつかぬがよい」と異見《いけん》をしたれば、嘘つき「そふ言やるな。嘘つきを守る神があるてや」「ソリヤ、何といふ神様だ」「ハテ、通《かよ》ふ神サ八*」。

一 菊座状に群生する唐松(朝鮮松)を図案化した唐松模様と見間違えた。
二 伊勢国山田の舟着場川崎の民謡から生れた伊勢音頭の呼称。
三 「結構だ」の流行語。
四 舶来の絹の紋織物。
五 「そっちで作れ」を囃し言葉の「ソレエソレ〳〵」や「それこそよけれえ」の調子でもじった。
* 「十字」(四六頁)の脚色話。
六 嘘つき。千のうち本当の事は三つだけの意。
七 正直な人には神のお助けがある意味の諺。
八 女郎が客へ出す文の封じ目に書いた語。女郎

吉原

吉原普請《ふしん》の出来た内へ、[九]あそびに行つたれば、腰張《こしばり》[一〇]、唐紙《からかみ》は申すに及ばず、女郎の夜着《よぎ》布団、衣類その外、つかふ銭までが青海波《せいがいなみ》[一一]じやから、客「コレハ、きつい物好きじやの」といふたれば、女郎「アイ、判《はん》じてみなんせ」。客「女郎衆がたこ図[一二]といふ事か」。女郎「すきんせん[一三]」。客「江の島の風景、弁天[一四]がいるといふ心か」「ナニヤ」。客「そんならどふじや」。女郎「焼けるに懲《こ》りんした[一五]」。

唐《から》の雀

唐の雀を献上するに、一羽《いっわ》たらぬゆへに、日本の雀をまぜて上げた。殿様御覧なされ、「コレハ珍しいものじやが、日本の雀が一羽《いっぱ》見へる」と御意《ぎょい》なされり。雀「ハイ、わたくしは、通辞[一六]でござります」。

に嘘はつきもので、嘘つきを守る神が利く。
* 「嘘つきの頭に宿る通ふ神」(『柳多留』二六・39)は同想句。
九　明和九年二月の大火で全焼後に再建した妓楼。
一〇　壁や襖の下半部に紙や布を張ったもの。
一一　波形の模様。明和五年新鋳の四文銭の裏面には波の模様がある。
一二　吸引力のよい女性器「たこつぼ」の下略か。
一三　「嫌だわ」の遊里語。
一四　海辺の岩屋に安置した裸弁天から、美しい女郎の意。
一五　水波の模様は消火のまじないになる。
一六　通訳。

疝《せん》気《き》[一]

疝気持ち、遊びに行きしが、あまり冷へるから、火鉢で睾玉《きんたま》をあぶつて居る。女郎見て、「スカヤ、[二]せん気[三]でありんすの」。客「インニヤ、する気サ*」。

色子《わかしゆ》[四]

芳町《よしちよう》[五]はじめてのお客、床入《とこいり》して、お心持ちがよくなつたと見へて、「おれはモウいく。[六]そなたはどふじや。それ、いく〳〵」。若衆「きた〳〵きタサノ[七]*」。

（無　題）

柄樽《えだる》[八]と塗樽《ぬりだる》[九]が寄合ふて、「柄樽殿。貴様は仕合《しやわ》せのよい人じや。そのよふに、箱のよふなる家《いえ》を持たしやつて。私《わし》はこのよふに家もなく、

一 大小腸や腰部の下腹病。とくに睾丸が腫れて痛む病いをいう。
二 「好かぬ」の遊里語。
三 「せん気」に、疝気と、しない気を掛けた。
* 類話→補注二六
四 若衆。男色の相手。
五 中央区日本橋芳町。若衆＝陰間茶屋が多い。
六 性感が絶頂に達した時に発する喜悦の言葉。
七 明和頃から大流行した金毘羅節の囃言葉「きた〳〵〳〵さの」。客の「行く」に対して、若衆は「来た」と囃言葉で応じた。
* 以下の欠けた一丁を次の絵入り二話で補う。
八 一対の長い柄の付い

そこらここらを投げ放らるるは、甚だ残念に存じます」「はて、何さ。貴様もわずか一升、わしも一升[一〇]」。

（無　題）

竜宮の日待《ひまち》、[一一]皆々芸をしけれる。蛸はさがり藤、[一二]蟹は一《ひと》はさみのはさみ細工、[一三]いろ〳〵さま〴〵の芸ありけり。河童《かっぱ》一人、何んの芸もなかりにけるが、「なんぞ、しゃれ〳〵」といわれて、河童、やがて尻をまくり、「サア、拍子に合せて、尻の穴を吹かしゃれ」。皆々、「コリヤおもしろい」と、火吹竹で吹きければ、河童、あたまで、「ポコン[一四]〳〵[*]」。

（無　題[一五]）

「サア〳〵、今夜は皆寄つて、一盃飲まふ」「ヨカロウ」「燗《かん》をかけよふ」「シカシ、肴《さかな》がない」「ヨイ〳〵。幸い飼つて置いた鶉《うずら》[一六]一羽、

た祝儀用の樽。角樽。
九　朱や黒の漆塗りの酒樽。
一〇　諺「これも一生あれも一生」で、「一升」と「一生」をかけた洒落。
一一　徹夜して日の出を拝む俗信仰。後は宴会が主。
一二　八本の足を垂れ下げ、藤の房の形を真似た。
一三　鋏で紙切りの芸。
一四　長い管の付いたガラス製玩具で、息の出入りで、ポコン〳〵と音が出るビードロの芸。
＊　「魚尽」（二七九頁）参照。
一五　欠丁末に題あったか。
一六　キジ科の鳥。肉も卵も美味で鳴声も好まれ、当時飼育が流行した。

（無　題）

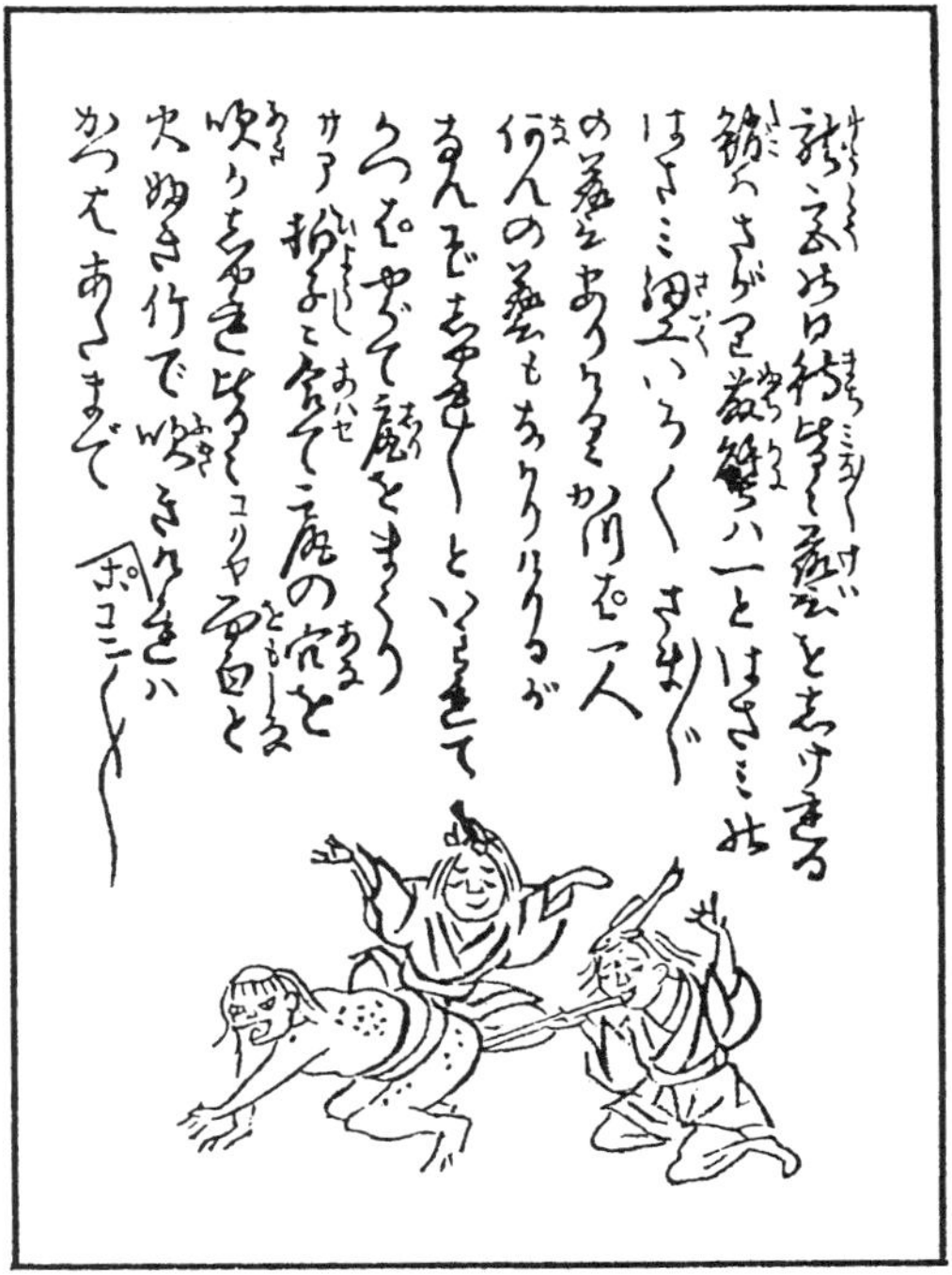

（無　題）

しめて焼き鳥にせふ」と、籠の中へ手をさしこめば、うづら「ヨサツチヤイ[一]」。

急　病

九つ[二]過ぎの寝入りばな、トン〳〵〳〵。「誰じや」「イヤ、伊勢屋から。御新造様《ごしんぞさま》[三]が癪《しやく》[四]が引付けて、目を取詰め[五]ました。急に〳〵」。南無《なむ》三宝《さんぼう》、羽織引かけ、紐そこ〳〵に駆けて行《い》て、ズットはいれば、家内《かない》は上を下へ[六]。医者どの、寝起きのうろたへ眼《め》で、行《ゆ》きなりに下女の手を取つて、脈をみる。「ア、申し、私《わたし》ではござりませぬ」「ハテ、こんな時に、誰かれの差別《しやべつ》はないてや」。

幽　霊

「ア、、去年の今日は、禁平《きんべい》が火事で真黒やきになつたが、モウ一《いつ》周忌《すいき》[七]。ア、、光陰《こういん》矢のごとし[八]だ。友達のよしみに、墓参りしてやらふ

一　鶉の鳴声は「チチクワイ」だが、しめ殺すのを、「よさっしゃい」に聞える。
二　夜中の十二時。
三　武家や富商の妻女の敬称。
四　女性に多い胸や腹の激しい痛み。さしこみ。
五　目をひきつらせる。
六　うろたえ騒ぐ様。
七　一遂忌。武蔵国辺の方言。一周忌に同じ。
八　時の速く過ぎる譬え。

ではないか」「ヨカロ〳〵」と、連立ちて行き、「何と、禁平はばくちが好物だから、追善にここで●《ちよぼいち》[九]をおつぱじめよふではないか」「コレハすごい所を案じ付た。[一〇] きまり〳〵」と、墓原《はかはら》[一一]ではじめた所が、志が通じたか、賽《さい》[一二]の音が通じたか、禁平、忽然《こつぜん》とあらわれ出、「ヲ、、皆、よく来てくれやつて嬉しい。おらも六道銭《ろくどうせん》[一三]があるなら、一番ごつきり、[一四]やつ付てはみたいが、六道銭はなし。いつそ経帷子《きようかたびら》[一五]の半纏《はんてん》、なじみ甲斐に」と、三百に売つて、有りぎり[一六]張りこんだが、取られてしまひ、ありし時の元気もなくて、はや消へ支度するゆへ、「禁平、ナゼもつとせないぞ」。禁平「イヤモ、幽霊《ゆうれ》も三百張りこんだ」。[一七*]

粗相

「承り及んだ。お前は粗相御《ご》鍛練《たんれん》[一八]のお方さふな。私も少々《すこし》は心がけております」「ソレハお頼もしい。ヤ、チト近夕《きんせき》お見《み》廻《まい》申しませふ」と約束して、又の夜尋ね行き、門《かど》の戸とん〳〵〳〵。「たたきま

九　一個の賽を投げ、出た目で勝負する博奕。
一〇　考え付いた。
一一　墓地。墓場。
一二　原本「才」。
一三　死者を葬る時、三途の川の渡船料として棺の中に納める六文の銭。
一四　一回だけ。
一五　死者に着せる衣。
一六　有り金全部。
一七　裸で藁の鉢巻の乞食すた〳〵坊主の唄「すったた頭に大鉢巻、ゆんべも三百はりこんで、それゆへ裸の代参り」(『続飛鳥川』)の文句による。
*　落語「へっつい幽霊」の原形。
一八　習い鍛える。修行。

せう」[一]。内から「ものモウ」[二]。

鼠

四寸五寸のながれの身には[三]、とりわけ卑しき言《こと》の葉《は》[四]もあらんかし。

「ソレ〳〵、そこへ鼠が〳〵」。若イ者「ヱ、、ぶち殺しなさんせ」。

女郎「アレモ質にとるかへ[五]*」。

仕《し》合《あい》

「ソリヤ抜いた〳〵」と、八方へ逃げる。互いに侍同《ど》志《し》の真剣勝負。うけはづして、一人の侍、顔片頬《かたつら》切落され、「モフかなわぬ」と逃げ出したあとへ、駕かきが通りかかり、かの片顔を拾ひ上げて、「旦那、かをやりましよ[六]〳〵」。

鉄砲

一 訪問時の挨拶「頼みましょう」という所を戸を叩いた拍子に間違えた。

二 「どうれ」と応対すべきを、訪問者の挨拶語「物申」と間違える。

三 揚げ代が四、五百文の品川・新宿など岡場所の中・下級の娼婦。

四 下品で下世話な語。

五 質入れの隠語「ぶち殺す」を知っている。

* 「太夫職百で四文も暗からず」(『柳多留』初・34)と、質の利息も知る卑賤な育ちが多い。

六 辻駕が客を誘う言葉「駕やりましょう」にかけた洒落。

「鉄砲を買てきた」「ドレ〳〵、見せ給へ。ハヽア、これはよい鉄砲じや。いくらだ」「三匁《もんめ》二分玉《ぶだま》[七]サ」「イヤサ、代《だい》[八]は」「台《だい》は樫《かし》の木だ」「イヽヤ、直《ね》はサ」「音《ね》はポン」[＊]。

立合ひ

「ナンボ柔《やわら》の兵法《ひょうほう》[九]のと言《い》やつても、まこと、大力《だいりき》に逢ふてはかなはぬ。マア、おらなどが手にさはるが最後、兵法でも牛若[一〇]でも、身動きもさせぬ」との高慢。近所の兵法師[一一]の弟子が聞いて居て腹を立て、師匠の所へ行き、「先生、かやう〳〵の事を申します。憎いやつでござる」といへば、「ヘヽ、千人力を一人で打つてしめる[一二]のが兵術《ひょうじゅつ》、そんな事言ふやつは、チトしめるがよい。連れてござれ」といふに、弟子どもいきり出して、やがて相撲取りを連れて来て立合はせたれば、やがて師匠を一トつかみにして、グツトさし上げ、「ナントどふだ。いま打ちつけると微塵《みじん》[一三]になるが、ふたたび口をきくまいか[一四]」。師匠、落

七　鉄砲用弾丸の重さ。
八　代金。代価。
＊　値段を聞いたのに錯覚の連続。落語「道具屋」のサゲに使用。「鉄砲」(二六四頁)に再出。
九　柔術や剣術の武芸。
一〇　源義経の幼名。弁慶を負かした身軽な手練者。
一一　武芸の師範。
一二　懲らしめる。
一三　粉々。
一四　自慢口をたたく。

着き払つて、「ここが術だ。その打ちつけられる時に、あて身[一]の手練、お主《ぬし》が首はころり。サア、遠慮なしに打ちつけろ〱」。相撲取り、コレハひよんな事[二]をしたと、打ちつける事もならず、そつとおろすは猶いやなり。仕様事《しようこと》なしに、さし上げたなりで、「ヤレ、人ごろし〱[*]」。

脾《ひ》胃《い》虚《きよ》[三]

脾胃虚病《や》みが、只もの食[四]いたがる。藪内笋庵《やぶのうちじゆんあん》[五]様、お見廻《みまい》なされて、「イヤ、得て[六]素人《しろうと》は、脾胃虚病みには、食はせさへせねばよい事のやうに心得てゐるものじや。随分かまはずに食はせるがよい。何が食ひたいぞ」。病人「ハイ、蕎麦を食べて」「ヲヽ、蕎麦は能《のう》[七]のあるものじや。よかろ〱。一人りは食へまい。をれも相伴《しようばん》[八]せう。サア、蕎麦を仰せ付けられい。蕎麦前に抓羊羹《つまみようかん》[九]、葛饅頭《くずまんじゆう》がよい。蕎麦後《ご》は豆腐汁に鮟鱇一味《あんこういちみ》、加へるがよい」と、今までとは打つてかへた療治の仕方《しほう》。

一 当身。柔術の技の一つ。拳・肘などで急所を突き、気絶させる術。

二 とんでもない事。原本「な」脱。

* 上巻「恋の出来蔵」(一九九頁)の脚色話。

三 胃が悪いのに食欲がありすぎる病気。

四 直物。ひたすら。

五 藪医者の通名。笋はたけのこ。

六 得てして。とかく。

七 効能。

八 一緒に食べること。

九 餡を丸め、中央をつまんだ形にした和菓子。

医者と病人が、ここを先途《せんど》[一〇]と食て居るところへ、表から、「お頼み申しませう。筝庵、あなたに居りますかな。さやうならば、御新造様へ、手前内儀申します。『筝庵には何もお振廻《ふるま》ひ下されますな。脾胃虚いたしてをりまする』」。

献立

「サアそんなら、そこへ書きや。マヅ汁《しる》[一一]」「ア、、汁といふ字は、どふじやな」「ハテ、さんずいに十の字サ」「ヱ、、おつけのけの字[一二]か*」。

卜者《うらない》

『平《ひら》の卜内《ぼくない》[一三]』と筆太《ふでぶと》に、手首から先の看板[一四]を出し、吉凶禍福見ぬいた弁舌《べんぜつ》。久アしく立つて居たお仲間《ちゆうげん》[一五]、思ひ切つて、六文耳[一六]をそろへて並べ置き、「おれが身の上、考へて下され」と手を出せば、「マヅ其元《そこもと》

一〇　この時とばかり、一生懸命になって。
一一　献立の一で、吸物。酒の下物の時は吸物、飯の副食の場合は汁という。
一二　汁の草書体は、平仮名「け」の字に似る。
＊　「献立」(二二〇頁)に再出。
一三　下手占者の通名。
一四　手相見の掌の図。
一五　武家の下僕。足軽若党と小者の中間の位。
一六　占の見料。

の寿命は、百六つ[一]までは受合い、手の筋に大助[二]へイの相《そう》が見へます。しかし、一生掃除番きりの果《か》[三]でござる」「ソリヤ、ナゼナ」「ハテ、星[四]がほうきぼし[五]」。

すり木[六]

「どふだ亭主、何さつしやる」「イヤ、のり米《ごめ》[七]をする」「貴様、ナゼ手で磨《と》ぐぞ」「手で磨がいで、何で磨がふぞ」「ハテ、すりこ木で。マア第一、手ではきたない」「なるほど、コリヤきつい智恵。おれもいかさま[八]、手ではきたないから、イツソ足袋はいて足で、とまでは案じたが、すりこ木とは気が付かなんだ」との感心。又明くる朝、行《い》て見れば、すりこ木が三本そろへてある。「御亭主、大ぶんすりこ木ができたが、コリヤ、何にさつしやるぞ」「ハテ、米磨ぐのさ」「米は一本でよからふに。残りの二本は何にするのだ」「あれは、拝むのサ[九]」。

一 厄払いが長寿を祝う詞「三浦の大助百六つ」。
二 源氏の武将三浦大助義明。大助と同じ手相の意だが、大助平に通ず。
三 物事の結果。果報。
四 九星のうち、生れ年に当る星。運勢。
五 彗星。箒は星の縁で掃除番。夜這星で助平。
六 擂粉木に同じ。
七 飯粒を練りつぶして作った糊。
八 いかにも。本当に。
九 単なる陽物信仰か、客商売で縁起棚に金精神を一対祀ったものか。

横の門

「阿弥陀堂[一〇]は、昔頼朝公《よりともこう》の御建立《こんりゅう》で、梶原[一一]が普請奉行《ふしんぶぎょう》をしたげな」「ハテナ、いかさま結構な普請だ。とてもの事にナア、あの矢大臣門[一二]は、横に付けずと、まつすぐに付けたらば、勝手のよさそふなものだが」「サア、そこが梶原[一三]だ」。

名所

「ヤ、貴様は善光寺へ参つたげな。北国筋名所旧跡、御一覧であつたらふ。さぞ珍しい所々、面白い風景などもあつたろ」「イヤ、さして変つた所もないが、からしなの月には感心せしめたはい」「ソリヤ貴様、さらしな[一四]の事であらふが」「イヤ、からしなさ[一五]」「からしなのしやうこは」「月が鼻の穴を通した[一六]」。

一〇　浅草観音堂の後方に享保頃建立した念仏堂。

一一　源頼朝の家臣梶原景時。意地悪武士の代表で江戸人の嫌われ者。

一二　随神門。本堂に向って右、東側の門。

一三　横に門を付ける所が横車を押す梶原らしい。

一四　長野県更埴市の更科。「田毎の月」で有名。

一五　辛子菜。種子は辛味料、葉は漬物に使う。

一六　辛子菜の辛さが鼻を刺したのと、田毎の月だけに、田に映った月の光が下から鼻の穴へさし込むのをかけた。

鼓《つづみ》

春の夜の静かなるに、月の光さやけく、はなしの友もなければ、ひとり床柱《とこばしら》に寄り、「されどもこの人は」[一]と中音《ちゆうおん》[二]に謡ひかくれば、しばしすると障子越しに、ポン〳〵と、さしも得ならぬ[三]鼓の音《おと》。不思議には思ひながら、たえず謡へば、ます〳〵鼓も図《ず》にのつて打つ。だん〳〵面白さに、田村[四]を高声《こうしよう》に謡ひ出し、せめ[五]にかかり、「雨やあられと降りかかつて」[六]「ヤツハ、スポ、ンポン〳〵[七]」。互ひに張り合ふて余念なかりしが、いつの間《ま》にか、とんと[八]鼓を打ち止んだから、ふしぎに思ひ、そつと障子をあけて見たれば、狸が腹を打ちやぶり、「ヒイ〳〵[九]」。

鼠

鼠大勢集まり、障子の桟《さん》へ上《のぼ》りくら[一〇]すると、てんでに上つたり下《お》りたりするに、一人の鼠、上下《かみしも》[一一]を着るを、「おぬしはナゼ、上下を着や

一 謡曲『三輪』の詞章「されどもこの人、夜は来れども昼見えず」。
二 中位の高さの音声。
三 言うにいわれぬ。すばらしい。
四 能の曲名。二番目物。
五 一曲の終局に近く、高声に急調子になる部分。
六 『田村』の一節。
七 鼓を打つ掛声と音。
八 ぱったりと。急に。
九 腹の皮が破れた悲鳴を笛の音に見立てた。
一〇 上りくらべ。
一一 武士の式服。

る」「ヲリヤ、とのさん[一二]へ上る」。

入道

「八よ、おれはゆふべ、高《たか》入道[一三]に出会ふた。ぐつとへし付けて[一四]、髻《たぶさ》[一五]をつかんだ」「なに、狸《たか》入道[一六]に、髻が」「サア、そこが噺《はなし》だ」。

虫干

「おぬしは京へ上つたげなが、さぞ有難いことども、見たり拝んだりしやつたであろ」「ヲ、サ、見た段じやない。とんだ物まで見たはい。小間物屋[一七]で虫干の時であつた。をびただしい張形《はりかた》[一八]どもを、ヅラアリト立てかけた所が、ア丶およそ千本ばかり。ときに、さつと風きて、吹きこかされて、その張形が将棋倒しに、マラ〳〵〳〵[一九]」。

一二「戸の桟」と「殿様(さん)」の洒落。
一三 大入道。坊主頭で背の高い化物。
一四 強く押え付けて。
一五 毛髪を束ねた所。
一六 原本の通り。誤刻か、狸の化物の意か。
一七「所々小間物店に、六七寸ばかりの竹の筒へ、御用の物と書て張り」(『見た京物語』)とある。
一八 男性器の形状を模した女子自慰用品。鼈甲や水牛の角で製した。
一九 張形だけに重なり倒れる音も「マラ(魔羅＝男根の異称)〳〵」。

行合ひ

たんぼ道を、ひとりうか〳〵[一]行けば、向ふから美しい女が来る。やがて行合ひ、チョビト[二]あやなして[三]見たれば、さつそく合点《がてん》した。「コレハありがたい。御報謝《ごほうしや》」[四]と悦び、すぐに引組み、四つに渡り、祭りを渡し[五]かかつたに、通り道[六]がきつう狭くて、いろ〳〵にしてみても、どふもはいらず。男、ふつと気が付いて、「このやうに狭いのは、コリヤ狐[七]ではないかよ」。女「お前は、馬[八]ではないか」。

ひとりげい

「隣の内で、『ア、いきやす〳〵[九]』といふは。コリヤ途方もない、昼中《ひるなか》に」と、門《かど》を見れば、戸がしめてある。「モシ、昼中に何なされます」。隣の亭主「されば、『貧《ひん》すれば鈍《どん》する[一〇]』で、夜する事[一一]を、昼いたします」と、覗くもかまはず、サツ〳〵とやる。コリヤたまらぬと、

一　気持が浮き立つ様。
二　「ちょっと」の通言。
三　うまく口説く。
四　お恵みを受ける。
五　性交を行うこと。
六　挿入場所。
七　美女に化けたキツネと、狭陰の異称の「狐」をかける。
八　キツネに対するウマと、巨根の異称の「馬」をかける。ともに動物に基く俗説。
九　性交時の喜悦の声。
一〇　貧乏すると愚かで心もさもしくなる譬え。
一一　男女の交わり。

飛んで帰り、五人組[一二]の最中、隣の亭主が来て、「お前は何をなされますぞ」「ハイ、『貧すりゃ鈍する』から、二人でするを、一人でいたします」。*

絵の手本

「始めて逢い申す。承り及んで参ったは、お身が画工《がこう》に妙を得られたと承り、ソト[一三]あつらゑたい画があるてや。手前主人、代々開《ぼぼ》[一四]を好かせられて、お家に伝はるばさら絵[一五]、取方《とりかた》[一六] 四十八手は勿論、まらの品《しな》[一七] 三百六十、開の品四百三十六品《ひん》、絵に写して悉く宝蔵へ納めおかるる所、『絵にあるは上《うわ》べばかりで中の様子が知れ申さぬ。何とぞ、核《さね》[一八]の根元《こんげん》、子壺《こつぼ》[一九]の有様、縁《ふち》の襞《ひだ》、中の襞、残る所もなく書き写し置かれたい』とある事。これを書取る事は、お身ならではと、御意《ぎょい》[二〇]を受けて罷《まか》り越し申したてや。お受合ひ召さるるか」「なるほど、畏りました」と、日限《にちげん》きはめ、手付《てづけ》まで取りは取つたが、「サテ、平生手がけ

一二　五本の指を使う所から男性の自慰行為＝手淫の異称。
＊　上巻「ある人腰本を寵愛せらるる事」(七八頁)参照。
一三　そっと。少々。
一四　女性の陰部。
一五　婆娑羅絵。扇などに描いた奔放な風流絵。主に房事を描いた秘画。
一六　性交時の体位。
一七　魔羅の種類。
一八　陰核。
一九　子宮。
二〇　仰せ。命令。

る物じゃが、中の様体《ようだい》[一]はどふも手本がなくては。ア、どふしたもの」と思案に暮れたが、有合わせた女房を呼んで、「見せよ」といへば、「ドウモ〳〵」と埒《らち》が明かぬ。「ハテさて、商売づくじゃ[二]」と叱るゆへ、「ドウモわたしは、火が悪いから[三]」といふを、無理に引きまくつて、眉をしはめ、「ハア、これは一歩が朱《しゅ》では、きかぬはい[四]*」。

地口《じぐち》[五]指南所

京から、江戸の地口指南所へ尋ね来て、帰るとき、「私は、ヘキだ[六]を取られました」。亭主「さやうなら、そのまら草履《ぞうり》[七]を、お履きなされませ」。

針医

「お医者様、これは御苦労」。娘がつかへ[八]、胸先へ強く差込み、おやぢが力一ぱい、押し付けてゐる。マヅ針二三本、みしらせ[九]たれば、

一 様子。
二 商売の必要上からだ。
三 生理期間中だから。
四 一分＝千文分の朱色絵の具でも足りない。
＊ 「浮世絵師開を見るのも渡世なり」(『柳の葉末』19)の光景。
五 語呂合せの言葉遊び。同音異義の洒落。
六 雪駄(せきだ)と女陰の「開(へき)だ」。
七 藁(わら)草履と男根の「魔羅(まら)草履」。
八 胸がふさがりつかえる苦しみ。
九 「する」「なす」の俗語。やらかす。

大分《だいぶん》腹もやわらいだから、針を口にくわへて、グウツト腹を撫でて、臍《へそ》の下まで撫でおろす時、手先へぼいやりと[一〇]産毛《うぶげ》のやうなが触はると、しきりに医者殿の下のつかへが木のやうにさしこみ、[一一]こたへられぬからの出来心、夜着《よぎ》の内《うち》で、ソツト娘の手をしめたれば[一二]、だまつて居る。コレハよくしたものと、かの鯱鉾《しゃちほこ》のよふに起つた一物《いちもつ》[一三]を握らせたれば、だまつて握つてゐる。この様子ならばと、謀叛《むほん》のくはだて[一四]。おやぢはヤハリ、娘の腹を押へて居るから、どふぞ、おやぢを退《の》けたいものじやと思ひ、「コレ〳〵、モウ押へずとよい。私《わし》が丸薬を進ぜるほどに、白湯《さゆ》をぐら〳〵わかしてござれ。急にわかしては悪い。とろり〳〵〳〵と、気長にとつくりと[一五]、わいたがよいぞや」。おやぢ「畏りました」と言いつつ、ぐずつく。医者「サア、わかしてござらぬか」。おやじ「ハイ、モシ、この握つたものは、ドウ致しましよぞ」*。

一〇　柔らかく暖かい感じの形容。ぼうっと。
一一　性欲を強く感じて一物が硬くなる状態。
一二　握りしめる。
一三　勃起硬直した男根。
一四　娘の身体をいたずらしようとの考え。
一五　ゆっくりと。
*　類話→補注二七

薬《くすり》食《ぐい》[一]

「ナント、あの一人者の鉢婆《はっちばば》[二]を、あれでもするものがあらふか」「なくちやア」「ナニ、させもせまい」「ソリヤ、仕様《しよう》がある」「手前、するか」「ヲヽ、して見せよふか」と、一分《いちぶ》賭《が》[三]けにして、婆が所へ行き、「わしは此間淋病《りんびよう》[四]で、きつふ痛んで難義する。医者様のいわれるには、『八九十ぐらいの婆様《ばさま》をすれば、奇妙治る』と教ゑられたが、ナント無心ながら、一つ二つ、かして下さるまいか」。婆様、肝をつぶし、いやがるをおつぷせて、両手で皺《しわ》を引延し〳〵、よう〳〵の事で、ぐつと根まで押込み、二つ三つ突いたれば、よかつたそふで、念仏四五[五]へん申されたが、とかく皺がまとひ付て難義なゆへに、よふ〳〵に引つこぬき、「ヤレうれしや、首尾よく抜けた」と、かけ出して来るを、婆様、袂をひかへて、「効《き》いたやうなら、遠慮なしに又おいで」。

一 病中病後に滋養物を食べること。食餌療法。
二 托鉢して米銭を貰う乞食婆。老婆の罵倒語。
三 賭金が一分の賭け。
四 痳菌で尿道や子宮が冒される一般的な性病。生理中の女性とか犬を相手にすると、治療の効果があるなど俗説が多い。
五 性交時の喜悦の声の「死ぬ」も、老婆だけに「南無阿弥陀仏」の念仏。

吸物

正月のつかひ用に、漬《つけ》松茸[六]を塩出ししてあつたを、女中が見て、「よく似たものじや」[七]とおかしがる。時しも不時《ふじ》[八]のお客。三介も吉介[九]も供に出て留主《るす》じやから、山出し[一〇]の女に吸物を言付けたれば、やがて出来て客の前へ据へた。あまり早く出来たから、内儀がふしぎさに、蓋取て見たれば、松茸を丸で入てある。「おさん[一一]、コレハどふじや。切りもせず、ソシテ煮ゐる間もあるまいに。不調法な」といわれて、おさんが、「ソレデモ皆が、『よく似てある』[一二]と申された」。

衆道《しゅどう》[一三]

「痛くはせぬから、言ふなりになりや」と、やう〳〵合点させて、尻引きまくり、よく濡らしても雁首《かりくび》[一四]が通りかねるを、チクト力を入れて押込めば、ヌル〳〵グウイとはいつた。若衆[一五]の前に手をやつて見た

六　保存用に塩漬けにした松茸。
七　松茸と男根の形が。
八　思いがけぬ。不意。
九　ともに下男の通名。
一〇　田舎から出て来たばかりでまだ都会になれぬ。
一一　お三。下女の通名。
一二　「似る」と「煮る」の思い違え。
一三　男性の同性愛。男色の道。しゅうどう。
一四　亀頭。陰茎の頭。
一五　男色の対象の少年。

れば、若衆のへのこ[一]がグツトをへた[二]。「ナム三宝《さんぽ》[三]、突きぬいた[*]」。

松茸

雪隠《せつちん》[四]で五人組寄合《よりやい》を付けて[五]、八百屋の娘をあてがきの[六]、よくなつた時、こたへかね、「ア、〳〵、八百屋の娘」と、大きな声を聞て、娘、戸を明けて、「何じやへ」。返答に困り、「こんな松茸[七]はないか」。

くらべ

「かゝア〳〵、銭百くれやれ。まら比べ[八]に行く」。女房「よさしやんせ。また負けよふと思ふて」。亭主「今夜限《ぎ》りだ。どふぞ百くれ[九]やれ」。女房「ソンナラ、百限《ぎ》りで帰らしやんせや」と出してやつた。亭主、悦んで出て行《い》たが、間もなく帰つて戸をたたく。女房、又負けたのであろふと、戸を不承〳〵にあくれば、「イヤ、勝つた〳〵」。女房「ムウ、お前のより、小さいのがあつたかへ」。亭主「聞きやれ。今夜

一 男性器の異称。
二 勃起した。
三 しまった。驚いたり失敗した時に発する語。
＊ 類話→補注二八
四 長屋の共同便所。
五 男性が自慰行為をする気になって。
六 特定の女を想像しながら行う手淫。
七 男性器と形が似ている。
八 陰茎の長さ比べ。
九 勝負代の百文。
＊ 「大根売」(一一二頁)同様の性器くらべ。
一〇 「曲屁」の脱字か。

は金玉くらべサ*」。

曲《きょく》一〇

「せつかくお招き申しても、あんまり何にもお愛想《あいそ》一一もない事。しかし一つの御馳走には、私《わたくし》女房が曲屁《きょくべ》一二を少々ひりますから」。客「コレハ一段の御馳走、忝い。しからば一曲」。女房「スッポン」。客「これは何でござりまするな」。女房「あれは後藤《ごとう》目貫《めぬき》の鉄砲の段一三」。客「ハ、ア、これはとんだ当り〳〵一四」。女房「次は忠臣蔵の九段目一五」。尺八一六の音、フウ〳〵。客、あまりくさく、「御無用《ごむよう》一七」。

寝ぼけ

友だちの所へ泊り、真夜《まよ》一八、目がさめて見れば、亭主がよく寝入つて居るから、そつと起きて、女房の上へのり、半分入れる所を、亭主目をさまし、大きに腹立て、すむのすまぬのとやかましし一九。客「コレハ

一一　おもてなし。
一二　高低・強弱・長短自在に放屁する芸。曲ひり。安永三年の西両国での花咲男の曲屁が有名。
一三　浄瑠璃『後藤伊達目貫』『義経腰越状』の一場面。
一四　鎧櫃内の榛谷十郎太の腹に当るのと、物事の成功の「当り」をかける。
一五　山科閑居の場。
一六　虚無僧姿の加古川本蔵が吹く「鶴の巣籠り」の尺八。
一七　尺八を吹き喜捨を乞う虚無僧を断る挨拶語。
一八　「真夜中」の略。
一九　許してくれ、勘弁ならぬと言い争う。

尤《もっと》もじや。重々《じゆう》[一]のあやまり。ジヤガ、これはとんと、をれが夢であつた。寝ぼけた[二]のじやから、堪忍《かんにん》しや」と、だん〳〵[三]詫言《わびごと》。亭主「それもあるまい事でもない」と納得《なつとく》し、双方納まつて寝たが、間夫《まおとこ》[四]、さるにてもあまり残念と、又起きて這いかかり、今度はなんなく入れすまし、気がいく最中、鼻息に驚いて、亭主、目をさまし、「コレ〳〵、起きやれ。目をさましや〳〵」。

もうぞう[五]

「をれは内症《ないしよう》が弱つた[六]そふで、ゆふべ、もうぞうを見た」「ナニサ、若い内は、思ふ事夢に見るで[七]、血気《けつき》さかんな時は、猶たび〳〵見るものサ」「イヤサ、ゆふべ寝ると直《じき》に見たが、明け方に又一度」「ソレモある事じやて。宵《よい》の明星《もうぞう》、暁《あかつき》の明星[八]」。

額《がく》

一　よくよくの。大変な。
二　夢遊病としての行動。
三　いろいろと。
四　有夫の女と不倫な関係を持つ男。
五　妄想。仏語で淫らな思い。夢の中で交合する遺精、夢精をいう。
六　内臓の機能疾患。
七　諺(『本朝俚諺』)。
八　金星を指す「宵(暁)の明星」と「妄想」をかけた洒落。
九　吉原廓内の出入口。
一〇　当時流行の身なりや本田髷で得意がる男。
一一　四書の一『大学』巻頭の「大学ハ孔子ノ遺書ニシテ初学徳ニ入ルノ門ナリ」の文言を、孔子―格子、遺書―居所、初学

吉原の大門《おおもん》九に、『大学』といふ額をかけたを、医者が見て合点《がてん》行かず、小首かたげてゐる所へ、後《あと》から来た息子、本田《ほんだ》のきん〳〵一〇が、ちよつと見て、「ハ、ア、コレハよい」といふて通るを、医者「いかがいたしたる訳にや」と尋ぬれば、「ハテ、『大学は格子《こうし》の居所《いしょ》《いるところ》にして、諸《しょ》客《かく》《いろいろのきやく》、床《とこ》に入るの門なり』一一。医者、手を打て、「ハ、ア面白し〳〵。『しかうして後に開《へき》す』一二か」＊。

巻様《まきよう》の伝《でん》

「肥後《ひご》ずいき一三を買つて来たが、さてどふも、この巻留《まきどめ》がすまぬ一四ものじや」。友達「それは大伝授事《ごと》一五じやが、お主《ぬし》だから教へてやる。人には言いやんな。まづ、ずいきの先へ、むくろじ一六を付けて、段々巻いて、仕廻《しまい》に、むくろじを穴へ押込む一七＊」。

―諸客、徳―床ともじる。
一二 続く文「而シテ論孟之ニ次グ」をふまえ、女郎との遊びを匂わせた。
＊ 落語「廓大学」の原形。
一三 肥後(熊本県)産の白芋の茎を乾したもの。男根の増大と相手への刺激を強めるための淫具。
一四 男根に巻きつけるが最後の留め方が分らぬ。
一五 重大な秘伝。
一六 無患子。種子は堅く球形で羽根の玉に使用。
一七 尿道の口に押込めば留まるが、射精は不能。
＊ 「巻きつけて留めよふのない肥後ずいき」(『川柳評万句合』天明四・礼四)で使いにくい。

枕草紙《まくらぞうし》[一]

枕草紙を見ながら、通り丁[二]を行きしに、「ア丶、急に一番」ときざして[三]、猶読みく\〱行く向ふから、田舎の親父が江戸見物と見へて、娘を連れて来るを、これ幸ひの事と、無理に引こかして[四]、草紙を広げて、「ヱ丶、この手[五]でせうか、あの手でせうか」。娘「アレ、とつ様〱」と呼ぶ。親父「マア黙つてゐよ。書物《しょもつ》を見てなさるから、悪い事はぁるまい[六]」。

額《がく》の文字《じ》

大屋様へ長屋中、お振舞ひに呼ばれ、「アイ、おめつとうござんやす[七]」と、皆々座に付く。親分[八]、掛けてある額の文字、酒の字ばかり読めて、「大屋様、アノ字は結構な字でござります。マヅ、夜昼用ひても飽かぬものなり。サテまた、味のよいものでござります」。そばか

一 春画の本。枕絵。
二 日本橋から京橋に通ずる南北の大通り。
三 欲情が起こって。
四 転す。ころがす。
五 交合時の体位。
六 書物に対する盲信から、娘が乱暴されても有難がる。
七 「おめでとうございます」の江戸語。
八 仲間中で頭となる者。頭領。頭分。

（無　題）

ら、「ハア、あれは開《ぼぼ》といふ字[一]かへ」。

女　郎

堅いお侍が遊びにおこしなされ、よほど酒が過ぎたと見へて、祝義の小謡《こうたい》[二]一二番謡はれたれば、女郎も若者《わかいもの》[三]も呆れた顔で、座を持ちかねて、「サア、お床入り」とすすめた時に、「しからば、いづれも」と挨拶して、寝間へはいつたが、「あんまりおかしい客じゃ。あれでは睦《むつ》言《ごと》[四]が面白かろ」と、皆、聞耳《ききみみ》でうかがひ居れば、だん〳〵せめよせた[五]時に、女郎が、「アヽ、いきやす、死にんす[六]〳〵」といへば、お侍「身も相果てる[七]やうだ*」。

(無　題)[八]

山の手を三人連れして行きしが、一人が酒に酔つて、どうもならぬ。そして、「舟に乗ろう〳〵」と言ふて歩かぬ。一人が思い付きで、駕

一 「夜昼飽きず、味がよい」の言から、開(女陰)を連想した無知。
二 謡の中から独吟に適した部分を抜出したもの。酒宴の余興などに謡う。
三 娼家に勤める男。
四 閨(ねや)での語らい。
五 佳境に進んだ。
六 ともに喜悦時の声。
七 「死ぬ」の武士詞。
* 「道鏡に崩御〳〵と御大悦」(『柳多留』八五・14)も同想句。
八 この半丁挿入不自然。
九 「ぎっちらこ」の訛り。
一〇 酔払い。泥酔者。
一一 舟底が抜けて水中に体が沈んで行く擬音。

を舟だとだまして、駕かき、「ぎちやこ〳〵[九]、おもかじ、とりかじ」と言て行く。やがて三町ほども行きければ、駕の底が、ずどんと抜ければ、生酔《なまよい》[一〇]、ぬからぬ顔で、「ずぶ〳〵[一一]」。

仙人

「仙人といふものは、三人に限つたものだ」「ナニ、手前たちが知るもので」「ナゼ」「仙人は五人あるものだよ」「なに、五人あるもので」「ソンナラ数へて見や。ソレ、蟇《がま》仙人[一二]」「ヨシ」「鉄拐《てつかい》仙人[一三]」「ヨシ」「久米《くめ》の仙人[一四]」「ヨシ、そして」「ハテ、めくら仙人、めあき千人[一五]」。

革《かわ》

「三味線は猫の皮だから、膝の上に乗るは聞へたが、鼓《つづみ》[一六]は何の皮だナ」「アリヤ、猿の皮だから、肩に乗るのさ[一七]」「ムウ、そんなら、大《おお》鼓《つづみ》[一八]は」「あれか、ア、待てよ。あれは脇の下へはさむナ、鯛の皮[一九]だろ

一二　中国で蝦蟇を頭に載せて妖術を使った仙人。
一三　自分の姿を空中に吹出す妖術を使った仙人。
一四　空を飛行中に洗濯女の脛を見て通力を失い墜落した久米寺開祖の仙人。
一五　世の中には道理の分かる人もあれば分からぬ人もあるとの諺「目明き千人盲千人」を仙人並みに数えた。明和末の物乞「乞食僊人」に因む話か。
一六　小鼓。左で調緒を持ち右肩に乗せ右手で打つ。
一七　猿回しの猿は芸をしない時は肩に乗り休む。
一八　大型の鼓。左の膝上に横たえ固定して打つ。
一九　恵比須が脇の下に抱える図から鯛を連想。

う」。

鼓《つづみ》[一]

「主《ぬし》の隣に、鼓の師匠があるな」「ヲヽサ、やかましくてならない」「上手かな」「何サ、ことしで三年になるが、ヤツパリ小鼓[二]だ」。

恋

去年《こぞ》の顔見世[三]が病《や》み付きになつて、一人娘が坂東実五郎《ばんどうじつごろう》[四]に首より上まではまり[五]、「わしや死んでも」といふを、乳母が聞いて、「お前はマアけしからぬ。そんな事して、モシ身持《みもち》[六]になりなさつたら、どふなさるぞ」「何、地者《じもの》[七]ではあるまいし[八]」。

牛

高輪《たかなわ》の牛ども寄り[九]集まり、「ナント、いづれもこのように、毎日〳〵

一 桜などの材で中央がくびれた形の胴の両端に皮を付けた楽器。大鼓もあるが、普通小鼓をいう。
二 小鼓から始め大鼓に進むと思った無知。
三 刊行前年の明和九年の顔見世興行。森田座に初世坂東三津五郎出演。
四 三津五郎のもじり。
五 ひどく夢中になり。
六 妊娠する。
七 商売女に対し素人女。
八 商売女は妊娠しないの俗説から、相手は玄人の役者だから妊娠させる気遣いはないと考えた。
九 港区高輪の芝車町、俗称牛町の運送方御用の牛小屋には約一千頭いた。

重荷を引き歩くばかりでも、つまらぬものじゃが、どふしたらよかろ」「ヲヽサ、これも金があれば、親方へ出して[一〇]、身も楽になるて」「ソンナラ、金さへあれば自由になるか。これにつけても、アヽ、かねがほしいなア」[一一]。歌〽いつか車をはなれてほんに[一二]。

酒

親父は酒のさの字もきらいじや。息子が棒鱈《ぼうだら》[一三]。堅くいましめて呑ませぬゆへ、頃日《このごろ》の禁酒、気抜けのしたやうになつて居る折から、幸い、親父が居ぬ間を見て、竹戸棚を明けて見れば、とつくりと入てあるを引出し、一ぱいグツト引つかけ、座禅豆[一四]に舌打ちしかかる所へ、親父が、「ソリヤ、何しをる」。息子「ハイ、豆と徳利でござい[一五]」。

葬《とぶらい》

「おふくろが寂滅《じやくめつ》[一六]いたされたが、とぶらいに半纏《はんてん》では行かれまい」

一〇　自由の身になるため身柄を親方から買取って。
一一　『ひらかな盛衰記』四段目「無間の鐘」の遊女梅が枝の有名な科白。
一二　長唄の『傾城無間の鐘』の「いつかくるわを離れてほんに」の「廓」を「車」と変えてしゃれた。
一三　酒飲み。酔いどれ。
一四　黒大豆を甘く煮しめたもの。煮豆。
一五　当時浅草奥山で有名な曲芸師芥子(けし)之助の使う道具と口上。「豆と徳利を手玉にとり、合には鎌を投げて空中にて豆切る」(『只今御笑草』)妙技で評判。
一六　仏語。死ぬこと。

と、仲間の所へ行て、「こう〳〵だから、ドウゾお主《ぬし》が着ン物を一日貸してくれやれ」「手前もほんに。おれさへ、まだ手を通さぬものを[一]。女郎買《じょろかい》にでも行くならかしもしよふが、とぶらいには、ごゆるされ[二]だ」「ハア、そんなら、せう事もなし」と、すご〳〵と帰る後ろかげ、「ア、かあいそふに。一世《いっせ》一度[三]の事じゃ」と思ひ、「コレ〳〵、かそふか[四]〳〵」「インニヤ、土葬《どそう》だ」。

賽《さい》

息子の鼻紙袋[五]から、コロリと出た賽一粒《ひとつぶ》。親父、チョツト見付け、手の平《ひら》へのせて、「ヤイ、こりやなんだ」。息子「それは、はんで[六]ござります」。親父「なんじや、判《はん》とは。これがか〳〵。己《おのれ》は悪《にく》いやつだ」。手の内でころつかせば、息子「ハイ、長《ちょう》[七]になりました」。

新《しん》参《ざん》[八]

一 着た事のない新調。
二 「許してもらいたい」を通言めかしていう。
三 一生にただ一回あること。
四 「貸そうか」を「火葬か」と聞き違える。
五 紙入れ。鼻紙や薬、金銭等を入れ懐中した袋。
六 賽の目の数が奇数の「半」と、印判の「判」をかけた。
七 賽の目の数が偶数の「丁」と、頭分、長男の「長」をかけたか。
八 新規に奉公した者。
九 痃癖。肩から首筋あ

「この間新参の小僧が、それは〳〵利口者で、茶を飲まふと存ずる所へは、チャント茶を汲んで参る。肩がつかへたと思へば、けんびき[九]をもむ。何でも人の心をさとる早さ」「ハテナ、それはよい者をお置きなされた。どのやうな小僧でござるぞ」「幸い、供につれて参りました」と呼出した時に、折ふし亭主がクツサミ。小僧「くそをくらい上《あが》れ[一〇]」。

手帳

宿《やど》なし[一一]の行《ゆき》倒れ[一二]、色々にして見ても立つて行かぬ。大屋衆立合《たちや》い、かれこれいふ内、ふところを見たれば、「行倒れ覚帳《おぼえちょう》[一三]」といふ書付《かきつけ》。引出して見たれば、「何丁そば五つ、何丁食《めし》三ぜん、何丁灸[一四]ばかり」。

おし[一五]

「おらが町《ちょう》の番太郎《ばんたろ》[一六]は、雪が降つても雨が降つても、よくおこたら

たりの筋肉の凝り。

一〇　一般には人を罵る言葉だが、くしゃみが出た時に風邪の神を追払う、又は魂が飛出るのを防ぐまじないの言葉。「くしゃみすりゃ糞をくらへも道具也」(『柳多留拾遺』十・22)の川柳もある。

一一　浮浪者。乞食。

一二　病気や飢え・寒さで路上に倒れること。

一三　受けた施しを一々書きとめた帳面。

一四　気付け回復にすえた灸。

一五　「唖」の意か。

一六　町の自身番で火の番など雑用を勤める者。

ず、時を打つ[一]やつじや」「なるほどそふだが、おれが思ふには、あいつは無精者だから、大かた内《うち》で打ておいて、[二]団《うちわ》であふぎ出す[三]だらふ」。

錦《にしき》

こもかぶり[四]が古郷《くに》へ帰らんと心ざし、支度して出かける向ふへ、仲《なか》間《ま》のおこもが来かかり、「お主《ぬし》はどこへ行くぞ」「ヲラ、国へ帰る」「それにお主、その花ござ[五]一枚では寒《さぶ》くてなるまい。をらが着てゐるこのむしろ、餞別《はなむけ》にやるから、着て行きやれ」「馬鹿いふな。こも着られるものか。古郷《こきよう》へは錦[六]だはい[*]」。

様《さま》

「松や、風《かぜ》を引いたな。おらが内に、六字の名号《みようごう》[七]を拝ましやう」「ウフウ、ありがたい。モウ風がよくなつたが、待てよ、ヱ、なむあみだ仏《ぶつ》、コリヤ一字多いは[八]」「馬鹿いふな、ソリヤ、様の字だ[九][*]」。

一 時を知らす拍子木。
二 雪や雨の日は外へ出ず、家で拍子木を打つ。
三 音を送り出す。
四 乞食。菰を衣類代りに着た。おこも。
五 多色に染めた藺で花模様を織り出した莚。
六 成功して郷里に帰る諺「故郷へ錦を着て帰る」をかける。花ござは乞食にとっては錦同然。
＊ 「薦かぶり」(一四七頁)の脚色話。
七 浄土宗で「南無阿弥陀仏」の六字の称。
八 漢字では六字だが、仮名や読みの言葉では七文字になる。

三絃《さみせん》一〇

「聞きやれ、チツトした意気づく一一になつて、三絃を買つてやる」「ソリヤ、大事《おおごと》だ。大方、胴は花梨《かりん》であらう」「イ、ヤ、琥珀《こはく》だ」「ヤア、ソリヤ恐ろしい。シテ、棹は」「珊瑚珠《さんごじゅ》〱」「それでは、かかるはづだ。海老尾《かいろうび》一二は」「うにかうるサ一三」「皮はナンダ」「うそのサ一四」。

名《な》

「今日で七夜《しちや》一五の娘の子に、『名を付けてくれい』と頼まれたが、鐘突の子なれば」と、思ひ付いたを、すぐに行て、「モシ、お娘御のお名は、おこんと一六お付けなされませ」。亭主、聞いてうなづき、「ウ、ンウンウン一七」。

九　余分の一字のこじつけ。
＊「題目」(二三一頁)に再出。
一〇　三味線。普通胴は花梨、棹は紫檀、皮は猫又は犬のなめし皮を張る。
一一　意地を張り通さねばならない仕儀。
一二　えびお。棹の頂端の反った部分。天神とも。
一三　一角獣の角。
一四　「獺(うそ)の皮」と大嘘をいう「嘘の皮」をかけた。
一五　誕生七日目で子供の名前を付ける日。
一六　鐘の音からの連想。
一七　同じく鐘の余韻残響に似せた相槌。

ためしもの

日蔭町《ひかげちよう》一で三両で新身《あらみ》二を買つた故、どふぞためしてみたさに、夜半時《よなか》分に、通り町の橋の上に寝て居る薦《こも》かぶり三を見て、スラリと抜いて、あやまたず、すつぱりいわせ、四鞘《さや》へおさめ、切口をあらためんと立寄れば、「ヤイ、こつちへ寄れ、又くらわすそふな」。五

ゑびす

「ゑびすといふは、大方、絵にかくのが絵比寿《えびす》であらふかい。木で刻んだは木《き》びす様、金《かね》のがかびす、土のが、つ、ハ、、、、、これは不調法」。七

昼寝

娘、縁側で昼寝。親父が行《い》て見たれば、白い股《もも》を出してよく寝入つ

一 港区新橋四丁目辺。古着屋や安物の刀屋などが多かった。
二 新たに鍛えた刀。
三 乞食。
四 真二つに切り放し。
五 ぶんなぐる。
六 七福神の恵比須。
七 「つびす」と言いかけて、「つび(開)」が女陰の意なので遠慮した。

た有様。親父、こたへられず、乗りかかつて、やり付けは付けたが[八]、娘が目をさましたに驚き、抜身《ぬきみ》[九]のままで表へかけ出し、しばらくして、何くわぬ顔付きで、「コリヤ、そこらに昼寝して居ると、狐が、をれに化けて来て、するぞよ」。

大屋[一〇]

自身番に居らるるを、小女郎《こめろ》[一一]が来て、「モシ、ぞう水《すい》[一二]ができました」。大屋、帰りながら、「ヤイ、ばかめ。ぞう水といわずとも、御膳《ごぜん》[一三]といへばよい事を」と叱られた。明くる朝、「ハイ、御膳がよふござります」「ヲヽ〳〵、さらば一ぱい、すすつて[一四]参らふか」。

湯

「ヲヽ、寒《さむ》〳〵」と、くる〳〵と引《ひん》ぬいで、湯殿へ駆け行くを、湯番[一五]が、「モシ〳〵、頭巾《ずきん》が〳〵」「ホイ、内《うち》での格[一六]をした」。

八　性交を遂げは遂げたが。
九　露出した男性器。
一〇　貸家の管理者。家主。江戸時代、交代で自身番などに勤めた町役。
一一　年若い下女。少女。
一二　雑炊。おじや。
一三　食事、飯を丁寧にいう語。
一四　雑炊を食べる状態。
一五　銭湯の釜番。三助。
一六　自宅で湯に入る時のやり方。てれ隠しの言訳。

早約束

なんでも欲しがる病ひの人が来た。「コレハおいで。よい所へ。今日は妻《さい》が帯の祝ひ[一]」「ハア、それはお目出度いなや。どふぞ御平産の上、御出生《ごしゅっしょう》を拙者申し受けたい[二]」「ハイ、まだマア、お約束の所へも参らぬが、お望みならば上げは致そふが、男子《なんし》が出よふやら女《にょ》子《し》が出よふやら」「イヤ、いづれでも苦しうない。申し受けたい。譬《たと》へ男女《なんにょ》の中《うち》でなくても[三]」。

今歳咄　大尾

一　妊娠五カ月目の戌の日に安産を祈って妊婦が岩田帯をする祝い。

二　妻に戴きたい。

三　言葉の行掛りで、男女以外の人間でもいいとするおかしさ。

ごとく[四]

むかふから、とびのもの[五]が来た。こつちからも、とびの者が来た。両方がけんくわしてゐる所へ、又とびの者が来て、中へはいり、あいさつし[六]、中を直したれば、丸《まるく》〇なつた。〔絵[七]〕

一　あつちから

二　こつちから

三　中へはいつて中を直したれば

四　丸くなつた

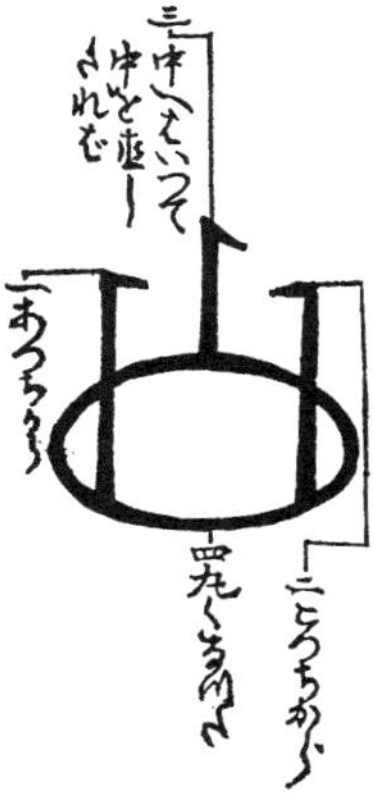

四　五徳。三脚または四脚の鉄製の輪。釜や薬罐などを載せる。

五　鳶の者。土木工事の労務者や火消人足。

六　仲裁。

七　絵かき歌同様、言葉通りに描いていくと、題名(ごとく)の絵ができあがる形の咄。

たばこ

堀留《ほりどめ》[一]を、ずつと通つたればな、あちらにも烟草屋《たばこ》、こちらにも煙草屋。あちらで買をふか、こちらで買ふか〳〵〳〵。〔絵〕

一　堀留を通《とおり》たれば
二　こつちらにもたばこや
三　こちらにもたばこや
四　あつちらで買か
五　こつちらで買か

一　中央区日本橋堀留。堀割の留まりから生じた地名で商家・問屋が多い。

落咄新板出来目録

一　口拍子　当世めづらしき おとし咄あつめ　一冊	一　今歳噺　あたら敷 咄を集　小本一冊
一　今歳噺二篇　両面摺	一　同三篇　上下共ニ珍敷 はなしを集　一冊
一　同四篇御伽噺　一冊	一　同五篇
一　同六篇　一冊	一　同七篇

上がかり[二]下がかり[三]にかぎらず、各様御手作の御新口[四]御座候はば、五篇に加へ申度候間、御越可被下候。御俳名[五]などお出し被成候はば、随分相記し可申候。已上[六]。

安永二年　三月　　文苑堂　蔵板

二　上品な話題。
三　下品な好色咄。
四　「噺」の字を放し書き。
五　俳人としての名前。当時通人が好んで付けた。
六　この奥付は本書のものではなく、『御伽噺』のものと思われる。

茶《ちゃ》のこもち
（安永三年）

解題 唐辺僕編。小本一冊。内題「茶《ちや》のこもち」。版心は丁付のみ。半面六行・約一五字詰。序一丁半(甲午初春　唐辺僕述)(裏白)。本文五七丁。話数七七。挿絵見開四図。奥付は、中央に「午正月　本石四町目大横町　堀野屋仁兵衛板」(大東急記念文庫蔵本)が初板のものと思われる。

刊年を明示するものはないが、序の年記の「甲牛初春」は、甲午の誤刻であり、安永三甲午年と見て間違いない。序者の唐辺僕については、朱楽菅江とする説(尾崎久弥氏『絵入江戸小咄本』解題)があるが、確証はない。編者の経歴は未詳だが、安永初年の小咄本盛行時に遅ればせながら加わり、しかも専門書肆の堀野屋から刊行した点からも、有力な文人・連衆が関わっていたものであろう。

書名が『鹿の子餅』に倣って付けられたことは序文で明らかで、同書の存在と影響が大きいことを裏付けている。木室卯雲の個人編集による『鹿の子餅』が鱗形屋から出板されたのを除くと、安永二年に出た各連衆の競作の十数書は、多く個人出版の形式をとっている。しかし、本書は堀野屋の手になる本格的出版であり、他の奥付にも見られる通り、『茶のこもち』を筆頭に、『いちのもり』(安永四)、『笑上戸』(未見)、『鳥の町』(同五)と、着実に佳作の小咄本を続刊している。内容は作り手の教養を反映して、故事や成語・諺をふまえたもの、謡曲・歌舞伎・俗謡などの芸能に材を取ったものが多い。笑話にありがちな先行話にとらわれず、新鮮な創作笑話を簡潔な行文で叙述している点でも注目される。

本書には板木を再利用して新版として売出した細工本がある。『新作落咄あふぎ売』(天明六年序)で、序文の一丁と本文の「あふぎ」から「百足」までの八話、七丁分を新たに作り、以下は本書の十八丁(「富樫」)から五十二丁(「了簡」)までの板木を使って、一冊に仕上げたものである。

本書ならびに『あふぎ売』新刻分の翻刻には、『絵入江戸小咄本』(金竜堂書店・昭4)、『噺本大系』第十巻(東京堂出版・昭54)などがある。

序

鹿子《かのこ》餅《もち》[一]あり、再成餅《ふたたびもち》[二]あり、而《しこうして》后《のち》に飛談語《とびだんご》[三]あり。いづれ餅屋の功者[四]なるより、砂糖と赤小豆のこね加減に、うまゐ事をもてはやしぬ。その羨しさに、これはこれ、めつたやたらのあんころ[五]か、但《ただ》し通りの豊年[六]か、はた、蔵前の源すけ団子《だんご》[七]か、喰ふて見給へ、かよふな澹泊物《たんぱくもの》[八]もまた一興といふ人あらば、ムチヤしい[九]の眠気《ねむけ》覚《ざま》しと、しかつべらしくヱヘン〳〵。

甲午[一〇]初春　唐辺僕[一一]述

一　和菓子の名。また、明和九年刊の噺本。
二　安永二年四月刊の即岳庵・青雲斎序の噺本。
三　曲搗きで売った粟餅。また安永二年正月刊の宇津山人菖蒲房序の噺本。三書とも餅・団子が書名に付いた噺本。
四　熟練、上手。三書とも佳作の多い事をいう。
五　外に餡を付けた餅。
六　通り丁で評判の餅菓子。両国の豊年餅か。
七　当時名代の団子か。
八　さっぱりした味。
九　「無茶強い」か。
一〇　安永三年(一七七四)甲午の干支の誤り。
一一　朱楽菅江の別号ともいわれるが確証はない。

茶のこもち

○献　立[一]

何やら開いてつぶ〳〵読むを、うしろから、「これ、おぬしは無筆[二]でゐながら、何を読む」「ヲヽ、献立を読む」「それは誰ぞに習つたか」「いいや。をれは子供のとき、『手習いを精出せ』と、きつふ親たちが世話を焼かれたが、どふもきらいで、ろくに習はぬから、とても書く事はならず、無筆だといつて置くが、習つたおかげで、このような仮名《かな》まじりは読める」「そんなら読んで聞かせろ」「ヲヽ、心やすいこと。これがまづ食《めし》、これがなます[三]、平目《ひらめ》、うど、けん[四]、きんかん。アヽ、しやれを書きをつた」「どふした」「をつけ[五]の、けの字[六]ばかり*」。

○孔《こう》明《めい》[七]

一　食卓に出す料理の種類や順序を定めたもの。
二　読み書きの出来ぬ人。
三　鱠。魚肉や野菜などを刻み酢で和えたもの。
四　刺身や鱠に添えるつま。付け合せ。
五　御付。吸物。味噌汁。
六　「汁」の草書体を平仮名の「け」と間違う。
*　「献立」(一八五頁)の脚色話。
七　蜀の名将諸葛孔明。
八　支払いが出来ぬ事。
九　いろいろの放蕩。
一〇　大失敗。大弱り。
一一　魏の大軍に囲まれた孔明が高楼で琴を弾ずる姿を見て、何か謀事があろうと囲みを解いた故事

「旧冬《きゆうとう》は大の不しまい、[八]段々の湯《どら》[九]で大敗軍。[一〇]ところをおれが智恵を出した」「どふした」「聞きやれ。懸取《かけとり》ども、大群《たいぐん》を以つて押しよせた所を、をれが屋根へ上つて、琴を弾《だん》じた[一一]」。

○籏《はた》頭《がしら》[一二]

「熊谷直実《くまがいなおざね》は士之党《しのとう》の籏頭[一三]だといふが、敦盛《あつもり》[一四]は何の党だ」「あれは、最期《さいご》まで青葉の笛を持たれたから、ふきのとう[一五]であらふ」。

○呉《ご》座《ざ》

門前、「ござともござや[一六]、花呉座[一七]やしんござ[一八]」。侍、来かかり、腹立ち顔で、「新五左《しんござ》[一九]とは、何の事だ」「今年仕入れと申す事でござります」「そんなら堪忍してやらふ」と行けば、奴「供ござ[二〇]といふと、きかぬ」。

に倣った借金取り撃退。

一二　私党・軍団の長。

一三　「武蔵国の住人志(し)の党の旗頭熊谷次郎直実」(『一谷嫩軍記』)。

一四　平敦盛。青葉の笛を愛用、一の谷で熊谷に討たれた。

一五　蕗の薹(とう)。笛を「吹きの党」にかけた。

一六　藺草の茎で織った敷物の茣座の売り声。

一七　多色模様のござ。

一八　新品のござ。

一九　野暮な田舎侍の蔑称新五左衛門の略。新茣座と同音なので咎めた。

二〇　同じ語を重ねて強調する場合に間に入れる「とも」を「供」と誤解。

○石橋《しやつきよう》[一]

「今度富十郎[二]が石橋を致しますが、おかみ様、お前にしやうで[三]ござります」「おれに似たとは、器量か」「いへ〳〵」「風俗か[四]」「いへ〳〵」「どこが」「髪の赤いところが[五]*」。

○二　月

「貴様は悪いくせで、二月の事を、にん月といふが、人なみに二月と言やれ」「なぜ」「ハテ、文字に当らぬ[六]」「なに、当る」「そんなら、どう書く」「びくにん[七]のにんの字*」。

○歳《とし》穿《せん》鑿《さく》[八]

「貴様は、いくつにならしやる」「五十近くさ」「サア、その五十近いが久しいもの[九]、ほんの年はいくつ」「まことは五十三」「それ、六十

一　能の『石橋』を舞踊化した歌舞伎の所作事。
二　女方の初世中村富十郎。安永二年三月森田座路考追善に『石橋』出演。
三　生。そっくり似る。
四　身のこなし。衣装。
五　『石橋』の獅子は頭に赤毛を付けて踊る。
*　「田舎者」(九七頁)と同想話。
六　当てはまらない。
七　比丘尼の転じた語。尼(に)を「にん」と訛ったので、「二」を「にん」と読む根拠とした。
*　「礫文字」(二三八頁)参照。
八　年齢をあれこれ聞いてさぐること。

近い」「ハテ、五十の方へ近い[*]」。

○中《なか》洲《ず》[一〇]

三股《みつまた》[一一]のしじみ、つき出し[一二]以来《このかた》、毎日泣くゆへ、なじみのあさり、蛤来て、「なぜ、そのやうに愁嘆《しゆうたん》をしやる」「これが中洲《なかず》[一三]にゐらりやうか」。

○書　状

「状を読んで下され」「心安いこと」と、封押し切り、「一筆啓上《いつぴつけいじよう》啓達也《けいたつ》[一四]」と読めば、「ハ、ア、変つた文言《ぶんごん》。モウ一ぺん読んで下さい」「一筆啓上啓達也、一筆啓上啓達なり」。こちらの男「とこまかせてよいとこなり[一五]」。

九　長く続いている。

＊　類話→補注二九

一〇　明和八年に日本橋浜町南側の隅田川に造った埋立地。歓楽地となる。

一一　隅田川下流で箱崎川の流入する中洲付近。

一二　築出し。埋立て。素人上りの遊女が初めて客を取る「突き出し」を匂わす。

一三　「泣かず」と「中洲」の駄洒落。

一四　手紙の書出しの文言。「文書で申入れます」の意。

一五　裸体で踊り歩いたすたすた坊主の「すた〱坊主の来る時は、世の中よいと申します。とこまかせてよいとこなり」（『只今御笑草』）の口真似。

○遺言《ゆいげん》

「あまの邪鬼《じゃき》[一]のやうな子息《むすこ》めゆへ、遺言《ゆいごん》は背《そむ》けて[二]いふがよい」と、子息を呼び寄せ、「もはや、いとま乞じゃ。死んでも必ず物入りすな[三]。菰《こも》に包み川へ捨てよ」といふて死ぬ。子息思ふやう、「さて〳〵、これまで親の仰せに背いたが、一代一度[四]のこと、こればかりは用ひずばなるまい」。

○鴨

辻番所[五]にて、鴨を煮てゐる。屋敷の廻り衆[六]、外より声かけ、「ばん[七]か」「イヤ、鴨でござります」「よく、ねぎを入れろ[八]」。

○途中

「隣町まで今までかかるとは、きつい隙《ひま》の取りやう[九]」「イヤ、お聞

一 ひねくれ者。人の意見にさからう意地張り。
二 真意と反対に。
三 費用をかける。
四 その人一代に、ただ一度あること。
五 江戸市中、武家地の辻ごとに設けて警備に当った番所。
六 見廻りの役。
七 「番」を「鷭(ばん)」と聞違い。
八 「念を入れろ」を、鴨の縁で「葱」と言った。
九 時間がかかる。

きなされませ。参る向ふから人が来て、行当る。除《よ》ける方へついて除け、大きに手間を取りました」「ハテ、われは、鈍《どん》な者だ。すべて法[一〇]があつて、左へ除けるものだ」と教へられ、又使に行き、心得て左へよれば、向ふも除ければ、「貴様は下地《したじ》[一一]があるはへ」。

○吉　原

丁子屋《ちょうじや》[一二]の座敷大騒ぎ。隣座敷は、新造《しんぞう》[一三]揚げて淋《さみ》しくしてゐる。「あのやうに騒ぐに、なんぞ言ひなんせ」「おらは何も知らぬ肴屋《さかなや》だ」「なんなりとも言ひなんせ」。客「大がつほ〱〱[一四]」「コリヤ、あたらしい[一五]」。

○悔《くやみ》

生れ付ておかしがる男[一六]、くやみへ行くに思ひ付き[一七]、山椒《さんしょ》をふくみ行き、口上を述べる。後家、色々のくどき言《ごと》[一八]。その挨拶に、山椒のから

一〇　規則。決め。
一一　心得。見込み。相手は自然に左へ除けたのを、自分同様教えられたものと思って賞める愚かさ。
一二　吉原江戸町二丁目の大見世、丁子屋長十郎。
一三　姉女郎に付属している妹女郎。年若の女郎。
一四　鰹の売り声。
一五　変った新趣向の意と、鰹の新鮮をかけた。
一六　笑い上戸。
一七　笑い出さぬ工夫を。
一八　泣き言。ぐち。

みで内へ唾《つ》を引き、至極の出来。後家は泣き沈みゐるを、舌打ちして、

「ア丶、よい気味だ[一][*]」。

○夜《よ》鷹《たか》[二]

「松葉屋の染之《そめの》介《すけ》[三]は、大尽《だいじん》[四]に百両もらふた」と夜鷹が聞き、それも貰ふと思ふ所へ、心当ての客が来る[五]。「もし、言ひにくいが、金を百両下さんせ」「それは百両、見た事もないが、何にする」「アイ、五十両、かかさんにやる。残り四十六両[六]は小遣いにしやす」。

○こぶし

ごま味噌を摺《す》つてゐる。「ちつと、あんばいをせう[七]」と、こぶしを出す。「いやだ」「そんなら、この手をねぢつて見ろ[八]」。

○鳶《とび》の者[九]

一　いい気持。
＊　落語「胡椒のくやみ」の原話。
二　売春代二十四文の最下級の街娼。
三　吉原江戸町一丁目松葉屋半左衛門店の名妓。
四　金持の遊客。
五　頼りにしている。
六　銭九十六文の緡(さし)は百文に通用。銭しか扱わぬので小判の場合も同様な勘定と錯覚。
七　味加減を調えよう。
八　出した手のやり場がなくて、照れ隠しか。
九　火消や工事人足。

友を呼び、「新宅だ。見てくりやれ」「ムヽ、よくできた。たる木[一〇]を竹でした所が、どふもいへぬが、節《ふし》を抜いたか」「イヤ、抜かぬが、なぜだ」「焼ける時[一一]、はねてわるい」。

○髪結床

「ぐつと根《ね》をつめて下[一二]さい」「アイ、随分つめませう」と、金輪《こんりん》際《ざい》[一三]ひつつめられて、段々あふのき、鏡を借りてあたまへかざし[一四]、草履を見て履く。

○田舎者

「江戸は広い所だ。日本ほどあらふか」。連れ「とんだ事をいふ。日本は江戸の二つがけ[一五]」。

一〇　垂木。棟から軒に渡した長い木。

一一　新築祝いに火事の心配などは不吉な挨拶。

一二　髪を引張って、ゆるみをなくすること。

一三　物事の極限。とことんまで。

一四　下も向けないので。

一五　二つ分。二倍。知らぬ者同士の応答。

こ ぶ し

本の豆知識

●欧文書体の８系統●

Iwanami Shinsho 012345

ゴシック系

Iwanami Shinsho 012345

オールドフェース系

Iwanami Shinsho 012345

中間的書体（トランジショナル）

Iwanami Shinsho 012345

モダンフェース系

Iwanami Shinsho 012345

イタリック系

Iwanami Shinsho 012345

エジプシャン系

Iwanami Shinsho 012345

サンセリフ系

Iwanami Shinsho 012345

スクリプト系

岩波書店
https://www.iwanami.co.jp/

229　　茶のこもち

○古　郷

中登《なかのぼり》[一]して、おばに会ふて、久しぶりの悦び。「江戸には替《かわ》る事もないか」「アイ、こわ色[二]がはやります」「ハテナ[三]、をらが居た時は、きつい丁子茶《ちょうじちゃ》[四]が、はやりであつた」。

○飛脚《ひきゃく》

狼、口をあき、道なかにゐる。早飛脚[五]来かかり、口へ飛びこみ、それも知らず、腹の内を、エイサツサと走り、尻から抜けて急ぎゆく。狼「ふんどしをすればよかつた[六]」。

○目利《めきき》[七]

「狼と山犬[八]の目利が知れぬ」「それは造作《ぞうさ》もないこと。覚へてゐやれ。向ふから吠《ほ》へてくる時、脇差をぬいて、づつと突きかける。山犬

一　上方から江戸へ修業・奉公に下った者が、勤めの途中で一時帰郷すること。
二　声色。俳優のせりふなどの真似。声帯模写。
三　声色を本物の色と誤解した。
四　宝暦頃に流行した紅色がかった茶色。
五　早便。昼間だけの並飛脚に対し、昼夜兼行で走り続けた。
六　出口をふさげるため。
七　見分け。鑑別。
八　野生化して山に棲む犬。日本狼のこともいう。

ならば逃げて行く、狼ならば食らいつく」。

○煙　草

「お庭に煙草が見へますが、お植へなされたか、苗でもお蒔《ま》きなされましたか」「イヤ、さやうでもござらぬ。大方掃除のとき、吸がらでも落した[九]でござらふ」。

○遣《やり》　手《て》[一〇]

大上総《かずさ》屋《や》[一一]で、猫が赤貝に足をはさまれ、むせうに二階[一二]へかけ上る。遣手、目をさまし、「下駄で上る[一三]まいぞ」。

○題《だい》　目《もく》[一四]

鳶《とび》の者、題目の掛物を買ひ、「コレ五郎、見や。本尊[一五]がないから、念仏を買てきた」「どれ〳〵、念仏は六字[一六]だが、これは七つだぞよ」

九　吸殻から煙草の芽が生えて出ると思った。

一〇　妓楼で諸事の取りさばき、遊女たちの監督などをする年配の女。

一一　江戸町一丁目の妓楼大上総屋次右衛門。

一二　妓楼では客は二階へ上がって遊興する。

一三　赤貝が階段に当る音を下駄履きの客と錯覚。

一四　日蓮宗で唱える「南無妙法蓮華経」の七字の称。

一五　寺院や仏壇の中央に祀る信仰の対象の仏像。

一六　「南無阿弥陀仏」の六字の名号。

「そんなら、なむあみだ仏様であらふ*」。

○朝　顔[一]

『御好み次第朝顔咲かせ所』と、看板を見て内へはいり、「瑠璃紺《るりこん》[二]が望みでござる」「なるほど、お目にかけませう」と、鉢植のつぼみを出す。直《じ》きに咲く。「これは奇妙。紫と赤とは」「なるほど」と、又咲かせる。「憲法《けんぼう》[三]と友禅染《ゆうぜんぞめ》はな」「それは、あさつて[四]」。

○肥　満

「いま来た人は、お前の事を、御肥満のなんのと不作法な。黙つていずとも、きつと[五]言つたがよふござります」「ハテ、乞食と言はふにはまし」。

○不　精

* 「様」(二〇八頁)の再出話。

一　元来薬用植物だが、当時観賞用として流行。

二　紫がかった紺色。

三　憲法染め。黒茶色に小紋を染め出した模様。

四　染色の注文なので、仕上り日を破る言訳の決り文句「紺屋の明後日(あさって)」で答えた。

五　きびしく。厳重に。

つまみ菜[六]売り、呼込まれ、見れば仏頂面《ぶつちようづら》の男、諸道具を取りちらしてゐるゆへ、こわい男と思ひ、三文といふを、十文が程[七]置く。「それほどはいらぬ。少し置け」といふ。「ハテ、わき[八]とはきつひ違ひ」といへば、「そろへるが面倒だ[*]」。

○つり

「をれは釣りに出て、金を五十両釣つてきた」といふ。「そんなら、をれも出よふ」と、品川沖[九]へ出、大きな鯛を釣上げ、針を抜て海へ投げ、「いま〱しい。うぬじやアない[一〇]」。

○きほい[一一]

血気《けつき》の男[一二]同《ど》士《し》、行きちがひざま、横つらをしたたかくらはす[一三]。「アイタヽ、なぜ叩いた」「ばかめ、今はやるが、知らねいか」「ナニ、はやる。長くは、はやるまい」。

六　摘菜。間引いた菜。ひたしものなどで食べる。
七　三倍以上多めに。
八　他の家。
＊　「不性者仙人七分人三分」(『柳多留』一五四・23)の奇人ぶり。落語「豆屋」にも同じ光景がある。
九　東京湾でも絶好の釣り場。
一〇　お目当ては、鯛より金。
一一　勢いのよい気風を売物とする「競い肌(きおいはだ)」の略。勇み肌。
一二　血の気の多い男。
一三　力一杯ぶんなぐる。

○修　復[一]

大仏[二]の別当[三]、仏前へ出、「今度御堂修復申付けました。右之代《だい》百五十七貫二百文かかりました。お払ひなされて遣はされませ」「そればかりなら、早道《はやみち》[四]のを払へ」。

○鞠《まり》

田舎者、蹴鞠を見て、「これはなんだあらふ」「大方、柳のみ[五]だあろう」。

○忌《き》中《ちゅう》[六]

手廻し[七]の男、親父が傷寒《しょうかん》[八]を煩ひ付くと、表へ忌中札を出した。親類ども合点せず、「あんまりめつそうな。とむらひの用意は内証[九]、忌中札は表向き。近所から悔みにも来るものだ。引つこましたがよい」「ナ

一　修理。修繕。
二　一丈六尺(約四・八メートル)以上の大きな仏像。
三　東大寺など大寺で、一山の寺務を総括した者。
四　銭入れ。巾着。大仏だから財布も大きい。
五　柳の実。鞠場の四隅には桜・柳・松・楓を植えるが、略式のは柳を四本植えた。鞠を始めた見た田舎者の見立て。
六　忌中札。死者の出た家の玄関に貼った札。
七　手配りが早い。
八　高熱を伴う病気。今のチフスに似た熱病。
九　家の内輪ごと。

ニサ、よく見さしやれ」と言われてみれば、肩に、「近日より」[一〇*]。

○酒　好

「酒が呑みたいが、銭がない」とくやむゆへ、女房、気の毒に思ひ、髪の内をくるりと剃《そ》り、二十四文に売り[一一]、酒を買ひ、亭主に出す。「これはどふして買つた」といへば、「あまりお前が呑みたいと言わしやるゆへ、この通り」と、中ぞり[一二]を見せれば、「さても、そちは真実[一三]なもの」と、涙を流しながら、「まだ十六文ほどはある」。

○庄　屋[一四]

扇の絵の千羽鶴を見て、「これは、なんといふ鳥だ」。庄屋「ハテナ、亀があれば鶴[一五]だが」。

一〇　近いうち。芝居小屋などで出す興行予告ビラの決まり文句。
＊　「家来」(二五四頁)を前半部においた落語「近日息子」の原話。
一一　かもじの材料などに売れる。
一二　頭の中央部だけ髪を剃ってしまうこと。
一三　誠意や愛情の深い。
一四　代官の支配下で年貢の取立てや農業指導を行う村役人。関東での名主。
一五　亀があれば対(つい)の鶴と分かる。

酒　　好

○開　帳

聖徳太子千百五十年忌[一]ゆへ、湯島にて開帳につき、高札出る。もったいらしき[二]親父、立ちどまり、「太子さまは、きのふけふ[三]のやうにあつたが、もふ千百五十年におなりなさるるか」と、ひとりごと言ふて行過る。「あの親父、とんだ事をぬかす。追いかけて聞こ」とて声をかけ、「もし〳〵、お前はどこの人だ」「万年町[四]の年寄だ」。

○始　末[五]

吝《しわ》い親父が、臨終の遺言《ゆいげん》に、「必ず物入り[六]すな。夜の内に[七]寺へやつてくれ」といふ。親類集り、「そふはなるまい」「かふはなるまい」といへば、親父起き直り、「そんなら、モウ死なぬ〳〵*」。

○土《ど》　用《よう》[八]

一 「安永二年七月朔日より湯島社地にて摂州四天王寺聖徳太子開帳」(『増訂武江年表』)とある。
二 勿体ぶった様子。
三 ごく最近のこと。
四 江東区深川仙台堀南の万年町。万年町のお年寄りなら千年前の事も最近な出来事のはず。
五 倹約。質素。
六 費用がかかる。散財。
七 通夜・葬式の費用がかからないから。
＊ 類話→補注三〇
八 陰暦で立春・立夏・立秋・立冬の前各十八日間の称。一般には小暑から立秋までの夏の土用。

「けふの土用は、何どきに入りますの」「巳《み》の上刻《じやうこく》[九]さ」「そふは申しても、あちこち致すと、つい九つ[一〇]になります」。

○頓　死[一一]

「おらが内へ来る道心坊[一二]が死んだ」「アノがんぶつ[一三]な男、そして、きのふ来たではないか」「サレバ、今朝まで何ともなくて、つい頓死。もつとも、『人の世話にならぬやうに死にたい』と、かねて願ひであつたが、さぞ生きてゐたら嬉しがろふ」。

○富《と》　樫《がし》[一四]

「むかし義経殿、作り山伏[一五]となつて、陸奥《おく》へ下らん[一六]とせし時、関所をたて、往来の改め[一七]ありと聞きましたが、富樫左衛門、鎌倉殿[一八]の御目《もく》代《だい》[一九]として、御連枝《ごれんし》[二〇]の事、見知らぬ事はあるまい。ただし、鎌倉、堀川[二一]と分かれてあれば、見知らぬか。弁慶にはかられて[二二]通したは、知つて

九　午前九時すぎ頃。
一〇　正午。時刻が決まっているのに、仕事の始まりのように言うおかしさ。
一一　急死。
一二　乞食坊主。
一三　強物。丈夫。頑健。
一四　謡曲『安宅』に登場する関守の富樫左衛門。
一五　偽せ山伏。
一六　陸奥平泉の藤原秀衡を頼って下る。
一七　通行人の詮議。
一八　源頼朝。
一九　私的に置いた代官。
二〇　兄弟。義経のこと。
二一　義経が居住した京都の堀川御所。
二二　贋の勧進帳で。

も情《なさけ》をもつて通したか、合点が参らぬ」といへば、そばなる男、声をひそめて、「沙汰はない事[一]、知つて通したげにござる[＊]」。

○分　別

子息《むすこ》を招き、「その方ども成長なれば、近々嫁をとらずばなるまいし、妹《いもと》どもも似合わしき事[二]あらば、嫁《よめ》らすなれば、一人前に百両あて[三]にしても、四百両いる。如才《じよさい》はなく[四]精出せども、目の前の物入り。走る馬に鞭《むち》[五]じや。商《あきな》いを随分油断なくせい」といふ。二男「それは大分の物入り。私がよい分別がござります。まづ兄貴の嫁には妹《いもと》のお百、わたしが女房には末子のおきん、一婚礼《ひとこんれい》に五十両づつにしても百両では仕舞《しま》ひます[六]。さやうになされませ」といへば、親父あきれはて、「さて〳〵、これまでは、そのやうなたわけとも知らずにゐたが、言《ごん》語《ご》に絶へた[七]畜生め[八]。物を言ふもけがらはし」と、ついと立て奥へ入れば、後に残つて、「これ兄貴」「なんだ」「親同士、夫婦でゐながら」。

一　内密の話だが。
＊　安永二年十一月、中村座顔見世で評判の『御摂(ごひいき)勧進帳』をふまえた咄。
二　似合いの相手。
三　百両ずつ。
四　手ぬかりなく。
五　ますます勢いを増す、よい上にもよくすることの譬え(『譬喩尽』)。
六　済ます事ができる。
七　言語道断。言葉も出ないほどにひどい。
八　兄妹の近親相姦とは畜生同然。

○謎《なぞ》

亭主罷《まか》り出、「お吸物を申付けましたが、此の方より謎をかけませふ。御判じなされ、召上がられ下さるべし」といへば、大勢、「それはよふござりませふ」「しからば」と取出し、「これは『五十四郡[九]を一トくくり[一〇]』と申す謎、御判断頼み上げます」「これは面白そうな事、なんであらふ」と、大勢思案しても知れず。中にひとり、「むつ[一一]でござりませう」「これはよう御判じなされました。サア、お吸ひなされませ。また上げませう[一二]」と、ふた茶碗を出し、「此の度は、『沖中《おきなか》で困る船』と申します」「これは〳〵、別して面白さうな義。いざ、皆様、御判じなされ」と、大勢思案しても知れず。また右の男、「どふか、知れましたやうにござれども、相違かは存じませぬが、沖なかで困る船ならば、ひしほ[一三]でござりませふ」「なるほど、さやう」といへば、そばの男「ア、残念、もちつとの違ひ。醬油の味《み》[一四]とまでは判じたに*」。

九　奥州のこと。陸奥の国主が領する郡の数。
一〇　一つにまとめくくる。一括する。
一一　「陸奥」の国と、肉や卵巣が美味な魚「鯥(むつ)」をかける。
一二　出題しましょう。
一三　船が浅瀬に乗上げて困る「干潮」と魚鳥の肉の塩漬けの「醢(ひしお)」をかける。
一四　なめ味噌の一種の「醤(ひしお)」から、醤油を持ち出した。
*　「吸物御望次第」(二八二頁)に再出。上巻「日待に謎の事」(二七一頁)参照。

○富士山

「富士山はいつの頃、できました」「はて、頼朝時代さ」「そんなら、鎌倉へできそうなもの、なぜ、駿河《するが》[一]へできました」「サア、そこが北条殿[二]のたくみ[三]」。

○思案

老人、橋を通りかかり、板のすきめ[四]へ杖を突きこみ、はつと思ふはづみ、手を放せば、杖は川へ落ちる。これに当惑して、しばらく思案をめぐらし、又腰より扇を出して、かの穴へ入れ、手を放して、「ハ、ア、このをつじ[五]やな」。

○歩《ぶ》の者[六]

殿、縁側へ出させられ、庭のけしき御ながめの折りも折り、御国よ

一 静岡県。
二 鎌倉幕府初代執権の北条時政。江戸人士からは腹黒い策略家として悪役視された。
三 策謀。
四 透き間。
五 乙。物事の状態。具合。理屈。訳。
六 夫の者。徴用されて勤労に従事する人夫。又は雑兵。

り今まいりの歩[七]仲間《ちゆうげん》五六人、御庭の掃除に、箒かたげて、殿様ともしらず、つる〳〵と来かかりしを、殿、声をかけられ、「何者じゃ」とお尋ねあれば、先に進みし仲間、「ハイ、わたくしどもは歩でござります」「歩とは、なんの歩じゃ」「ハイ、只《ただ》の歩[八]でござります」「忠《ただ》信《のぶ》[九]ならば、八島《やしま》、壇《だん》の浦《うら》のいくさ物語[一〇]、よく知りつらん。語れ。聞かん」と仰せあれば、「イヤ、その儀は、次《つぎ》の歩[一一]にお尋ね遊ばしませ[*]」。

○粗　相

急病家《か》へ行くとて、脇差[一二]と思ふて、摺粉木《すりこぎ》をさして行く。病用相済み、病家にて摺粉木を見て、「さてもお前は粗相千万。取りちがへる[一三]物こそござらふに、脇差と摺粉木とは」と笑へば、「憎《にっ》くき女房め。かやうなる事を気を付けべき事なるに。立帰り叱らん」と、いとま乞いもそこ〳〵に、真一文字に馳《は》[一四]せ帰り、我が内《うち》を取りちがへ、隣の内へはいり、内義の縫物してゐるところを、「おのれ、憎いやつ。脇差

七　新しく出仕した。
八　名もない普通の歩。
九　同音から源義経の家臣佐藤忠信を連想。
一〇　屋島・壇の浦の源平合戦の話。
一一　次に控える歩「次の歩」に、屋島の戦で義経の身代りとして平教経に射殺された忠信の兄の継信(つぎのぶ)をかけた。
＊　落語「初音の鼓(継信)」のサゲに使われる。
一二　腰の脇に差す小刀。近世は医者や旅行する町人も佩刀が許された。
一三　諺「摺粉木で腹を切る」の通り、刀の代用にはならない。
一四　真直ぐに。一目散に。

粗　相

を取りちがへ指《さ》したるを、知らぬ顔に見なし、万座の中にて恥をあたへ、言語《ごんご》同断《どうだん》、不届者め」と叱れば、「これはしたり[1]、隣安《りんあん》[2]さま。何をおつしやります」といふを見れば、隣の内義。「これは粗相」と、我が家へ飛んで帰り、女房が前に手をつき、「只今の不調法、ご免下されませ*」。

○開　帳

「これ権太郎。そちはいかに若いとて、大酒呑んだり、きほひ歩行《あるい》[3]たり。ちと気をつけて、おとなしくなりやれ。間《あい》[4]には内にも居て、お袋の心のやすまるやうにしたがよい。そしていつまでも、若くてゐるものではない。折々は後生《ごしよう》[5]も願やれ。さいはひ、秩父《ちちぶ》二十五番[6]の観音様、本堂建立[7]のため、彼処此処《あすこここ》の町家[8]をかりて、夜《よ》開帳[9]がある。しかも、今夜は隣の家《うち》であるはづじや。おぬしも参つたがよし、又、留守[10]をして、お袋をも参らせたがよいぞや」「アイ、そふ致しやせふが、

一　これは驚いた。これはまあ。驚く時の発語。
二　隣宅の医者で「隣庵」から出た名か。
＊　落語「堀の内」に使用される。
三　勢い込んで歩く。男伊達風の行動して回る。
四　ふだん。平日。
五　来世。極楽往生。
六　埼玉県秩父地方の三十三カ所の観音霊場の一、岩谷山久昌寺。
七　寺院が喜捨寄進を集めるための名目。
八　町の中の商家。
九　夜間、寺社の宝物霊仏を拝観させる催し。
一〇　留守番。

もしへ大屋さん。あの秩父の観音さんと大山の不動さん[一一]とは、どつちが強ふござんしようねエ[一二]」。

○つれ〴〵[一三]

四五輩を集め、俳諧[一四]して楽しむ。丁稚《でつち》、酌しながら、「旦那様、つれ〴〵に、『月花はさのみめに見る物かわ[一五]』とござりますが、あれは何の事でござります」「ハテ、われは、こしやくな[一六]事を聞く。まづ、月は十五日が満月とて、丸く満つるなれども、十六日からは欠《か》ける。花は、咲きも残らず散りも初めず[一七]といふ時が盛りなれども、落花とて次第に衰へる。山も登れば下《くだ》らねばならぬ。人間もその通り、老衰とて年寄れば衰へるほどに、身に引きうけて見よ[一八]。月に愛《め》で、花にたわむれ、酒を呑み、心をよろこばせるばかりでは、本意《ほい》ない[一九]といふ事じや」「アイ、ありがたふござります。合点《がてん》が参りました。そして、月と花とは、どちらが楽しみでござります」「はて、色々な事を。そん

一一　伊勢原市の大山阿夫利神社内にある不動尊。
一二　信仰心はなく、神仏の強弱が関心の的。
一三　『徒然草』の略称。
一四　滑稽な連歌。月・花の定座の句は尊ばれる。
一五　同書第百三十七段「花はさかりに、月はくまなきをのみ見るものかは」に依る。
一六　小癪。生意気な。
一七　藤原定頼の歌といわれる「けふ見ずば悔やしからまし花盛り」の下の句で、謡曲『鞍馬天狗』の詞章でも知られる。
一八　我が身に引きかえて考えてみよ。
一九　不本意。残念。

な事は見世《みせ》で聞け」といわれて、帳場へ行き、「番頭様、つれ〴〵草にある月花の語《ご》を、旦那様に承りましたが、面白い事なれども、『月と花は、いづれが楽しみでござります』と申したれば、『お前に聞け』とおつしやります」。番頭、小首をかたむけ、「それは月が楽しみさ」「とは、なぜへ」「提灯がいらぬ[一]」。

○灯　籠[二]

馬道《うまみち》[三]を二人づれにて、粋《いき》な身をして行く。向ふから親父が寺参り[四]の帰りがけ、はたと行合い、「をのれはどこへ行く」「アイ、この人にさそはれ、灯籠見物に行きます」「ヱヽ、留守をあけて、憎いやつ。早く帰れ」「アイ」と別れて行く。つれ「あれは親父か」「イヽヤ」「それでも、大分横平《おうへい》[五]だ」「ナニ、あれは下しやくばら[六]の」。

○異《い》　見《けん》

一　月夜なら明るくて、提灯の蠟燭代が節約できる。始末家の番頭らしい理由。

二　灯籠見物。享保頃の名妓玉菊追善のため、七月に各妓楼や茶屋の軒に灯籠を吊した吉原行事。

三　台東区馬道。吉原へ行く道筋。

四　近所の山谷は寺町。

五　態度が傲慢で言動が乱暴なこと。

六　下借腹。本妻以外に生れた子。妾腹の親父とは奇妙な表現。

七　長男。

兄弟二人を呼び、親父いふやう、「惣領《そうりよう》[七]は外に言い分ないが、とかく人の衣類、紙入、煙管《きせる》、何をみても値うち[八]をするが悪い癖じや。随分気を付けたがよい。わきで聞て居ても、気の毒[九]。また、弟《おとと》は地口《じぐち》[一〇]とやらが好きで、重い[一一]人の前もはばからず、大事の相談の中ごんにも[一二]、地口を言ふ悪癖《わるくせ》。必ず〳〵、二人ともに気を付けて、癖の出ぬやうに心がけたがよい」と異見すれば、惣領は手をつき、「ありがたい御教訓、只今まで、うか〳〵と心付きませず居ましたが、思召しの段、身にしみ〳〵ありがたふござります。世話[一三]にも『御異見五両、堪忍《かんにん》十両』[一四]と申せども、この御異見は、どふ安くつもつても、三百両が物はござります」と、じきに癖をいへば、弟もこらへかね、「兄貴、三百両とは、ゐけんの鐘か[一五]*」。

○常念《じようねん》仏《ぶつ》[一六]

「私どもは、日々の家業せわしきゆへに、稼《かせ》ぎの事ばかりにかかり、

八　値ぶみ。
九　困る。恥ずかしい。
一〇　同音に近い語を使った洒落言葉。駄洒落。
一一　地位の高い。偉い。
一二　中言。他人の言葉の途中に口を挟むこと。
一三　世間で広くはやる言葉。諺や慣用語の類。
一四　他人の忠告や辛抱の徳は値打ちがあるから尊重せよとの諺。
一五　傾城梅が枝が手水鉢を叩くと三百両の小判が降ったという『ひらかな盛衰記』の「無間(むけん)の鐘」の地口。
*　類話→補注三一
一六　終日終夜、鉦や木魚で念仏を唱える勤行。

後生《ごしよう》[一]のことは捨て置きます。さぞや未来は、ろくな所へは参るまい。せめて朝晩は、念仏の一ぺんづつも申したいものでござる。それに引きかへ、お前がたはお堂で常念仏をおつとめ、唱名《しようみよう》[二]の絶へ間なく、さぞや来世はよい所へ、お生れなされませう。おうらやましい事」といへば、「はて、埒《らち》もない事[三]を言わつしやる。毎日毎晩の事、もふ〳〵飽きはてました。わしが願ひでござるが、どふぞ死にぎわには、三日ほど念仏を申さずに死にたふござる」[*]。

○大　石

力をたのみに夜の独《ひと》り旅。向ふより、小山のやうなる男十人ばかり、「酒手《さかて》[四]を置け」と、ぬつと出る。「イヤ、酒手があれば夜は歩かぬ。取りだめ[五]があらふ。こつちへせう」[六]「イヤ、こいつ、どぶといやつ」[七]と言ふそばから、「そいつ、たため〳〵」[八]と声かければ、「イヤ、うぬら、憎いやつ」と、あたりに有合ふ大石を、何の苦もなく差し上げ、

一　来世。極楽往生。
二　仏菩薩の名号を唱えること。念仏。
三　くだらない。
＊　「常念仏さもいやそうな後生なり」(『柳多留』三・26)の句もある。
四　酒代。心付け。
五　盗みためた金。
六　こっちへ寄こせ。
七　「ど」は接頭語。図太い。ばかに太い。
八　やっつけろ。始末をつけろ。

ぶち付けんと思ひしが、「いや〳〵、投げ付けたらば、当つたやつは片付けやうが、残りのやつが逃げやふ」と、かの石を小脇にかいこみ、引つちぎり〳〵投げた。*

○せんぼう九

浪人、鰹売りを呼び、「その鰹、あたへは何ほどじや」「アイ、そくがれん一〇にしてあげませふ」「何の事じや。通辞の入らぬやふに、一一鳥目《ちょうもく》一二で言へ」「そんなら、百八十にして上げませう」「やれ〳〵、よく嘘をいふやつじや。たつた今、百五十じやと言ふたではないか」。

○大八車一三

女の子供は、ちよつと寄つても口まめ。一四「お前のとつ様は、毎日車を引いて、どこへ行くのだ。近い所へばかりへか」「いへ〳〵、遠くへも行きやす」「それでもそれ、『そこだ〳〵一五』と言わつしやるではな

＊ 落語「嘘つき弥次郎」にも出る大言壮語。
九 占傍。隠語のこと。人形浄瑠璃の楽屋内で用いる隠語から出た。
一〇 魚屋や八百屋、駕舁の符牒で百五十。
一一 言葉の説明がいらず、よく分かるように。
一二 銭。
一三 荷物運搬用の大きな二輪車。主に関東で使った。
一四 おしゃべり。口数が多い。
一五 車曳きが力を入れ、励ます時の掛け声。

大　石

いか」「何さ、あれは車をだますのさ」。

○人《にん》相《そう》悪《わる》一

「根津の妓夫《ぎう》二勝逃《かちにげ》といふ身でをりる」と、武《む》玉川《たまがわ》三に書きしも、むべなるかな。「人相悪の女郎、けふにかぎつて大分《ぶん》人相がよいが、合点がゆかぬ。大方、客に金でももらつたであらふ。聞てみやふ」と呼びかけ、「けふの客は、目出た四そうに見へる。金でもくれたか」「アイ」「いくらもらつた」「耳をそろへて五、二分六」。

○家　来

機転七の利いた家来を置き付け、「さても、よく用の足りたやつ。朝起きるとそのまま、手水《ちょうず》を汲んで、歯みがきに楊枝《ようじ》をそへて置く。手水つかふ内に、煙管《きせる》を掃除して、煙草盆に火を生《い》けて、茶を汲んで、仏壇へ灯明上げて置く。手紙書かふと思ふ。直《じき》に硯墨すつて、紙をそ

一　愛敬がない。無愛想。
二　文京区根津にあった岡場所の雑用男。
三　慶紀逸選の江戸座俳諧高点付句集。この句は『武玉川』にはなく、『川柳評万句合』(明和五・松五)に載る句。「客を揚げてしまえばこっちのもの」の句意。
四　結構。ありがたい。
五　小判の縁を揃える意から不足なく金を調える。
六　一両の半分。通常の揚げ代の四、五倍なので、小判並みに大仰にいった。
七　原本「気点」。

へて出す。これほどの機転者が、けさは気色《きしよく》の悪いに、[八]内に居ぬは」と思ふ所へ帰る。「そちは朝から、どこへ出たぞ」「アイ、夜前《やぜん》[九]からお顔もちが悪ふ見へますによつて、お医者様呼びに参りました」「これは出来た[一〇]」と悦び、四五日も薬のんでも、験《げん》[一一]もみへず。「今日は取りわけ、あんばいが悪い。用どもの沢山なに、家来が居らぬ」とつぶやく所へ立帰る。「そちは、どこへ行《い》たぞ」「アイ、きのふから御様子が大分悪く見へますから、お寺へ知らせに[一二*]」。

○自身番[一三]

大家三四人、自身番所に詰めてゐる中に、一人の近付《ちかづき》の医者通りかかり、「これは御番、ご苦労。いつもよくお勤めなされます」「これは忝いご挨拶。私の番は丁度、貴所《きしよ》[一四]のお薬と同じ事でござります」「とは、なぜな」「ハテ、よく廻ります[一五]」「これは御口合《くちあい》[一六]。どふもいへませぬ」と別れ行く。そばなる家主、これを聞き、何でもおれも言いたい

八　体調が悪く気分がすぐれない。
九　昨夜。前日の夜。
一〇　よくやった。
一一　効果。利き目。
一二　葬式の打合せに。
＊　「忌中」(二三四頁)参照。
一三　町家の四つ辻に設けられ、町内の警備や雑務を処理した詰め所。大家などが交代に詰めた。
一四　あなた。
一五　薬効と自警の順番が「廻る」をかける。
一六　語呂を合わせた言葉の酒落。

ものと、かねて近付の医者の通れかしと心がけしが、ある時、近付の医者、いそがしさうに通るを、「もしちよつと、お目にかかりませう」といへば、「只今は急病で参ります」「いや〳〵、お手間は取らせませぬ」「さやうならば、早く仰せ聞かせられませ」「イヤ、外《ほか》の義でもござりませぬ。私が番はお前のお薬と同じ事」「それがどふ致しました」「ハテ、よく当り[一]ます[*]」。

○進《しん》物《もつ》

友達が養子に行く。悦《よろこ》[二]びに行かふと思ふ内に、養父相果てし[三]と聞く。「これは気の毒。まだ悦びにも行かぬ内に、悔《くや》みにも行かれまいし、どふしたもの」と一ト思案して、手紙をしたため、進物を籠に入れ、持たせてやる。先《さき》[四]で手紙をひらき見れば、

貴様御事、今般御養子ニ御出被成《なされ》、目出《めで》度《たく》奉存《ぞんじたてまつり》候。早速御祝儀参上可致《いたすべき》処、彼是及延引《かれこれえんいんにおよび》候。然ル処御養父様御死去之由、御

一 薬の毒の「当る」と順番が「当る」をかけた。
＊ 上巻「挨拶も人による」(三〇九頁)の再出話。
二 お祝い。
三 死亡した。
四 先方で。相手が。
五 物事が突然に意外なものに変化することの俗信「山の芋変じて鰻になる」に依る。鰻の部分は

残念之程察入《さつしいり》候。右御祝儀并《ならびに》御悔旁以文《くやみかたがたふみをもつて》申入候。此一品右之印迄懸御目《おめにかけ》候。已上

「これはなんであらふ」と、ふたをとれば、半分うなぎ。[五*]

○煙　草

「たばこを忘れたほど、不自由なものはない。ドレ、貴様のたばこ、和《やわ》らかくば[六]二三ぷく下され」「イヽへ、きつう[七]ございます」「そんなら五六ぷく[八]下され」。

○熊

両国[九]へ熊の見世物の木戸番[一〇]に出るおやぢ、今を限りの大病。大声あげての上言《うわごと》[一一]。「熊じや〳〵」[一二]とばかりいふて、念仏一ぺん申さず。女房、気の毒に思ひ、だうぞ臨終の今なれば、念仏[一三]をすすめても聞入れず。近所の者ども、さま〴〵とすすむれども、ただ、「熊じや〳〵」

養子お祝いの品、山の芋の部分は精進物で死亡お悔みの品。

* 類話→補注三二

六 味が軽い。

七 味が辛い。

八 いずれにしても、お先煙草をせしめる考え。

九 武蔵と下総を結ぶ両国橋の西詰(現在の東日本橋)は火除地で、見世物や飲食店の並ぶ盛り場。

一〇 興行場の出入口を守り、客を呼び込む番人。

一一 譫言。高熱のため無意識に口走る言葉。

一二 見世物の口上。

一三 阿弥陀仏を信じて称名を唱える念仏往生。

とばかり。なかに機転の男、「かみ様、苦労にさしやんな。わしが御念仏を申させてやりませう」と、大きな声にて、「これおやぢ、あすは大雨[一]だによ」「なむあみだ仏[二]」。

○風　呂

医者、銭湯へ行く。風呂の内にて近付の者、声をかけ、「今日は遅くお出《いで》なされました」「イヤ、今日は大みち。[三]四谷《よつや》から赤坂、麹町《こうじまち》、谷町、原町、権田《ごんだ》原《わら》[四]を廻りました」「それは、おくたびれでござりませふ」といふ内に、又隅の方で、「今日はとほうもない道を歩いた。聞きやれ。四谷、赤坂、麹町、谷町、原町、権田原」と聞て、「をれが口真似をする、憎いやつ」とすかし見れば、薬箱持ち。

○茶　釜

粗相者、茶釜の伏せてあるを見て、「何か、ここに黒いもの[五]がある」

一　葭がけの小屋のため雨天は興行中止。
二　処置なくお手上げの時に発する言葉。
三　長い道のりを歩く。
四　新宿区から港区にかけた山の手一帯の町々。
五　釜底の焦げた色。
＊　上巻「思案するほど粗相」(二一二頁)の再出話。
六　遊客が相方の女郎を選ぶこと。
七　江東区深川。辰巳と呼ばれ賑わった岡場所。
八　子供(遊女)屋から客のいる揚げ茶屋に呼ばれて相手を勧める娼婦。
九　脇能『高砂』に因んだ家号。

「ヲヽ、それは茶釜だ」「なぜ、この茶釜には口がない」「はて、伏せて置いた」といへば、引つくりかへして、「底もない*」。

○見《み》立《たて》六

三人連れで、深川七へ呼出し八買ひに行く。座敷へ通れば、「お前方は、年増《としま》衆がよふござりますか、新造《しんぞう》衆になされますか」「イヤ、をいらは、ちと望みがある。ここの内は高砂や。九見立も謡にして、楊貴妃《ようきひ》一〇をあげたい」「面白だぬき。一一美しいのを呼んで上げませふ」「をれは猩《しょう》々《じょう》一二」「酒をあがるのかへ」「きつい事の」「あなたはへ」「俊寛《しゅんかん》一三」「そんなしつぶかな、一四足摺《あしずり》をして泣く一五女郎衆はござりやせん」「イヤ〳〵、そふでない。迎いの懸《かか》らぬ一六のを」。

○末　世

乞食ともいふべき坊主、門《かど》に立ち、「はつち〳〵一七」。飯焚《めしたき》、つかふど

一〇　玄宗の寵妃。三番目物の謡曲名。
一一　「面白い」のしゃれ。「面白」を「尾も白」にもじり、狸を付けた。当時の通言。
一二　猿に似て人語を解し酒を好む想像上の怪獣。五番目物の謡曲名。
一三　平家討伐の企てに参加、鬼界ガ島に流された僧。四番目物の謡曲名。
一四　湿深。多淫なこと。
一五　閨房での喜悦の激しい様。『平家物語』巻三「足摺の事」をかける。
一六　一切れ遊びの時間が切れて迎えが来る。俊寛には赦免の迎えはない。
一七　「鉢」の変化語。托鉢僧が乞う時の言葉。

なく、[一]「通らしやれ」[二]といへば、婆様《ばさま》聞いて、「これ三介。[三]そのやうに、けんどんに言はぬもの。この頃も聞けば、段々と人の気が邪見《じやけん》[四]になるによつて、折々は弘法様があのやうな形《なり》で、人を済度《さいど》[五]にお歩きなさるげな。随分気を付けて、物をいやれ」といふ。坊主「さては、あらわれた」*。

○初《しよ》会《かい》[六]

盆のころ、初会客が来て、「若い者[七]、おれは酒の肴《さかな》に水菓子[八]が好きだ。なんぞ出せ」と、一分[九]投げ出す。若い者は、何でも珍しいものをとかけ廻り、やう〳〵柿を十ヲばかり買出し、鼻高々と持ち出せば、「これは珍しい」[一〇]と、金一両[一一]。若い者は挨拶して立つ。客は柿を一つ食ひかけ、「これは渋い」と、又一つ取つて、「これも渋い」といふ。女郎、気の毒さふに立つて、若い者を小かげへ呼び、「あのやうな渋いもの[一二]を進ぜて、うらに[一三]は決してござるまい」。

一　突っけんどんに。
二　「施しをしない」と物乞を断る時の言葉。
三　下男の通名。
四　意地悪。無慈悲。
五　不幸から救うこと。
*　落語「悟り坊主」の原話。「弘法のふりで四五日食倒し」(『川柳評万句合』宝暦十三・桜2)もある。
六　遊女が初めての客の相手をすること。
七　廓で雑用を勤める男。
八　くだもの。
九　一両の四分の一。
一〇　時季はずれの柿は。
一一　祝儀として。
一二　渋柿を食べると便秘するとの俗説がある。
一三　裏。客が同じ遊女を

○鉢の木[一四]

「わが[一五]謡は、『帆を上げて』[一六]といふ所がよくない」「コレ爺様《とつさま》、何も知らぬくせに、やれ早いの遅いのと。なんでも師匠様で習つた通りに謡うのに」「何、をれが知らぬ事があるものか。何でも知つてゐる」「そんなら、けふ習つた謡を当ててみさつしやれ」「そんなら謡へ」『いでそのときの鉢の木は、梅さくら松にてありしよな』[一七]。さあ、これはなんだ」「しれたこと、菅原[一八]だ」。

○游《およぎ》

「いま大河《おおかわ》[一九]で見ました。あのやうに泳がれるものでござるか。うつむけになつて、身動きもせず十丁[二〇]ばかり。それから沖の方へ出ましたゆへ、目が及びませぬから、見捨てて来ましたが、あのやうな泳ぎの上手もあるものでござるか」「大方、それは土左衛門[二一]でござりませう」

再度揚げる「裏」と、便所の意の「裏」をかける。
一四　四番目物の謡曲名。最明寺(北条時頼)を佐野常世が梅桜松の盆栽を焚いてもてなす筋。
一五　お前の。
一六　謡曲『高砂』の「此の浦舟に帆を上げて」。
一七　『鉢木』の詞章。
一八　松王・梅王・桜丸の出る浄瑠璃『菅原伝授手習鑑』と錯覚。謡曲に「菅原」はない。
一九　大川。隅田川。
二〇　約一キロメートル。
二一　溺死人の異名。享保頃の肥満力士成瀬川土左衛門に由来する説(『近世奇跡考』)や肥大漢「どぶつ」の擬人名語説もある。

「されば、御名は承りませぬ」。

○了《りよう》簡《けん》

「観音様の四万六千日は、いつだ」「ハテ、知れたこと。師走《しわす》の十七日、十八日さ」「とほうもない、それは市《いち》だ」「そんなら、六月の二十四日じや」「まだ馬鹿なことをいふ。それは愛宕《あたご》さまの四万六千日だ」「そんなら、いつであつたな」。そばから聞きかねて、「はて、争ふ事はない。つい暦を見れば知れることをさ」。

○塔

二人づれで浅草の観音へ参り、「この塔は四重《よじゆう》だの」「馬鹿をいふな。塔は三重か五重にきはまつたもので、これは五重だ。あれ見やれ。一、二、三、四、五重だ」「ア丶、ふたともにか」。

一 この日参詣すると四万六千日分の功徳があるという縁日。浅草寺の七月十日、愛宕神社の六月二十四日が特に名高い。

二 浅草寺境内で正月用品を売る年の市。

三 ちょっと。

四 暦には四万六千日などは書いてない。

五 五重塔の五層と屋根を、重箱の蓋同様に見立てて数えた。

○天　狗

杣人《そまびと》六、煙草のんで休んでゐる所へ、天狗が来る。杣人は肝をつぶし、逃げるも逃げられず、うろたゆる。天狗「をれを見てこわがる其方が胸中を、神通《じんずう》七を以《もつ》て知つてゐる。必ずこわがる事はない。ちと無心八がある。あの三つ目の杉の枝が、をれが住む所だが、左の枝が邪魔になるから、あの枝を伐《き》つてもらいたい」「それは心安い事」とかけ上り、斧《まさかり》をふり上げると、柄《え》がぬけて、斧の落ちる拍子に、天狗の鼻を根から削《そ》ぐ。天狗「これは思ひもうけぬ九こと」。

○茶

「貴様はあつい茶を、人より早く呑むが、どふして、あのやうに早く呑む」「あれは造作《ぞうさ》はない。二口三口呑んで、跡は死ぬと思つて一〇、ぐつと呑む」。

六　木こり。山で木を伐る人。
七　神通力。超人的な不思議な力。
八　頼み事。お願い。
九　神通力も利かず、予期しないこと。
一〇　死ぬ気になって、無理に我慢して。

○東《とう》北《ぼく》[一]

「所は九重《ここのえ》の東北の霊地《れいち》にて」[二]と、外を謡つて通る。「ハテ、古いうたひを」[三]。

○鉄砲

小道具屋の見世に、鉄砲のあるを、「アノ鉄砲の代《だい》は」「台は、欅《けやき》[四]でございます」「イヤ、金《かね》の事さ」「真鍮《しんちゆう》でございます」「ハテ、直《ね》は」「すぽん」[*]。

○子息

「両国へ奇妙な見世物[五]が出た。釘金物《くぎかなもの》でも煙管《きせる》のつぶれでもかぢる。途方もないやつよ」「なに、それが奇妙な事があるものだ。をらが隣の息子は、尤《もつと》も男も大きし、年も二十四五だが、親のすねをかじる」[六*]。

一　和泉式部を主人公にした三番目物の謡曲。古くは『軒端梅』という。
二　『東北』の詞章。
三　謡曲には流行唄ほど、新しい曲はない。
四　原本通りの振仮名。
*　「鉄砲」(一八二頁)の再出話。落語「道具屋」のサゲの一つに使われる。
五　宝暦八年冬、両国で興行した鍋食い男(『見世物研究』)の類いか。
六　子供がいつまでも独立できずに親に養育してもらう譬えの「親の脛かじり」を持出す。
*　落語「赤子茶屋」のサゲに使われる。

○其　二

「その息子が、此中《このじゆう》[七]親父と大喧嘩をしだし、つかみ合ふ。長屋中が大ぜい寄つて、やう〳〵引分け、息子をば抱きすくめて、外へ出たら、聞きやれ、息子めがいふ事には、『親父のどろぼうめ、つらを見知つてゐるぞ[八]』」。

○こわいろ

『役者声色指南』と看板を出す。「何とぞ、御指南申[九]請けたふ存じます」「お心安い事。まづ口をあいて、舌を出さつしやれ」「アイ」と、口を明く所を、煙管《きせる》のやにを、したたか舌へ塗れば、「カア〳〵[一〇]」「それが団十郎」「途方もない」「それが八蔵[一一]」。

七　この間。

八　「顔を覚えているぞ」の悪態語。

九　ご指導。ご教授。

一〇　歌舞伎役者五世市川団十郎が得意の荒事で見得を切る時の独得な発声。

一一　道化な仕草で半道と敵役・親仁方で名高い宮崎八蔵の口ぐせ。「とほうもないといふせりふ、何にても用ゆ」(『紙屑籠』)とある。

○追《おい》落《おと》し[一]

「をれは何をかせいでも、埒《らち》が明かぬが[二]、おぬしはどふだ」「をれも同じ事」「サア、それについて相談がある。どこぞ小《こ》淋《さみ》しい所へ、夜《よ》更《ふけ》に出て、追落しをせうと思ふ」「ハテ、めつそふな」[三]「はてまあ、聞きやれ。をれが思ひ付きは、急度《きつと》した[四]追落しではない。向ふから、小気味悪いと思ふて来る鼻の先へ、ぬつと出て、お定《さだ》まりの『酒手《さかて》[五]』といふと、肝をつぶして逃げる拍子に、紙入れか小遣銭でも落して行くを取る工面《くめん》[六]。ひらに[七]出やれ」と無理にすすめ、大橋[八]のきわへ出、待つてゐる。侍が通りかかりしを、二人出て、「酒手を置け」といふ。「心得たり」と、刀するりと抜くやいな、肝をつぶし、跡をも見ず逃げ帰り、あすの晩、又来てすすめるを、「をれは、もふいやだ」「はて、ゆふべのやうな事はたま〳〵。まづ歩《あゆ》べ」「イヤ、大橋はぶつそうだ[九]」。

一 辻強盗。衣類を剝ぐ追剝に対し、懐中物を奪うのをいう。
二 仕事がはかどらない。結果が駄目。
三 とんでもない。
四 ちゃんとした。
五 「金を出せ」の脅迫文句。
六 考え。
七 ぜひとも。
八 両国橋。昼間は見世物小屋・飲食店で賑うが、夜間は人通りなく淋しい。
九 自分の方が物騒。

[一〇]午 正月

本石四町目大横町
堀野屋仁兵衛[一一]板

一〇　安永三年の干支か。

一一　宝暦から文化頃までの書肆。玩月堂。小倉氏。噺本では『一のもり』(安永四)『鳥の町』(同五)の佳作を出し、『鹿の子餅』『譚嚢』(安永六)を文化頃に中本三巻仕立てにして再板している。

新《しん》口《こう》花《はな》笑《え》顔《がお》

（安永四年刊）

解題　竜耳斎聞取序。磯田湖竜斎画。小本一冊。家蔵本は題簽を欠き、中央に「新口花笑顔　全」と墨書。内題などなし。版心は序文は「序　（丁付）」、本文は下部に丁付のみ。半面七行・約一六字詰。序二丁（安永四年　竜耳斎聞取題）。本文六二丁。話数七九。挿絵見開二図（湖竜画とあり）。本文末尾に、「安永四乙未歳春／東都　山林堂版」と刊記がある。

本書は、安永二年三月序の『新口吟咄川《しんこういまでがわ》』の嗣ぎ足しの改題細工本である。すなわち、同書序文中の書名「新口吟咄川」を「新口花笑顔」に、年記の「安永二年弥生」を「安永四年」に、巻末の刊記「安永二癸巳歳春」を「安永四乙未歳春」と入木訂正し、本文巻頭の「一生独者」の前に、「福遊び」から「柚金柑」までの二十九話・十六丁分を新刻して付け加えたものである。元板と新刻分の書体は多少異なり、丁付にも、「一〜十六、三〜二十九……」と細工の具合が分かる。新規の分も『軽口大黒柱』（安永二）など、既刊の笑話本から焼直した咄も見られる点、安易な細工本ともいえる。しかし、古くから、内容のすぐれた噺本の板木の全部又は一部を再利用する例は多くあり、本書も需要に応えるための措置と見られよう。

序を記した竜耳斎聞取の経歴は不詳である。挿絵は二図とも「湖竜画」と落款があり、美人画の大家として名高い浮世絵師の磯田湖竜斎の筆になる。細緻で流麗な線描は、素人画の多い他書とは格段の相違がある。名のある絵師が落款入りで挿絵を受持ったのは、鱗形屋刊『鹿の子餅』（明和九）と同じで、板元の山林堂も、聞取の個人出版名と考えられるが、あるいは専門書肆の山田屋三四郎かもしれない。

内容の半数以上は安永二年の作で、江戸小咄最盛期の類書に劣らず、珠玉の作が多い。ただ、嗣ぎ足しの分を含めて、既成話の再出がかなり見られるが、全体に大らかな笑いが特色となっている。

本書の翻刻は、『噺本大系』第十巻などにあり、元板の『吟咄川』は、『日本小咄集成』中巻（筑摩書房・昭46）にある。

序

史記《しき》[一]に曰《いわく》、往古《むかし》漢《かん》の高祖《こうそ》[二]の臣下に、今井の四郎業平《なりひら》[三]といふものあり。その娘お七、[四]勅《ちょく》を蒙《こうむ》りて一つの書《しょ》を編《あ》めるを、もりやの大臣《だいじん》[五]、これを焼き捨てんといふを、深く惜しみて隠しける故、[六]世になかりしに、近きころ、孔子[七]の壁のうちより出でたり。これをひらき見るに、当世に時行《はや》るおとし噺《ばなし》の書《しょ》なりければ、新口《しんこう》[八]花笑顔《はなえがお》[九]と題して、小冊《しょうさつ》とはなしぬ。

安永四年[一〇]

竜耳斎聞取題《りゅうにさいもんしゅだいす》

一　前漢の司馬遷撰の中国の正史。百三十巻。
二　漢創業の天子劉邦。
三　木曾義仲の家臣今井四郎兼平と在原業平を混合した名前。
四　『好色五人女』の登場人物、八百屋お七。
五　物部守屋。排仏派で塔を壊し仏像を焼いた。
六　秦の始皇帝の焚書の際、孔子の『論語』などを壁中に塗りこめて隠し遺した故事による。
七　孔子と遊所の格子をかけたか。
八　「噺」の分かち書き。
九　元板は「吟咄川(いまでがわ)」とある。
一〇　元板は「安永二年弥生」とある。

福遊び

初春のおなぐさみに、福神[一]たち相撲をはじめ、行司はさいわい毘沙《びしゃ》門天《もんてん》右衛《え》門《もん》[二]、東の方屋《かたや》[三]は大黒天兵衛《だいこくてんべい》、西の方ゑびす三郎兵衛と、「いざ、お勝負」といふよりはやく、大黒を目より高くさし上げ、土俵の外へ、ずでんどうと投げつけられしを、行司は「勝負なし」と声かくれば、ゑびす三郎、腹を立てて、「この相撲を割れ[四]とは、どうして」と、少しせいて[五]問い給へば、「お投げなされたは見事なれども、最前さし上げ給ふ時、ゑびす三郎の鯛《たい》[六]が落ちました」。

天神

湯島の天神様[七]を信心なる者、七日七夜通夜《つや》[八]をいたし、「何とぞ御神体を拝し申したし」と祈りければ、七日満ずる明け方、扉をおし開き、

一 人間に幸福や富をもたらす神。福の神。
二 七福神の一人毘沙門天の擬人名化。
三 力士の控える所。
四 引分け。勝負なし。
五 怒りをこみ上げて。
六 恵比須の脇に挟む「鯛」と相撲の「体」をかけた。
七 文京区湯島天満宮。
八 社寺に参籠して、夜通し祈ること。
九 普通と違うよい香り。「きょう」は漢音。

異香《いきよう》[九]さつと薫りて立出で給ふを、拝み奉れば、十五六の大振袖[一〇]の姫君なり。不審に思ひ、「あなた様が天神様の御神体にてわたらせ給ふか」「イヽヤ、今はしばらく、かり屋姫[一一]じや」。

大みそ[一二]

「聞きやれ。此中《このじゆう》[一三]山へ行つたれば、なにが大きな猪《いのしし》が、一さんにかけてきた所を、角《つの》をしつかりとつかんだ[一四]」「なにをとんだ事ばかり。猪に角があるものか」「ヲヽ、それよ。尾をつかんだ」「なにを馬鹿な。尾がどこにある」「ムヽ、そんなら、どこをつかもふ」。

つりがね夫婦

撞木《しゆもく》[一五]がいふやうは、「撞《つ》き手もひとり、撞かれ手もひとり。このやうな仲のよい夫婦《めおと》はあるまい」「アイ、それでわつちやア、ひとしほお前が、いとしうごをんす引[一六]」といふた。

一〇　若い女性が着る袖丈を長く仕立てた振袖。
一一　祭礼時に神輿を仮に安置する建物「仮屋」と『菅原伝授手習鑑』の菅相丞の息女「苅屋姫」をかける。安永三年七月、中村座上演の『仮名手本手習鑑』のあてこみ。
一二　大しくじり。また手前味噌で自慢すること。
一三　この間。
一四　富士の巻狩で大猪に飛び乗った仁田四郎忠常の武勇談が下敷き。
一五　鐘や鉦を打鳴らす棒。
一六　「ござんす」に、鐘の響き「ゴオン」をかける。引は長く延ばす符号。

大やしろ

十月には、出雲《いずも》の大やしろへ、神々様たち集まり、縁結びをなされける。なかに一人、白ききぬを着たる神様、はるか末座《ばつざ》に座られゐたり。みな〳〵神様、不審におぼしめし、「そこもと[一]は、いかなる御神ぞ」とたづね給へば、「ハイ、わたくしは、ふき紙[二]でござります」。

後家《ごけ》

「喜兵衛、そちの隣の後家は、チト遊びにゐて、じやら〳〵いふ[三]とおちる[四]といふが、じやうかい[五]」「イヤ、かぎ[六]じや」。

ゑびす大黒[七]

福島屋福介[八]親父夫婦、ゑびす大黒の棚へ灯明をともし、神酒《みき》を供へ、「私七十、ばば六十、息子二人娘二人孫三人、有り金千両ばかり、掛

一 其処許。そなた。
二 房事の後始末に使う「拭紙」に「神」をかける。縁結びの場に拭紙と艶色味を出した。
三 ふざけたむだ口や淫らなことなどを言う。
四 なびく。相手の要求を承知する。
五 定。確か。本当。
六 定—錠前でなく、ジャラ〳〵音を立てて落ちるから、鍵と答えた。
七 福神として商家の守り神。
八 裕福な人の通名。

屋敷九三十軒ばかり、何不足もござりませぬ。この上、悪事災難をのがれますやうに」と拝みければ、ゐびす大黒、小さい声をして、「アノおやぢにあやかりたい」。

座《ざ》頭《とう》一〇

座頭六七人連れだち通りければ、折りふし子供遊びゐて、「アノ、座頭がたんと通る」といひければ、座頭いふやうは、「ゆふべの雨で生《は》へたのだ」。中にこざかしき子供、「なに、め一一もなくて生へるものか」。

間ちがひ

「隣の猫が老犬《ろうけん》になりまし、余日《よじつ》一二もない。一三身が屋敷へ馬糞《ばふん》をいたした。さて〳〵憎《にっ》くいやつ。さすがは鳥類《ちょうるい》でござる。打殺して、熊の胆《い》一四をとらずばなるまい」。

九　貸家。

一〇　盲人四官中最下位の称。転じて盲人をいう。音曲・按摩・鍼などを業とした。子供たちになぶられた長太郎坊主のような盲人もいた。

一一　「目」に「芽」をかける。

一二　残る日。

一三　私。

一四　熊の胆嚢を干したもの。漢方の胃腸薬。

御仕着《おしきせ》一

「コレ長吉。そなたの仕着は、何をしてやろふぞ」と尋ねければ、長吉、内義二の耳へ口を寄せ、小さい声をして、「ハイ、私のは鼠小紋三にして下さりませ」「何、それをささやく事があるものか」「イヤ、それでもあすこに猫が聞いております*」。

年礼

「物申《ものもう》。四けじま屋け兵衛でございます。御慶《ぎょけい》申し入れます五」「忝ふございます。ヤ、け兵衛もわせられた。六おれも礼七に行こう。どれ、着物、上下《かみしも》出しやれ。イヤモ、こふ上下着た所は、わつさりと八よいぞ。ドレ、行《い》てこふぞ」「コレ、お前もめつそふな。袴腰《はかまごし》九が前にあたつてある」「何ぬかす。まだうしろへ廻さぬのだ一〇*」。

一　四季施。時候に応じ、主人が奉公人に与える衣服。
二　中流階級、町人の妻の呼称。
三　地色がねずみ色の小紋染めの布。
＊　上巻「用心ぶかい百姓」(二八三頁)と同想。
四　他家訪問の挨拶語。
五　新年を祝う挨拶語。
六　「来る」の尊敬語。
七　年礼。年始回り。
八　晴ればれと陽気で。
九　袴の後ろにある腰板。
一〇　帯と違って、回しても袴の腰板では無理。
＊　「袴腰前からあてる見苦しさ」(『柳多留』八・13)の図。

夢見

「イヤコレ、六兵衛。おれはゆふべよい夢を見た。酒を振舞わふ」「夢見て酒を振舞わふとは、それはさだめてよい夢であらふ」「ヲ、、よい夢のくらいではない」「シテ、何を見た」「胡瓜《きゆうり》を見た」「それがなんのよい夢であらふぞ。手前[一一]もたしなめ。文盲な者じゃ」「ハテ、昔からいふを知らぬか。一チ富士に二鷹、三、ヱ、違ふた[一二*]」。

子ども

「コレ、ととさんや。かどで犬が、碁を打つてゐるぞへ」「何、となんだ事をぬかす。犬が碁を打つてたまるものか」「それでも今、白が黒[一三]を一チもくおさへた[一四]」。

一一　お前。
一二　縁起のよい初夢とされた「一富士二鷹三茄子(なすび)」の茄子を胡瓜と間違えた。
＊　「初夢」(二一五頁)と同一話。
一三　白犬・黒犬を碁石の白・黒にかける。
一四　一目。囲碁で盤の一つの目、又は碁石一つ。なお、性交を一回する意もあり、両義をかけた。

八幡大名《はちまんだいみょう》[一]

「ヤイ〳〵、太郎冠者《たろうかんじゃ》[二]。今のはなしは殊の外面白かつた。ほうびにこの太刀《たち》をやるぞ」「ハア、ありがたふござります」といひながら太刀をいただく所を、そばにあつた棒取り直し、太郎冠者をさん〴〵に打ちければ、「頼ふだお方《かた》[三]、コリヤなんとなされます」「やるから棒[四]じや」。

魚心中

おふな、あいの介[五]と深ふ言ひかはして居ける。それをも知らず、おふなが親、なまづ兵衛が嫁につかはす相談きわめければ、おふな、あいの介に右の様子を話し、「わしやもふ、なまずの所へゆく事はいやじや。ぬしと一緒に心中《しんじゅう》せう」と言ひ合せ、ひれとひれとをくり合せ、そばなる堤へとびあがつた[六*]。

一　八幡宮の加護を受ける大名の意で、狂言などで大名の名乗りの言葉。
二　狂言における大名や主に対し従者の役。
三　主を言う狂言言葉。
四　「太刀をやるから棒で打つ」を諺「藪から棒」にかけた。
五　鮒、鮎の擬人名化。「あい」は鮎(あゆ)の変化した語。
六　人間なら堤から川中に飛込む所だが、その逆。
＊　「水中の恋」(七三頁)と同想話。
七　演芸披露の会。

魚尽

ふぐ、太刀魚《たちうお》、蛸寄合ひ、芸づくし[七]をはじめける。ふぐは傾城の真似して八文字《はちもんじ》[八]、蛸は松の枝へ一本の足をかけ、「さがり〳〵[九]」といひければ、太刀魚、岡へひらりと飛びあがり、すつくと立つて、「葵下《あおいしも》坂《さか》[一〇]、よつく切れます[一一*]」。

早くらべ

「世の中に、飛脚ほどはやいものはあるまい。百五十里を五日に行く」といへば、一人が言ふよふ、「イヤ〳〵、鳥ほどはやいものはない」。又一人がいふよふは、「イヤモ、蚤《のみ》ほどはやいものはない」「この男はとんだ事をいふ。蚤が何ンのはやかろふぞ」「イヤ、今朝も聞きやれ。蚤めが、備後《びんご》[一二]から琉球《りゅうきゅう》[一三]へ一トとびに飛んだ[一四]」。

八　太った醜女の異名のふぐは鰭をふり、花魁道中の八文字の歩き方の芸。

九　八本の足を垂れ下げ、下がり藤の房を真似た芸。

一〇　家康から葵の紋入りを許された下坂康継と一門が鍛えた刀剣。

一一　「青江下坂、ずんと切れます」とも。『敵討襤褸錦』等での名せりふ。

＊　「無題」(一七七頁)参照。

一二　備後＝広島県東部産の上質の畳表。

一三　琉球＝沖縄県産の灯心草で織った畳表。丈夫で耐久力がある。

一四　畳から畳を、国から国へと大袈裟に表現。

庭ずき

ある菜園《きえん》[一]好き、菜園をつくりゐける所へ、友達来たり、「先生、菜園をおつくりなさるか」といへば、「なるほど〳〵、この菜をつくりましたが、よふござるか、いかにも見事にできました」「このやうに大ぶんお作りなされいでも、よふござりませう」「イヤ〳〵、このやうに大ぶんに見ゆれども、ゆでると減ります[*]」。

巾《きん》着《ちやく》[二]

巾着、おこり[三]をふるひ、煩ひければ、上ミより緒〆《おじめ》[四]見舞に下りていふやう、「どふじや、気分はちとよいか」「ハイ、けふはねつけ[五]が去りました」「何ンじや、ねつけが去つた。ハア、そんならばおつつけ、おちる[六]であらふ」。

一 菜園(さいえん)の変化した語。野菜畑。
* 「隠居」(三一五頁)に再出。
二 口を緒で引括った布革製の小銭入れ。財布。
三 マラリア性の熱病。
四 穴に口紐を通し巾着や袋の口を締めるもの。
五 瘧の「熱気」と腰から落ちぬための細工物「根付」をかける。
六 熱気が落ち病気が治るのと、根付がなくて巾着の落ちるをかける。
七 薦かぶり。乞食。
八 武家の下僕。

こもかぶり[七]

こもかぶり、何やら拾ひ、「大願成就《だいがんじようじゆ》、かたじけなし」といただくを、奴《やつこ》[八]見つけ、引たくりてみれば、五月のちまき[九]なり。「ヤイ、非人[一〇]め。これをおのれ拾ふて、大願成就とは」「ハイ、こもをぬいで、くふみ[一一]になります」。

徳兵衛

お初徳兵衛[一二]、二人連れにて心中に出ければ、嫁のおきた[一三]、心ならず[一四]たづね行く。又向ふより久左衛門[一五]も、提灯とぼして尋ね来り、行違ひざま、おきたに行きあたり、おきた、転《こ》けければ、久左衛門、提灯にてとつくと見て、「ヤア、そなたは嫁のおきたでないか」「イヽエ、わしや、こけた[一六]はいな」。

九　粽。端午の節句に食べる笹や菰などの葉で巻いた米粉を蒸した餅。

一〇　乞食。おこも。

一一　食う身。粽の中身を食うのと、乞食が食える身分になるのをかける。

一二　近松の浄瑠璃『曾根崎心中』の主人公。

一三　原作では嫁の名はないが、元文二年十一月、大坂岩井座での『女夫星浮名天神』には「嫁おきた」で出る。

一四　気が気でない。

一五　同様に前掲の芝居で「伯父平野屋久右衛門」の名で登場している。

一六　起きた(お北)―転けたの駄洒落。

水御望次第

『水御望《おのぞみ》次第』といふ看板ありければ、さる者内へ入り、「御亭主、丸い水が所望《しよもう》じや」といひければ、きれいなる茶碗に水一ぱい汲んで持ちきたりければ、「これが丸い水か」「ハイ」「どふして丸いぞ」「ハイ、すみきつて[一]ござります[*]」。

吸物御望次第

『吸物御望次第』といふ看板を出しければ、若い者二三人通りかかつて、「ナント太郎兵衛。ゑらい太平[二]な看板じや。ナント、無理な吸物を望んでこまそ[三]」と、ずつとはいり、「コレ御亭主。すわり舟[四]の吸物が所望《しよもう》じや」といへば、「ハイ、畏りました」といふて吸物持つて出る。蓋を取つて、「これは何じや」「ハイ、すわり舟でござります」「これがどふしてすわり舟じや」「ハイ、干塩[五]の吸物でござります」

一　きれいな水で「澄み切る」と、「隅切る」で丸いとのしゃれ。
*　古く宸翰本『なぞだて』(永正十三年頃)に「まろき物　すみとり」と出ている。
二　太平楽。好き勝手な言い分。大言壮語。
三　やる・与えるの卑語。
四　座礁した舟。
五　干塩＝引潮で舟が動かぬのと、魚鳥の肉の塩漬けの「醬(ひしお)」をかけた。
六　最下等の街娼。
七　おから。
八　夜鷹は女郎くずれや

「ム、、よいは。今度は夜鷹《よたか》六の吸物を出してもらを」「ハイ」といふて持つてくる。蓋を取つて、「これは夜鷹の吸物か。これは卯《う》の花七じやないか」「ハイ、なるほど夜鷹でござります」「なぜな」「ハテ、まめのから八でござります*」。

通り者九

通り者がいふやう、「人はただ、たどんのやうにありたきものだ」「ナゼ」「ハテ、くろうまるふ一〇といふ事じや」。

地口一一

地口の上手なる兄弟ありしが、弟にいふやうは、「ソレ、日がくれる。戸をたてやれ一二」といひ付ければ、弟、「戸をさすは九千歳《さい》一三」と地口をいひければ、兄貴、ぬからぬ顔で、裏口の戸をしめながら、「うらしめ太郎は八千歳一四」。

年配の女が多いので、豆(女)の殼。
* 「謎」(二四一頁)の改作話。
九　物分かりのよい人。粋人。又、遊び人、博徒。
一〇　炭団(たどん)同様、黒う＝苦労して、丸ふ＝角がとれるの意。
一一　よく知られた成語などに語呂を合せた洒落。
一二　戸をしめろ。
一三　厄払いの文句「東方朔(とうぼうさく)は九千歳」に「戸を鎖す」の地口。
一四　同じく厄払いの文句「浦島太郎は八千歳」に「裏閉め」をかける。

女夫[一]

女夫さし向ひの所へ、隣より祝ゐの餅三つもらひけるが、一つづつ食ふて、跡《あと》一つを、にらみ合ふて居たりけるが、亭主いふやう、「かか、そなた、ここへ嫁入て来てから、何年になる」「ハテ、しれた事。九年になります」「ム、、そんならこの一つは、おれが食を」。

松茸

下女のりん、松茸を米びつへ入るを見て、「コリヤ、りんよ。その松茸を米びつへは入れぬものじや[二]。戸棚へでも入れておけ」「ハイ、畏りました。これを米びつへ入れると、悪うござりますかへ」「ハテ、松茸を米びつへ入れておくと、くさるはやい」といふて叱るを、丁稚の三太聞て、「ハツア、それでふんどしには糊《のり》をつけぬかい[三]」。

一 めおと。夫婦。

二 「松茸と生米を同時に食べると死ぬ」との俗説がある。

三 糊の原料は米飯。松茸(男根の異称)に障害がある。

四 拳。二人で互いに何

乞食のけん 四

乞食、橋の下にて、けんをしてゐけるを立聞きすれば、一人がいふやう、「たもや五」。又ひとり、「とうりやない所六、ハアしまふた」。

柚《ゆず》金《きん》柑《かん》

金柑と柚連立ち、お江戸へ下る時、箱根の番所前にて、金柑いふやう、「イカニ柚殿。貴様、切手《きって》七があるか」「イヤ、切手はないが、金柑殿は切手があるか」「イヤ、おれも切手はなけれど、けん八で通る」「ムヽ、そんならおれも、けんで通る」「イヤ、それはよしにしたまへ。貴様、けんで通ると、切られるぞや九」。

一生独者《いっしょうひとりもの》

美しい娘と、若い男が話をしてゐる。息子「申し、おめへの前でい

本かの指を突き出し、その和を言いあてた方を勝とする中国伝来の遊戯。

五 拳の数は唐音又は唐音に国語音を添えていう。「二(タニ)」を乞食の口癖「給もや」と訛る。

六 口拍子に「十(トウライ)」＝施しの出ない詞「通らしゃい」と答えたが、拳で「十」はめったにないからあわてた。

七 関所の通行証。

八 剣と料理の付合せの「けん」をかけたか。

九 けんの場合、金柑は丸のまま、柚子は輪切りで出される。「ケンは綟松魚・九年母・蜜柑・金柑」(『料理物語』)とある。

ふじやァねへが、わつちやァ[一]、きつい[二]モウ女ぎらいさ。それで一生、女房は持ちやせん」。娘「うそや」。息子「ほんさ」。娘「はてね、わつちもきつい男ぎらい。一生亭主は持ちやせん」。息子「うそ」。娘「ほんさ[三]」。息子「はて、よく似た事だねへ。いつそ、お前とわたしと、夫婦になりやせふ」。

ねこ

見世に美しいかみ様が、猫を抱いてゐるを、「ナント見やれ。とんだ美しい猫だナア」「ウン、あの猫を抱きたいな〳〵」。猫、きいて、「ニヤアンウ、」。女「べらぼう[四]、うぬがこつちやねへ」。

子供使《つかい》

小僧が雪ふりに、「頼んませう〳〵」。内《うち》からも小僧が、「どうれ[五]」。使「『御酒《ごしゅ》一つおあげ申したふござります。旦那様においでなされ下

一 「わたし」の変化語。低階層の男女が使用。
二 ひどい。非常な。
三 「本当」の略。真実。
四 罵倒語で馬鹿、たわけ。また、野暮、不粋の意もある。
五 訪問客を迎える時の玄関先での挨拶語。

さりませ』と」。内「アイ、そふ言わふ」と内へ入《い》つて旦那へ言へば、旦那「けふは雪が降つて、気がない。[六]『他出《たしゆつ》[七]いたしました』と言へ」。内「アイ、小僧どん。『旦那様ンは他出いたしました』とさ」。使「アイ、他出と。コレ〳〵、あの他出いたしましたとは、何のこつたのふ」。内「てめへ、知らぬか。他出といふは、こたつにあたつてゐる事だ*」。

青男

通り町[八]を、いと青ざめた男が、ふらり〳〵と通りければ、髪結床に大ぜい集まり、女郎買ひのはなししていたものが、「あれ〳〵、向ふを通る男を見や。とんだ青い野郎だぜ」「ほんになあ、マア、あんな青いしやつ面《つら》[九]も、又ないものだ」といへば、かの男、ふり返つて、「なアくつた[一〇]」。

六　気乗りがしない。
七　外出。他行ともいう。
*　類話↓補注三三
八　日本橋から京橋方面への南北の大通り。
九　顔を罵っていう言葉。「しゃ」は罵りの接頭語。
一〇　「なくってよ」の返事を「菜ァ食った」といったか。

ね　こ

乞食

侍がしやくりをして、橋の上を通る。こもかぶりが見て、乞食「父のかたき、やらぬ[一]」。侍「待て〳〵。それがし、人をあやめし[二]覚へ、さら〳〵なし。聊爾《りようじ》めされな[三]、かた〴〵」。乞食「申し、しやくりが直つたら[四]、どふぞ一文くだはりませ[*]」。

くやみ

何ンにも知らぬ男が、くやみに行つたが、みんなそれ〴〵に、「とむらいは何ンどき[五]だの」「やれ、寺[六]はどこだの」と聞いて帰る。おれもなんぞ聞いて帰りたいものだと思つて、「申し、やつぱり仏は、寺へやらしやるか[七]」。

かけ硯《すずり》[八]

一 逃がさぬ。
二 殺した。殺害した。
三 思慮に欠ける粗相なことはするな。
四 「不意におどすと、しゃっくりが直る」という俗説に依る。
* 「抜身にてしやくりを止めて叱られる」(『川傍柳』五・29)の図。
五 通夜や出棺の時間。
六 埋葬する菩提寺。
七 聞くまでもないことを聞く間抜け。
八 懸子(かけご)式の硯箱。普通、上の懸子に筆や墨硯を納め、下段に帳簿や金銭などを入れた。

金いれて置いたかけ硯を、どろぼうが盗んでいつた。おやぢ、「南《な》無《む》三宝《さんぼう》[九]、かけ硯をやらかされた。しかし、あいつを持つて行つても、何の役に立つまい」「デモおめへ、金がはいつているじやアねへかい」「何さ。なんぼ金がはいつてゐても、肝心の鍵《かぎ》は、おれが腰[一〇]にある」[*]。

髪結床

「コレ、髪結どん。これは本田《ほんだ》[一一]にできた。これでは悪い。どうぞ結《ゆ》ひ直してもらひたい」「アイ、畏りやした。これでよしかへ」「フン。イヤ〳〵、これではどうか、鳶《とび》の者[一二]のやうだ。結ひ直してもらひたい」「アイ、これでよしかへ」「イヤモウ、これではどふか、呉服屋のやうで悪い」「そして、どふ結《い》いやす。おめへもあんまりだ。たつた二十四文[一三]で、幾度結ひ直すと思ひなんす。途方もねへ。モウわつちは結《い》いやすめへ。どこへでも、おめへの気の向いた髪結床があろうから、行きなんし。噺のやうな[一四]、あんまりだ。銭はそつちの物[一五]、あたまア、〳〵」。

九　しまった。
一〇　腰に提げた巾着に。
*　「掛硯を盗まるる事」(上巻四〇頁)の再出話。
一一　本多髷。中剃りを大きく髷を高く結い、油を髪の後方に付けた男子の髪型。通人や遊び人が好み、当時流行した。
一二　火消・工事人足。
一三　髪結の料金。
一四　常識では考えられない。
一五　「銭はそっちのもの、品物はこっちの物」は、ひやかし客への決まり文句だが、髪結の場合、銭も頭も客の物になる。

盗人

田舎のひとり者の所へ、盗人がはいつて、大方持つてゆく。亭主つく〴〵思ふやう、「盗人は大ぜい、おれは一人。所詮かなふまじ。もはや道具もみなになり[一]たれば、おれをしばつて、『金をだせ〳〵』と、大方せめるだろう。ム、さいわい〳〵、あの大釜は、よも[二]心がつくまい」と、大釜の中へはいつて、蓋をして、中に寝入つてゐる。かくとは知らず、どろぼう二人、さしになひ[三]に大釜をかつぎ出し、さつ〳〵と行きけるが、中では背をこごめて居たせいやら、寝入つてゐて、ぐつと伸びをする。「これはかなわぬ[四]」と、盗人あとも見ず、逃げ行く。やがて釜のうちで目をさまして、そつと蓋を明けて見れば、星だらけ[五]。「南無三宝、家《いえ》までとられた[*]」。

一 全部なくなる。
二 よもや。万が一にも。
三 荷物に棒を通し、前後二人で担ぐこと。
四 たまらない。大変。
五 屋外で空を見上げたので。
＊ 落語「釜どろ」の原話。

柱といふ字

「コレ、柱といふ字は、どう書く」「ウン、アノ柱といふ字は、木へんをして、主《ぬし》といふよ」と、宙《ちゅう》へ書いて見せる。「コレてめへ、畳の上へでも書いてなら、そう、あとで消してしまふ[六]がよいに、宙へ書いて、又あとで消すことがあるものか。ばか〱しい」「インニヤ、消しておくがよい」「ナゼ」「人がつきあたる[七]」。

雪《せっ》舟《しゅう》[八]

「イヤもふ、聞きな。岡場所[九]の女郎は、あんまり何も知りおらぬ。おれが此中《このじゅう》、床《とこ》に雪舟の達磨《だるま》[一〇]が掛けてあつたによつて、『ハア、この掛地《かけじ》は雪舟だナア』といふたれば、女郎が、『何さ。達磨様だ』と言ひおつた。あんまりだから、もふ愛想《あいそ》もこそも尽き果てた[一一]」「ソリヤ、大方女郎が、達磨様の俳名《はいみょう》[一二]を知らぬのさ」。

六　畳の上に文字を書いた上を踏むと字が下手になるとの俗信があるが、同様に、宙に書いた跡をすぐ消すものと思った。
七　柱が宙に残ってあっては大変。
八　室町時代の画僧。
九　官許の吉原遊廓以外に私娼の居た遊所。新宿はじめ百余か所あった。
一〇　雪舟が描いた達磨大師画像の掛物。
一一　すっかり嫌になる。呆れはてる。
一二　俳人としての名前。当時の遊客は好んで付けた。この相手も、雪舟を達磨の俳名と思う愚かさ。

雷《かみなり》

「雷といふもの、どのやうなもんだやら、見たいものだ。アレ〳〵、かう大きく鳴つてきたによつて、大方落ちるだろう。なんでも落ちたならば、つかまへようではあるまへか」「よかろふ〳〵」といふ内に、ぴしや〳〵〳〵と鳴つてくるやいな、黒雲と一度に、どうど[一]落つるを、すかさず戸板にて押へ、「逃がすな〳〵。出合へ〳〵。雷を生捕つたるは」と呼ばわれば、われも〳〵とはせ集まり、てんでに割薪《さいまき》[二]、六尺棒[三]をふり廻し、縄をひつくくりにして、そろり〳〵と戸板を引きのければ、「それ〳〵、太鼓のぶち[四]が出たぞ。逃がすな〳〵」といひながら、だん〳〵のければ、「それ〳〵、太鼓が出た。今度は雷だ」と、戸板をのけ、よく〳〵見れば、法花《ほつけ》坊[五]様さ。

夜《よ》鷹《たか》[六]

一 どしんと。
二 割った薪。棒状のごろごろした松薪。
三 罪人を打据えたり取押える時使う長さ六尺の樫の棒。
四 「桴(ばち)」の転。太鼓などを叩く棒。
五 日蓮宗の坊主。題目を唱えながら法華太鼓を打ち鳴らす。
六 夜間、路上で客を誘い、空地で売春した最下等の街娼。
七 店先で酒を呑ませる

夜鷹大勢、居酒《いざけ》[七]へ寄り、てんでに田楽《でんがく》[八]横ぐわへにし、茶碗で呑んでゐる中に、一人、腰をかけ、鼻紙の上で串をぬき、尋常《じんじょう》らしく食[九]つてゐる。「さても、あんなつとめ[一〇]をする中にも、たしなみのゑへ女だ。小づくりのせいで、年もまだ若く見へる」と、行灯《あんどん》取り直すふりして、よく見れば、歯の抜けた婆《ばばあ》[一一]だ。

植木

六十ばかりのおやぢが、茅場町《かやばちょう》の薬師《やくし》[一二]へ参詣に行《い》かれけるが、植木屋についぞ見なれぬ植木がある。立寄りみれば、『金《かね》のなる木[一三]』と札《ふだ》が書いてある。「はてな。申し、コレハほんに金がなりますかへ」「おめへ、ならぬもの、なるといつて売るものか。見なさへし。この芽ぐん[一四]でいるのは、もふ花おち[一五]でござへす」「シテ、代物《だいもつ》[一六]はいかほどでござる」「八十五両」「ソレハ大分《だいぶん》高いものだ。二十両にならぬか」「いんへ」「ソンナラ、二十一両やろふ」「いんへ」「ハテ、どうぞ負けて

居酒屋。

八　長方形に切った豆腐を串に刺し、練り味噌を塗って焼いた料理。

九　しとやかに。

一〇　卑しい商売。

一一　夜鷹は三十過ぎた大年増が多い。

一二　中央区日本橋茅場町の薬師堂。植木市が立ち、縁日には夕方から参詣人で賑う。

一三　金が実るといわれた想像上の木。また当時高価な流行植物のカラタチバナをさすか。

一四　芽を出し始めて。

一五　花が落ちて間もなくのまだ熟さない実。

一六　代金。値段。

くだされ」「おめへ、よくつもつて一みなさんやし。この秋はもふ、金の二十両くらゐはなりやす。そふいふ木を、どふ二十や三十に負かるものか」「ハテ、そふ言わずと負けて。ム、、そんなら二十二両か」「よしなさへし。なんの、おめへのやうな人は、大方あかるまぬ先二から、もいでしまはつしやらふ」。

娘

「コレ、おれはあの仕立屋の娘に惚れたが、もふ大方できたよ三」「イヤ、それはきついもの四。そして」「インヤ、もふ半分はできた」「ハテナ」「マア、おれは得心《とくしん》五したが、まだ向ふの」「向ふの、どうした」「ウン、娘が得心せぬ」。

断《た》ち物六

「おれはどふも、物忘れをしてならぬ。どうか仕様《しよう》はあるまいか」

一 考えて。計算して。
二 果実が十分に熟さない前に。
三 成功する。ものになる。
四 すばらしいこと。
五 了承。納得。
六 神仏に願を掛け、その願が叶うまで口にしない好物の飲食物。

「それは、天神様へ[七]断ち物をして、願《がん》をかけろ。そうすると、覚へがよくなる」「断ち物とは、何を断とふ」「梅《むめ》がよい[八]は」「待ちやれ。おれは生れついて梅が大好物だから、どふも断ち物にならぬ」「そんなら、たばこでも断つたがよい」「いんにや、たばこも大好物で、断ちにくい」「そんならば、茶にしやれさ」「茶も、きつい好きだ」「それでは仕方がない」「なんぞ、きらいなものを断ち物にしたいものだが、そのくせ、何もきらいなものがない。よし〳〵、断つものがある〳〵」「なんだ〳〵」「雷を[九]断ち物にしよう*」。

朔日《ついたち》

八月朔日に旦那[一〇]の前出て、「サテ〳〵、今ン日八朔《はっさく》[一一]と申して、まづ、あれ日《び》[一二]でござりまするに、今日《きょう》の静かと申し、お日和《ひより》はよし、結構なお朔日でござりまする」と、手をついて言へば、旦那、ひげを抜きながら、「ウ、サ、たいがいな[一三]朔日じや*」。

七　祭神の菅原道真は学問の神様。
八　道真の愛した植物で縁が深く、天神様の断ち物にふさわしい。
九　死後、鳴る神となって復讐したといわれる天神ゆかりの雷を。
＊　上巻「薬師の願立」(三二四頁)の脚色話。
一〇　奉公人が雇い主を敬って呼ぶ語。
一一　陰暦八月一日の称。この頃、八朔荒れと称する強風や豪雨が多い。
一二　天候の悪い日。
一三　好い加減な。奉公人並みに「結構」とは言いたがらない横平ぶり。
＊　「横平」(八一頁)参照。

江《え》戸《ど》鑑《かがみ》[一]

「コレ、八右衛門、こんたは[二]、ちよと[三]、向ふの本屋へ行つて、『江戸鑑を、ちよと、お貸しなすつてくださへ』と言つて、借りてきてくださへ」「アイ」と、向ふの本屋へ行つて、「申シへ、自身番[四]から参りやしたが、どうぞ江戸鑑を貸しておくんなさんやし」「ハア、江戸鑑はなかつたわへ。また、自身番で江戸鑑をなんにするやら」「大方、ひげでも抜く[五]のでござんやしやう」。

煙草《たばこ》

煙草の曲《きよく》のみ[六]するを自慢する男、女郎買に行つて、高慢面《こうまんづら》で輪をふく。「最初三《み》つ輪《わ》を吹き出《いだ》しまする。次は大輪《おおわ》を吹きまする。次は五つ輪を吹きまするでござい。さて次は、大輪を吹きまして、また小さい輪を大輪の中を通しまする」と、余念なく[七]のんでゐたところが、隣

一 江戸の町名や町役人・火消などを列記した『江戸町鑑』のこと。
二 「こなた」の撥音便。お前。
三 ちょっと。ちと。
四 町家の四つ辻に設け、町内の警戒や雑務を司る町内持ちの番所。
五 「かがみ(鑑)」と聞いて「鏡」と錯覚。
六 曲屁などの見世物はあったが、煙草の曲のみは不詳。曲芸の流行による通人の素人芸。
七 ほかの事は考えずに一心になって。

座敷よりも三角な煙草のけぶりが出るをみて、「はてさて、それがし今、輪を吹くをもつて並びなき名人と思ふところに、三角なるけぶりを吹く者あるは、なんとも合点ゆかず」と、からかみの隙間よりのぞいてみれば、道理じや〳〵、三《み》つ口八だ。

女郎買

此中《このじゆう》九買ふた女郎の所へ行きとふは思へども、あとに一〇着ていつたものも着て行《い》かれはしよまい一一と、着る物の裏を引つくり返して着て行き、ちよん上り一二のなじみ有り。「折枝様《おりえ》ン」といへば、若い者心得、「折枝さん」と、声かけて下へおりると、やがて女郎が来て、「おや、おめへ、けふは二度《うら》一三にきなんしたの」「何さ一四、おらはこのやうな着物はの、いくつもある」*。

八　兎唇。上口唇が生れ付き裂けている身障者。

九　この間。

一〇　以前。この前。

一一　「しまい」の訛り。

一二　ちょんの間＝短時間のお手軽な遊興。

一三　裏。客が同じ女郎を二度目に揚げること。

一四　「うら(二回目)に来た」を「裏に着た」と錯覚。

*　「初会」(二六〇頁)も同じく裏の間違い咄。

四《し》文《もん》銭《ぜに》[一]

ある時、朝起きて飯をたかんとて、四文銭にいひつけて水を汲みにやるに、はや昼になれども、帰らず。亭主、腹立て、あとより迎いに行きければ、向ふより、しほ〱としてくる。亭主、「おのれ、今までどこへ行つてゐおつた。水なら手桶に一つ、そのくせ水も汲まず、大べらぼうめ[二]」「イヱ〱、どこを歩いても、つり[三]がござりませぬ」。

傘《からかさ》

「このごろはとんだ[四]傘が高い。いつも二百ぐらいな傘が、五百の六百のといふから、張り替へやうと思つたら、張り替へが三百だといふぜ」「おれが細工[五]に、安く張り替へてやろう」「あのてめへ、傘を張るか」「ウン、おれも傘屋に六年奉公をした」「そんならてめへ、いくらで張り替へてくれる」「三十二文」「コレ、てめへもほんに、三百で張

一 四文通用の銭貨。明和五年新鋳の真鍮銭。一文銭の小銭に対し大銭、裏の青海波の模様から、波銭・青銭とも呼ぶ。使いにくく評判が悪かった。

二 大馬鹿野郎。

三 釣銭。「一荷で四文の水道」(『富賀川拝見』)とあるから、つりのないのは当然だが、不評でいつも断わられている口癖が出たか。

四 ひどく。大変に。

五 工夫。細かい工作。

り替へやうといふ傘《かさ》を、どうして三十二文で張られるものか。紙ばかりもおぼへ[六]がある」「なに、紙がいくらいるものか。三枚あると、たくさんだ」「三枚や十枚で、どうして張られるものか」「ハテさて、おれが張つて見せよふ」「どうして張る」「すぼめておいて張る*」。

狐つき[七]

「おらが隣の息子が、狐に取つ付かれたが、おれに『百万遍[八]を繰《く》つてくれ』と頼まれたが、おれは申しやうを知らない。てめへ、頼むぜ」「いんにやよ。おれも頼まれたが、おれも知らぬ。いつそあの双盤念仏《そうばんねんぶつ》[九]にでもしやう」「それがよかろう」「そんならば行かふ」と、連れだつて行つて、やがて、「なもウあア、だア、、なもあア、だア、[一〇]」といふと、狐つきが、「こん[一一]」。

六　かなりの枚数が考えられる。
＊　類話→補注三四
七　狐の霊がとりついたといわれる精神錯乱。
八　浄土宗信者が集り、大数珠を回しながら念仏を百万遍唱える行事。
九　大型な伏鉦を鳴らしながら唱える念仏。
一〇　「南無阿弥陀仏」を長く延ばした唱え方。
一一　双盤を叩く音につられて狐の鳴声。

馬《むまの》尾《お》[一]

つないである馬の尻を、子供がぐい〳〵と引つこぬくを、近所の男、「これ〳〵子供。よせ〳〵。馬の尻尾《しりお》を抜かねへもんだ」「なぜ」「訳がある」「なんの、抜いてもいい」「いんにや、訳があるから、抜かぬものだ」「その訳といふは、何のこつた」「いんにや、てめへたちの聞いて、役に立たぬ事だ」「それでも、それを言わぬと、おら、抜かあ」「よせよ」「そんなら、なぜ抜かないもんだ」「ハテサテ、馬がいたがる*」。

春《はる》日《のひ》

「春の日は長い〳〵[二]といふが、おれが気を付けてみるが、やつぱり丸い[三]」「あれか、あれはお日様のこぐち[四]だ」。

一 『俚言集覧』に「うまのす　馬の尾の毛なり」とある。

＊ 落語「馬のす」の原話。

二 日照時間が長い。

三 太陽は丸い。

四 切り口。切断面。

楊《よう》枝《じ》五

なんでもかでも値を値切つて、負けぬと買わぬ者があつて、観音の市《いち》六へ行つて、柳屋《やなぎや》七で、「楊枝は一本がいくらだ」「アイ、五本で一文でございます」。一本ほしいが、値切りやうがないから、「一本、只《ただ》ください」といふ。「それは売物だから、只はなりやせん。おめへ、たつた一文だから、買いなんし」「インニヤ、一本ほしいものだ。どうぞ只ください」「どふもならぬ」といへば、せんかたなしに帰るを、あいつをなぐさんで八やらふと、「申し〳〵」「ヲイ、負けるか」。

五　歯磨き用の房楊枝や食後に使う爪楊枝などがある。
六　浅草寺の縁日。
七　「浅草奥山銀杏木の下楊枝店柳屋のおふぢ、美女の聞えあり」(『増訂武江年表』)と看板娘を置いた有名な楊枝店。
八　からかって。

掛物

「おらが内の若旦那は、どうもならぬ大馬鹿で、困つたものだ。あれでは屋敷方《がた》九のつとめもできまい。馬鹿につける薬がない一〇と困つたものだ」といふうち、息子が帰つて、「おらがうちへお客がある。二階

九　武家屋敷相手の商売や仕事。
一〇　「馬鹿を治す方法はない」の俗諺。

馬　　尾

を片づけて置け。かうと、[一]床《とこ》の掛物は何がよかろう。あのお侍は強い事がお好きだから、おふそれよ、ゑいしんの[二]虎がよかろふな」「アイ、ようござりませう」「そんなら虎にしやう」と二階へあがる。「ああいふ気どり[三]では、馬鹿がよつぽど治つた」「ム、サ。あれでは屋敷づとめもできる」といふうち、息子が二階からおりて、「なんと、虎と弁慶は、どつちが強かろう*」。

御《お》成《なり》[四]

「今日頼朝公おなりじや」と、役人が縄引きわたして[五]、鉄棒《かなぼう》[六]をついてゐる所へ、一人来かかつて、通ろうとする。役人、「けふはおなりだ。通られない」「なぜ、おなりだ」「ハテこの人は。おなりだといふに」「イヘサ、なぜ、おなりだね」「なぜでも」。

異《い》見《けん》

一 さてと。
二 狩野探幽の弟の安信で、永真と称号。水墨に巧みで、紫宸殿聖賢障子を描く。
三 様子。心ばえ。
* 「開帳」(二四六頁)の脚色話。
四 宮家や将軍などの貴人の外出や訪問をいう。
五 道の整理をする。
六 行列の先頭の者が通行人に注意を与えるために鳴らした鉄製の棒。

道楽な息子を、おやぢ呼びつけ、「ヤイ、おのれも人の異見《いけん》するうちに、ちつとしまりおれ。[七] われがやうに遊《あす》んでばかりいて、おれがいつまで息災《そくさい》[八]でいるもんだ。モシおれが死んだら、マアなんで[九]、めしを食わふ[一〇]と思ふ」。ムスコ「かう／＼[一一]で」。

伊《い》勢《せ》参《まいり》

「いよ／＼明日、おたちなされますか。降りまして御難儀でござりませう」といふて、朝から大勢来て、同じ事を言ふては帰る。挨拶をせねばならず、荷はしまいたし、小面倒[一二]なと思ふところへ、向ふの亭主来て、「明日は降つても、おたちなされますか」といへば、亭主「少々は天気でも、たちます」。

百姓

田の水を取つたの取らぬのと、少しの事が大喧嘩になり、叩き合い

七　放蕩を慎め。
八　丈夫。
九　「何の仕事で」の意。
一〇　生活する意。
一一　香の物。「孝行のしたい時分に親はなし」（『柳多留』二二・23）の孝行をかける。
一二　「小（こ）」は接頭語。ちょっと厄介。

つかみ合しが、久作をとつておつぷせると一、くやしがつて、八右衛門が頭《あたま》へかみ付き、片小鬢《かたこびん》二かぶりかく内に三、大勢集まり、「この分ではすむまい。お地頭《じとう》四へ訴へずばなるまい。訴状を書きやれ」「なんと書こう」「恐れながら書付を以て願ひ上げ奉り候。一ツ、久作と申す者、八右衛門が頭をかぶりかき申候」「待ちやれよ。かぶりかきとは書かれまい」「なんと書こふ」「食ひかき申候」「いや、食ひかきとも書かれまい」「どう書きませう」といふ所へ、名主《なぬし》五が来て、「フン、それは、久作、八右衛門が頭をカウト、フン、たべ申候」。

町《ちょう》廻り

「あの隣町の抱へ六の太右衛門は、『火の用心さつしやいませう』七を、よく呼ぶぞ。そしてまあ、とんだよい声だ」といふを、抱への者が、「何さ。なんぼ声がよくつても、肝心の鉄棒《かなぼう》八にあわぬ」。

一 「押し伏せる」の促音便。
二 片方の鬢の先端。
三 物に食いついて、その一部をかじり取る。
四 近世、知行地を与えられた小領主。
五 村政を司る村の長。庄屋。
六 火の番など町内の見回りを役として自身番に雇われている者。
七 火の番の呼び声。
八 火の番は鉄棒を引摺り鳴らしながら「火の用心」を呼ばわる。

其《その》二

寄合酒盛りしてゐる所へ、「火の用心さつしやいませう〳〵」と呼んでくる。「ほんに、おらが町の抱へは、よく奇特《きどく》に[九]廻る。寒いに、一杯呑ませてやろふ。ヲイ〳〵、太右衛門どん、寒いに、一杯呑んで廻らつしやい」「それはありがたふございます」「これがよかろふ」と、天目《てんもく》[一〇]を出せば、二三杯ぐい呑み[一一]にして、「御馳走でござります。おやすみなされませ」と、廻りに行きしが、「旦那方のお志がいかにしてもありがたい。もつとお礼を言いたいもんだ」と思つて、又立寄り、「あなたでは、火の用心は必ずお心おきのふ[一二]、御勝手になされませ*」。

眼病

「てめへ、このごろ眼が悪いそふな。ちつとも[一三]いいやうかな」「見やれ。おへない[一四]ぜ。大きなくされ[一五]よ。この眼でいくらの違ひか、知れ

九　感心に。殊勝に。
一〇　中国浙江省天目山から伝わった抹茶茶碗の一種。転じて茶碗の総称。
一一　茶碗酒などを一気に呑むこと。
一二　気を使わず。気楽に。
＊　落語「市助酒」の原話。
一三　少しは。
一四　始末に負えない。処置なし。駄目。
一五　気が重いこと。

ない。まあそれ、見てくりやれ。なんと、これではおれも、じやくは一雨だろうよ」「何さ〳〵、降るこつちやないよ。眼のうちは星二だらけだ」。

楊《よう》枝《じ》三

旦那寺《だんなでら》へ行つて馳走になり、懐中から楊枝を出して使ふのを、和尚が見て、「ハテサテ、在家《ざいけ》四といふものは、自堕落五なものだ」「なぜ、さやうにおつしやりますへ」「ハテさて、さかなを食つた口へ使ふ楊枝も、こんな時使ふ楊枝も、やつぱり同じ楊枝を使ふとは、あんまりじや。精進《しょうじん》六の楊枝は楊枝、また、常の楊枝は楊枝と、二本づつ持つてゐたがよい。わしがたしなみを、みやつしやい。これ、楊枝が二本七あるは」。

折《おり》助《すけ》八

一 寂は雨。先行きの見通しが暗いことをいう慣用句。絶望。
二 眼球に生ずる小さくて白いかげり。星があれば雨でないとの見立て。
三 爪楊枝。
四 出家せず在俗のままで仏教に帰依すること。
五 ふしだら。
六 魚肉を用いず菜食中心の精進料理。
七 一本は生臭物を日頃食べることを暴露した。
八 武家に仕える下僕。中間や小者の異称。

「ヤイ折助、われは銭を使ふが、どうして銭をたくさんに持つてゐる」「これは毎晩〱、緡《さし》九を綯《な》つて売りにまいります。このごろは大分《だいぶん》値がよいから、もうかります」「ハテナ、シテなんぼほど、もうかるぞ」「二百文づつになります」「スリヤ、鳥目《ちょうもく》一〇二百文が事はできるな」「アイ、さやうでござります」「身一一も、緡をこしらへて商《あきな》ふ」「そんなら、お遊びなされますひまに、おこしらへなされませ」と教へながら、二人でこしらへためて、「サア、売りに出やう」と、主従《しゅうじゅう》してかついで歩く。「コレ折介、おれは呼びやうを知らぬ。われ、呼んでみろ」「アイ、緡はよヲ」といふと、旦那が後から、「身も同前《どうぜん》一二」。

押《おし》込《こみ》一三

「このごろは大分《だいぶん》押込みがはやつて、めつたに油断がならぬ」「それは又、どうしたもんだ」「なんでも、はいると亭主をしばつて、抜一四身で、『金を出せ〱』といつて、せめるのさ」「フン、金を出せばよ

九　銭緡。穴あき銭を刺し通し、まとめておく細い紐。通例、藁や縄で作り、百文分を一本にする。
一〇　銭の円形方孔が鳥の目に似る所から、銭の異称。
一一　侍言葉で、自分。
一二　同然。同じ。売声にもならぬ武家の武骨さ。
一三　押入り強盗。
一四　白刃。鞘を抜き放った刀身。

いか」「ウン、金さへ出せば、命を助かる」「そんなら金を出さねへと、おへないな[一]」「ウン」「ハテナ、困つたものだ。おれもそんなら、五両一分[二]でも借りておこう」。

十六日

日なし貸し[三]の所へ行つて、「けふは斎日《さいにち》[四]だから、鬼[五]はうちにゐるだろう」「この人は、とんだ事いふ人だ。人の亭主を、鬼だなんのと」「でも、世間で、鬼々といふものを」「それだつても、斎日しまに[六]、人に腹を立てさせてからに」「そして、どこへ行つた」「けふは斎日だから、餓鬼《がき》[七]を連れて、閻魔《えんま》へ行つた」。

雪隠《せっちん》[八]

剣術者の所で、「ぶしつけながら、雪隠へ参りましたが、水だくさんで、それは〱、はねて困窮いたしました」「なにさ、あれも仕様《しよう》

一 駄目。手に負えない。
二 五両の貸金につき月一分の利息を取る高利の金。年利六割になる。
三 日済し貸。貸金の元利を日割りで取り立てる人。高利貸し。
四 賽日。一月、七月の十六日の閻魔の縁日。
五 地獄の「鬼」と高利貸しの「鬼」をかけた。
六 早々。
七 子供の俗称。地獄の餓鬼をかける。
八 便所。厠。

で、はねません」「それは御伝授を受けたふござります」「まづ、雪隠へまいる」「アイ」「尻をまくる」「アイ」「たれる」「アイ」「とんと落ちる」「アイ」「はねてくる、ひらく[九*]」。

浪人

堅苦しき浪人、月代《さかやき》を剃[一〇]らんと湯をわかし、「あの髪結はもふ来る[一一]はづ」と待つ所に、「旦那さま、お待ちどふでござりましよ」「最前からよほどの間、待つてゐた」「さやうでござりませう。今日《こんにち》は、表の酒屋に婚礼振舞[一二]があるとて、大方お剃りなされました」「されば、身もそのことで、月代をいたす」「へ、、あなたもお出でなされますか」「イヤ、いまだ人は来ぬが、呼びにくれば行《い》くし、また呼びに来ねば行かぬ。そこが武士だ」。

九　身をかわす。逃げる。
＊　「はねる屎受身ドッコイ居合腰（『柳多留』一四四・6）の要領。「雪隠」（二七頁）参照。
一〇　成人男子が額から脳天にかけて髪を剃ること。
一一　当時は、店を構えず、客の家へ出向く髪結の方が多かった。
一二　結婚披露の宴会。

舟《ふな》宿《やど》[一]

舟宿の息子、雪駄《せった》[二]を履《は》いて、ちゃら／＼鳴らしてみたいと思ふて、三百[三][四]だして雪駄を買い、おやぢの留守に履いて出ると、あとへおやぢが帰つてゐる。息子、ちゃら／＼鳴らし来てみると、南無三宝と行き過ぐる。おやぢあをのき、「舟かイ舟かイ[五]」。

鼠

「おらがうちへ、このごろ鼠が出て、どうもならぬ。猫はきらいなり、おとし[六]を置けばかからず、いたづらをしてならぬ」「その鼠は、どこから出る」「あれ、あの穴から出る」「そんなら、あの穴の際《きわ》へ、わさびおろしを立てかけておかしやれ」「そうすれば、出ねへか」「イヤ出入《ではい》りに、ちつとづつなくなつてしまふ[七]*」。

一　舟遊山や釣舟、猪牙舟などを仕立てる家。
二　竹皮草履の裏に革を貼った草履。
三　当時、音を立てるために、かかとの部分に尻鉄を打つのが流行。
四　三百文。安い下駄の十九文に比べて高価品。
五　雪駄履きの遊客と勘違いして呼び込む。
六　升落し。升を伏せて棒で支え、その下の餌に鼠が触れると升が落ちてかぶさる仕掛けの用具。
七　山葵卸しに摺りおろされて。
*　類話→補注三五

おなら

かむろ[八]、酌をしながら、ぶいととりはずす[九]。女郎、気の毒がり[一〇]、「この子のやうな、ぶしつけな。お客の前で、おならをするといふ事があるものか。下へ下りな」と言ひしま[一一]、ぶいといふ。「ヱ、この子は、早く下りねへ。おれ[一二]もいま行く*」。

隠居

ことのほか菜を好くおやぢ、目黒[一三]へ屋敷を求め、座敷など、美を尽くして隠居しける。二三人連れだち、かの隠居所へ立寄り、「おかはりも御座りませぬか」「やれ〳〵、久しぶりじや。さあ、こつちへ上がらつしやれ」「アイ、これはよいお座敷でござります」といひながら、障子をあけてみれば、向ふ一面に菜畑。「これはけしからぬ[一四]、この菜はどうなされます」「みな、わしが食ひ料《りよう》でござる」「なんぼお好き

八　遊女に仕えた少女。
九　放屁する。
一〇　迷惑に思う。困る。
一一　言うと同時に。
一二　私。相手が同等か目下の時、男女とも使った自称。
*　上巻「から風呂」(二五〇頁)の再出話。
一三　当時は江戸の閑静な郊外。
一四　驚いた。甚だしいものだ。

でも、これほどは入《い》りますまい」「イヤ、これでも茹《ゆ》でると、ちイとになります*」。

銭湯

座頭[一]、銭湯へ行き、まつ裸になりて、ざくろ口[二]から、「アイ、ご免なされませう。冷へものでござい[三]」と言ひながら、あたりをさぐつてみても、人が一人《ひつとり》もゐねへから、「まあ、こを言つたものさ*」。

乗合舟

吟咄川《いまでがわ》[四]にて、大勢舟に乗合い、「さて大勢がこの一つ舟に、このやうに乗合はすも、他生《たしよう》の縁[五]とやら。まづ、そこもと[六]のお国は、どこでござります」「わたくしは上州[七]でござります」「フン、そこもとは」「三《さん》州《しゆう》[八]でござります」「フン、そこもとは」「雲州《うんしゆう》[九]でござる」「わたしは遠州[一〇]」「身どもは奥州[一一]でござる」「して、そこもとは」「天州《てんしゆう》でござる」

* 「庭ずき」(二八〇頁)と同話。
一 盲人。
二 銭湯の洗い場から浴槽へくぐって出入りする所。
三 湯舟に入る時の挨拶語。「冷えた体が入って失礼」の意。
* 「座頭」(四一頁)と同想。
四 今出川口。京都市上京区の地名。
五 前世からの因縁。「袖摺り合ふも他生の縁」の諺。
六 其処元。あなた。
七 上野国。
八 三河国。

「ハテ、天州とは聞きおよばぬ。どつちのほうでござる」と聞けば、

「大坂の天満《てんま》でござる」。

いが栗

二三人寄合い、「これ、おぬしは国はどこだ」「おらあ丹波《たんば》[一二]だ」「そんなら、大きな栗があるだらうな」「たいてい[一三]、大きいのがあるこつちやねへ」「どれほどある」「これほどある」と、両手を広げてみせる。「途方もねへ[一四]。そんなのがあるものか」「いんにや、これほどある」と手を寄せる[一五]。「なに、まだ嘘だ」「これほどある」「まだうそだ」「そんなら、これでほんだ」「イヤまだだ」「そんなに寄せると、いがで手をつく*」。

八百屋

福禄寿[一六]、福神仲間を追い出され、せんかたなく、少ししるべ[一七]の八百

九　出雲国。
一〇　遠江国。
一一　陸奥国。
一二　京都府と兵庫県の一部。果実の大きな丹波栗の産地。
一三　もちろん。
一四　とんでもない。
一五　手の幅を縮める。
＊　類話→補注三六
一六　七福神の一。背が低く、頭が異常に長い。
一七　知り合い。

屋へ来たり、「ひらに[一]、一夜《いちや》頼む」「よし、そんなら、そこの隅にでも寝さつしやれ」「これは忝い」と、そばなるむしろをひつかぶつて寝ると、物買いがきて、「この夕顔[二]は、いくらだ」「それは福禄寿《ほくろくじゅ》でござります」「フン、百六十[三]にやあ、高いもんだ」。

髪結

「これ六や、大きに呑んだな」「何、少しさ」といふ舌も回らぬくらいで、「さあ、お剃《す》りなさへまし」「イヤ、おれはよしにしよう。切られてはならぬ」「なんぼ酔つても、切るこつちやねへ」「そんなら、ちつとでも切ると、そばを買はせるぞ」「アイ、切らずば、お前に買はせます」といひながら、大方あたまは剃りしまい、「さあ、そばをお買いなさい。もふ髭《ひげ》ばかりだ」「髭が肝心だ。ここでそばを買わせる」「いゝゑ、お前に買わせます」と言ひしま[四]、鼻をうはそぎにそがれた[五]。鼻に目もかけず、「ハアほば食《く》を[六]、ハアほば食おゝ*」。

一 平に。どうか。

二 ウリ科の蔓性一年草。果実は球形又は長円形で食用になる。福禄寿の長い頭を見違えた。

三 「福禄寿」を値段「百六十」と聞違えた。

四 言うと同時に。

五 上向きに削ぎ落され。

六 鼻を切られて、発音が不明確になった。

＊ 上巻「情の強き者髪結評判の事」(一一二頁)の再出話。上方のうどんが、江戸好みのそばに変えられて出ている。

たこ七

里帰りに娘が来て、だん〳〵のはなし八。「さて、変つた事を言われました」「なんと言われた」「わたしを、たこだと言われました」「ハテ、わたしがここへ嫁入つてきた時も、うちで、たこだと言われた」といへば、うしろのふすまをあけながら、大ばあさまが出て、「はてさて、変つた事が三ン代つづいた」。

安永四乙未九歳春

東都　山林堂一〇版

七　蛸の吸盤のように吸引力の豊かな女陰の称。感度が良いと男性から好まれた。

八　いろいろの。

九　安永四年(一七七五)の干支。元板は「安永二癸巳歳春」。

一〇　芝神明門前の書肆山田屋三四郎店も山林堂と号すが、本書は個人出版の板元と思われる。

鳥《とり》の町《まち》

（安永五年刊）

解題　来風山人序。小本一冊。家蔵本は題簽を欠く。序題「鳥乃町序」。内題「鳥《とり》乃町《まち》」。版心は下部に丁付のみ。半面六行・約一四字詰。序二丁(安永五さるの春　来風山人書)。本文六〇丁。話数六四。挿絵見開五図。奥付半丁に三書の広告と、「板元　本石町四丁目　堀野や仁兵衛」とある。

書名の「鳥の町」は「酉の市」と同じで、江戸人士には親しみやすい名称である。来風山人は、前年に同じく堀野屋板の『いちのもり』にも序を記している。その経歴は不詳だが、「南海に矢口の名所あり」の書きだしの文言は、平賀源内の『神霊矢口渡』を連想させ、また源内の別号、風来山人の「風来」を「来風」と逆にした名前からも、何か源内と関連を持つか、彼を意識しての号と考えられる。宮崎三昧が「縦令山人の作ならずとするも其社中同人の戯作」(賞奇楼叢書『一のもり』解題)と推定したように、彼とは同好の交わりを持つ文人であろう。画者は不明だが、素人風の絵である。

本書は、専門書肆の堀野屋が手がけた噺本『茶のこもち』(安永三年刊)、『いちのもり』(同四年刊)につづくものである。安永初年には笑話同好の連衆による小咄本の連作が競って出たが、後発の堀野屋板も、『楽牽頭』『聞上手』『今歳咄』シリーズに劣らず、高水準の作品を揃えている。本書にも、謡曲や歌舞伎、見世物曲芸など、当時流行した文芸に材を取った内容がかなり見られ、「講釈」の話が前年に出た『百人一首虚《うそ》講釈』中から作り直している点など、連衆の教養や趣味の深さと脚色豊かな才腕を十分示している。

本書には、『猫に小判』と改題した天明五年刊の細工本がある。すなわち、払鬼堂万福の序二丁と、本文では「画」から「雪隠」までの九話・九丁分を新刻し、その後は本書の第三十二丁(「吉原」)から第五十七丁(「講釈」の題名)までの板木をそのまま使っている。この際、堀野屋の板元名は見えない。

本書の翻刻は、『噺本大系』第十巻などにあり、複製が「大東急記念文庫善本叢刊」6『噺本集』(汲古書院・昭51)に載る。また、改題本の『猫に小判』の新刻分は、『絵入江戸小咄本』(金竜堂書店・昭4)などにある。

鳥の町序

南海《なんかい》一に矢口《やぐち》二の名所あり。その名道然《どうねん》三に知られ、北国《ほつこく》四に鳥の町五のきまりあり。その名、頭《とう》の芋《いも》六に盛んなり。南北の地名、武江《ぶこう》七に高くして、遊楽山人《ゆうらくさんじん》八、酒餅《しゆべい》の豪傑、九我もくと押し合ふ有様、大晦日の掛取一〇の如し。一夜明くれば初春《はつはる》の、寿《ことぶ》き祝ふ酉《とり》のまちの序《じよ》びらき。一一

安永五さるの春　来風山人書

一　江戸城の南、品川。
二　多摩川左岸で矢口の渡し、新田神社が有名。
三　平賀源内作浄瑠璃『神霊矢口渡』四段目の道心者。謀殺された新田義興の最期を見とり出家。
四　江戸城の北に当たるので吉原の異称。北。
五　十一月の酉の日の台東区千束鷲神社の祭礼。酉の市。酉の町。
六　唐芋。酉の市で売られる縁起物。
七　武蔵国江戸の意。
八　遊び好きの擬人名。
九　食い道楽の連中。
一〇　掛売代金を取立てる者。借金取り。
一一　発端。物事の始り。

鳥《とり》の町《まち》

年玉[一]

女郎の方より、あらたまの文《ふみ》[二]に、年玉《としだま》を取添へ来る。開き見れば、ありふれたる文体《ぶんてい》に、包みをとけば黒縮緬《ちりめん》[三]の頭巾《ずきん》。引かへし／＼見て居るところへ、親仁《おやじ》、によつと[四]来かかる。息子はちやつと[五]文は隠せしが、頭巾をば隠しかねたるを、親仁目ばやく、「その頭巾は買たのか」「イ、エ」「貰ふたか」「イ、エ、これは拾ひました」「ドレ／＼見せろ」と、ためつすがめつ見て、「前《まい》かた[六]、おらが若い時分拾つた[七]よりは、地が悪くなつた」。

大根

庄屋[八]、畑《はたけ》を持ち、大根をつくらせけれども、二三年思ふやうにでき

一 新年を祝ってする贈物。
二 新年を祝う賀状。
三 「とかく吉原は黒仕立がよい」(『遊子方言』)で、粋な遊客として黒ずくめの衣装が流行。
四 突然に。ぬっと。
五 素早く。さっと。
六 以前。昔。
七 親父も若い頃女郎から頭巾を貰っていた。
八 代官の命で年貢取立てや農業指導や訴訟の事務などに当った一村の長。

ぬゆへ、大方男どもの仕《し》なし[九]の悪い故と、自身畑へ出て、土を掘つて居るところへ、支配下《しはいした》[一〇]の百姓通りかかり、「これは〳〵旦那様。男衆[一一]におさせなされませいで、御自身になさるのは、お憚《はばか》[一二]りでございます」といへば、文盲《もんもう》なる庄屋、腹を立て、「おれが大根をつくるに、葉斗《はばかり》とは不届きなり」といふ所へ、又一人来かかりて、「これは旦那様の御腹立御尤《もつと》も。しかしながら、あれは何の分別なしに申したので、根も葉もない[一三]でございます」。

釣棚

「此中《このじゆう》[一四]貴様に釣つてもらつた棚が落ちて、大きに困つた。あのやうな粗末な事をして[一五]」といわれて、「ハテナ、落ちるはづじやないが、それは大方、何ぞ揚げた[一六]であらふ」。

九　やり方。取扱い。
一〇　支配を受ける部下。
一一　男の奉公人。
一二　恐縮。ご苦労。
一三　「何の根拠もないこと」の譬え。「葉ばかり」どころか、「根も葉もない」との大失言。
一四　この間。
一五　雑な作り。
一六　物を載せた。

大　根

狼藉《ろうぜき》[一]

「承《うけたまわ》つて参りました。この御寺に桜の盛りとござる。何とぞ見物仕りたし」と言入れ、五六人連れにて庭前《ていぜん》を見歩き、中に一人の若者、一ト枝手折《たお》らん[二]とせしを、和尚見咎《とが》め、「コリヤ〳〵、なぜ桜に手をさすぞ[三]」と叱られて、「ハテ、そふ没義道《もぎどう》[四]におつしやりますな。『見てのみや人に語らん桜花[五]』と申す歌もあるではござりませぬか」「イヤ〳〵、埒《らち》もない[六]事をいふ人じや。入相《いりあい》[七]の頃は鐘さへも撞《つ》かせぬに[八]」。

貴様

「貴様〳〵といふが、あれは何の事だ」「ハテ、あばた[九]の事よ」「それで聞へた[一〇]。おれがあばたがあるによつて、なぶつて[一一]、貴様といふであらふ」と、それより余所《よそ》へ出かける道にて、我より大あばたの近付の友達、向ふより声をかけ、「貴様はどこへ行くぞ」といへば、「をれ

一 無礼。乱暴を働く。
二 俗に「桜伐る馬鹿梅伐らぬ馬鹿」で、桜の枝葉は伐ると衰弱する。
三 手差す。手を出す。
四 邪険。冷たく。
五 素性法師の「見てのみや人に語らむ桜花手ごとに折りて家づとにせむ」(『古今和歌集』巻一)。
六 下らぬ。
七 夕方。
八 一寸した振動でも桜花は散りやすいから。能因の「山里の春の夕暮来てみれば入相の鐘に花ぞ散りける」(『新古今和歌集』巻二)に基く。
九 疱瘡後に残る跡。種痘の普及せぬ江戸時代は、

より、うぬが大貴様だ」*。

見舞

人形芝居[一二]の木戸番、怪我《けが》をせしゆへ見舞に行き、「どふじや。怪我をしたと聞いたが」「サレバ、二三日あと[一三]、階子《はしご》を踏みはづして落ちた」「それはあぶない事だ。どこらから落ちたぞ」「三段目[一四]〳〵*」。

地口[一五]

「この頃、おらが大家殿が、かみ様を呼ばれた[一六]から、わしが地口を云いました」「何と言ふたぞ」「おふやさんにようぼう大師《だいし》[一七]」「これは能《よ》くできた。しかし、もそつと軽く言ふがよい。それを言はふなら、大家御縁組[一八]」。

あばた面が多かった。
一〇 分かった。
一一 からかって。
＊ 上巻「貴様といふ事不案内」(二八六頁)の再出話。
一二 人形を操って演じさせる劇。現在の文楽。
一三 二、三日前。
一四 浄瑠璃を構成する何段目を利かせた。
＊ 落語「七段目」のサゲに用いられる。
一五 成語・慣用語などに語呂を合わせた洒落。
一六 妻を迎える。結婚。
一七 「大家さん女房大事」に「高野山弘法大師」の地口。
一八 「大家御縁組」に「大家五人組」をかけた。

楊弓《ようきゆう》[一]

お姫様の出臍《でべそ》、療治手を尽くすといへども、引込まず。楊弓の名人聞及びて、「一ト矢にて引込ませ申すべし」と、取次を以て申上る。お姫様へ右の訳申上候へども、恥しく思召し、御得心《ごとくしん》[二]なし。お乳《ち》の人、おなだめ申し、「私も御相伴《ごしようばん》[三]申すべし」と申上げ、やう〳〵御得心にて、お乳の人と立並び、おなかを出して、五間《けん》ほど向ふに待ちたまふ。時に、かの楊弓、ねらひを極《きわ》め、ひやうど[四]放す。矢、お乳母の腹にあたり、「どん」[五]。

硝子《びいどろ》[六]

「さて、近々《きんきん》に金儲けの蔓《つる》[七]に取りつく事ができた」「それは耳より[八]。どうじや〳〵」「されば、先年から川々に埋づもれたる金銀、おびただしくあるに依つて、見出す工夫を付た[九]が、どうだ〳〵」「それは面

一　二尺八寸ほどの弓と九寸の矢で座ったまま的を射る遊戯。
二　承知。了承。
三　物事に付合うこと。
四　ひょうと。矢が勢いよく飛ぶ音を表わす語。
五　楊弓場の矢取り女が、矢が的に当った時打つ太鼓の音。
六　ガラス製器具の別名。鉢・瓶状の物が多い。
七　手段。手がかり。
八　好ましい話。
九　考え出した。

白い。おれも半分乗りたい」[一〇]「それならば、舟を借りたまへ」とて、両人舟に打乗り、両国の辺へ乗出し、兼ねて用意の大硝子《びいどろ》を取出し、「この中へ入り給へ」と入れて、よく口をしめ、綱を付けて水底へさげ、「どうじや。あるか〱」「あるとも〱。銭金、脇差、金物、おびただしい」「早く取りやれ」「手が出ない*」。

摘菜《つまみな》

「芋《いも》の茎《くき》を、割菜《わりな》[一一]と何故《なぜ》いふ。わりや知らぬか」「いんにや、おら知らぬが、それよりな、此内こんにやく島《じま》[一二]へ行つたらな、肴《さかな》に蛸のあしを出して、『つまみな』[一三]とよ」。

吉原

「この頃は久しくお出なんせん。お心変りか」といふ。「イヽヤ、心変りではないが、さん〲痔《じ》が起《おこ》つて、それゆへ来《こ》なんだ」「それ

一〇　計画を共同でやりたい。

＊　落語「水中の玉」の原話。

一一　里芋の茎を干したもの。ずいき。

一二　中央区新川。明和三年に「霊巌島埋立地成る、俗に蒟蒻島といふ」(『増訂武江年表』)とある。安永二年岡場所ができる。

一三　「つま(抓)みな」と「摘菜」をかけた。

はさぞお困りなさんしたでござんしよ。殊に、出痔《でじ》の、いぼ痔の、走り痔のと、色々あるさふでござんすが、おまへのは何痔でござんす」

「おれがのは、親仁《おやじ》一＊だ」。

刀の銘

波平行安《なみのひらゆきやす》二の刀の銘よめぬゆへ、別に書付けて、儒者の所へやりければ、「波平《なみたい》らかにして行《ゆく》こと安《やす》し」と読んで来る。刀の銘にはおかしい事じやと、お寺の和尚に見せければ、「これは波平行安《はびらぎようあん》じやが、先祖の戒名《かいみよう》でござるか」。

僭上《せんしよう》三

身上《しんしよう》四を女郎に入れあげ、一家《け》一門に見限られ、つゐに菰《こも》をかぶり五、寺町辺《へん》に寝てゐる折ふし、前方《まえかた》六なじみの女郎通りかかり、この体《てい》を見るより、「さて〱、おいとほしや。わたしゆへに、このやうな体《てい》に

一 親父の「じ」と病気の「痔」をかけた言訳。
＊ 上巻「若い者の痔疾」(三四〇頁)の再出。
二 薩摩国谷山村波平の刀工行安。鎌倉から波平物として有名な刀剣。
三 見栄っぱり。
四 財産。
五 乞食に落ちぶれ。
六 以前。昔。

ならんしたか」とすがり付き、泣きいだせば、「こりや〳〵、声が高い。おれは敵討《かたきうち》に出た七のじや」。

骸廻《からだめぐ》り 八

しらみども言合せ、骸廻りせんと、背中より肩先、腕など歩行《あるき》、親指の中ほどまで来て、「これは大きな崖《がけ》じや、皆早く来い」といへば、年寄じらみ、声をかけ、「ヤレ、若い者ども。そこへ行くな。そこが親不知《おやしらず》子不知九だ」。

煙草

貧しき煙草屋、思ひがけなく金儲けして、俄に見世を取り広げ、日本に我につづく煙草屋はあるまじと、自慢心でゐたる折ふし、近付の人来て、「さて〳〵、大きな見世になされ、煙草屋の三井《みつい》一〇でござる」といへば、亭主、大きな顔付して、「服部《はつとり》一一」。

七　敵を欺くため乞食に変装とは見栄張りの言訳。

八　京内廻り(見物)同様、体の一周旅行の意。

九　難所。波が荒くて、親は子を、子は親を顧る暇もないほどの危険な海岸をいう。新潟県市振海岸が有名。親指の腹で押しつぶされる虱には危険個所。

一〇　江戸第一の両替・呉服店駿河屋の主人。煙草屋第一の大店との贅辞。

一一　摂津国服部村(高槻市)産の香りのよい上質の煙草。富豪の三井を知らず、煙草名で応じた。

不《ぶ》精《しよう》者

「観音に参らふと思ふが、ちと空腹なが、食ふも面倒な」といふ。男聞て、やき食《めし》一を竹の皮に包み、「道にてあがれ」と、ふところへ入れてやる。道へ出たれば、しきりにひだるくなる。二向ふより、ひもじそふな三顔色《がんしよく》なる男、菅笠《すげがさ》をあたまへのせ来るを、「これ〳〵、貴様はひもじさふだが、おれがふところに食《めし》があるから食つて、あとでおれにも食わせて下され」といふ。「とんだ事をいふ人だ。そなたに食わせるくらゐなら、この笠の紐をむすびます」四＊。

押《おさえ》五

小身《しようしん》六なる所に、押奉公に済《す》七むしが、誰もたづねぬゆへ、暇《いとま》を取り、大きな所へすみ、早速御供を言付けられければ、何でも今日は言ふと、思ひすまして出るとそのまま、八「どなたでござる」と問ふ。九「ちつと、

一　焼きむすび飯。
二　空腹。
三　腹が減ったような。
四　笠の紐を結ばず頭に載せただけで。
＊　落語「不精の代参」の原話。
五　大名行列の最後部を警固する供回りの者。主人の名を「何々様」と長く引いて答える。
六　禄高の少い人。
七　「住」の宛て字。
八　すぐに。即座に。
九　通行人が行列名を。

さふもござるまい[一〇]」。

茶人

深川辺《へん》へ出かけしが、立派なる住居《すまい》あり。枝折戸《しおりど》[一一]があいてゐるゆへ、ずつと這入《はい》れば、きれいなる庭、四畳半[一二]に炉《ろ》も立てあり。見れば誰も居ず。ずつと座敷へ上り、先づ茶をのむ。奥より小僧が見付け、「モシ、旦那様。あれ、御覧《ごろう》じませ。とんだやつ[一三]が参りました。大方、泥坊でござりませふ。ぶちのめしてやりませふ」「イヤ〳〵、まづ待て」といふ内、かのやつ、手を二つ叩く。「イヤ、途方もないやつでござります」「どふするか、行て見ろ」。小僧は、かのやつが前に手をつき、「何の御用でござります」「勝手[一四]が騒がしい」。

雷

大かみなり鳴出し、親父は大きらひにて、「かかや、これはどふも

一〇　名乗るほどの者でないと謙遜したか、住込み早々で主人の名前を知らないと答えたか。

一一　木や竹の折った小枝を並べた簡素な開き戸。

一二　茶室の標準的広さ。

一三　とんでもない。呆れた。

一四　茶室で茶事の用意をする場所や亭主の出入り口。他家に平気で上がり込み、とんでもない言動をする所が茶の湯狂。

ならぬ」と、押入れをあけ、内へ逃げ込む。子供「かかさんや、あすは又御節句《せつく》[一]か」。

桶屋

お袋と養子と喧嘩をして、「息子を出さう」[二]といふ。家主、あいさつ[三]に這入《はい》り、「なんぼお袋がそう言つても、あれを出しては身上《しんしよう》[四]が立たぬ。それでは店《たな》[五]にも置かれぬ」と仲を直させ、狂歌[六]、

木と竹とあわせる物は底が親
　たが何いほと儘《まま》にして桶

信者

二三人寄合ひ、「とかく私どもが宗旨はありがたい。この頃も飴売りが唄に、『おめこ買ねば、おどりこじやない』[七]と言ひます」。浄土宗が聞て、「イヤ〳〵、阿弥陀様がありがたい。飴売りも仕舞《しまい》には、『十《じゆ》

一 節季。掛取りを避けるため押入れに隠れた再現と思った。
二 養子の縁を切る。
三 仲裁。
四 生計。暮らし。
五 長屋の借家。
六 材料の木と竹をはじめ、「そこ」と「底」、「誰(た)が」と「箍」、「置け」と「桶」を掛けた狂歌。養子だけに、「木に竹を接ぐ」の諺も効かす。
七 「あめこかひな飴」売りの唄「あめこ買ひなよ飴買ひな。一文こや二文こじや、おどりこがねへ」に、日蓮忌の「御命講(おめこ)」をかけたものか。

夜《や》〱じゆや斗《ばかり》[八]だ』と言ひます」。

紅葉

「なんと、二三日の内、海安寺《かいあんじ》[九]へ紅葉見に行かふじやないか」「それはよかろふ」。下男、これを聞き、「それは、よしになされませ」「ナゼ、そふ言ふぞ」「先日、品川へお使に参つたつゐでに寄りましたが、皆赤くなりました*」。

仕事師[一〇]

吉原へ手伝ひに行き、「もし、女郎さん。あわび貝[一一]に火をくんなさい」といふを、外《ほか》のが聞付け、「これ、わりや馬鹿な事をいふ者だ。なんぼこちと[一二]だとて、ふだんあわび貝で煙草のみはせまいし」「ヲヽ合点《がつてん》だ。もし女郎さん、お茶[一三]を一つ拝見いたしやせう」。

八　「あまいだ飴(念仏飴)」売りの唄の終りの句「さても不思議なねぶつ飴、なだいだ引なだいだアンアニなだいだ引」に、浄土宗の「十夜念仏」をかけたか。

九　品川区の補陀落山海晏寺。紅葉の名所。

*　「菜売り」(四八頁)の再出。

一〇　大工・左官などの手伝いの労務者。

一一　鮑の貝殻を煙草盆代りに要求する粗野。

一二　「此方人」の転。我々。おれ。こちとら。

一三　「お茶を一杯下さい」を気取って「拝見」といった。「あわび」や「お茶」に女陰の意がある。

礫文字《つぶてもじ》[一]

手紙をひらき見れば、「柳日《やなぎひ》を借用申度《もうしたし》」との文言《もんごん》。「サア、これは読めぬは」。二三人評義《ひょうぎ》して[二]、「大方、平生宛《へいぜいあ》て字を書くやつじやによつて、これは朔日《ついたち》のたちであろふ」と、読んで見ても済《す》めぬゆへ[三]、先《さき》方《かた》へ聞きにやれば、「晦日《つもごり》のごりの字じや。柳ごり[四]を借りたい」*。

香物

「御寺から、『少しながら漬物を上げます』と申して参りました」と、取次の男が差出せば、「イヤ、これはよい匂ひじや。御寺では、どふして漬けさしやる事やら。匂ひなら風味なら[五]、どふもいへぬ」といへば、「アイ、私が春中も御使に参つた時、勝手で見ましたが、久しく漬けて置きますさふで、重《おも》しの石に年号が[六]彫付けてござつたが、たしか永禄《えいろく》二年[七]八月五日とござりました」。

一　はなち書きの文字。「一字づつきりはなしたるをいへり」(『和訓栞』)とあるが、礫は当てるものなので、宛て字の意もあるか。
二　相談。
三　決着が付かぬ。
四　衣類などを入れる柳行李。
*　類話→補注三七
五　匂いといい風味といい。「なら」は、体言に付いて、事柄を並列して言うのに用いる。
六　墓石に彫った没年。
七　西暦一五五九年。本書より約二百二十年前。この長年月漬けたと誤解。

豆腐

小僧、豆腐を売りに出て内へ帰り、「けさは売れませぬ。やう〳〵半丁売りました」といへば、つんぼうの親父、「ナニ、半鐘《はんしょう》を打つた[八]」「イヽへ、豆腐の事さ」「遠く[九]ならよい」。

貧福

用ありて出かける。向ふから心安い友達来るゆへ、「貧乏神[一〇]、どこへ行く」「ヲヽ、わが内[一一]へ行く」といふて行過ぎる。「ハテ、いま〳〵しいやつじや。貧乏神がおれの内へ来ては気がかり」と思ひながら、用をたし帰れば、右の友達、又向ふから来るゆへ、今度は祝ふて、「福の神、どこへ行く」「ヲヽ、今そつちから出て来た*」。

八　「半丁売った」を火事の「半鐘打った」と聞いて驚く。

九　「豆腐」を「遠く」と聞いて安心。

一〇　人にとりついて貧乏にさせるという神。貧乏を持ちこむ人もいう。

一一　お前の家。

＊　落語「かつぎや」に使われる。「この家を福神達が取りまいて貧乏神の出どころがなし」のいやがらせの狂歌もある。

根《ね》問《どい》[一]

「鶴は千年生きるといふが、ほんの事かの」「ヲ、サ。生きればこそ、鎌倉に頼朝の放し鶴[二]があるではないか」「そして、千年過ればどふする」「それから、死ぬのさ」「死んでどふする」「それから、十万億土[三]へ行くのさ」「極楽《ごくらく》へ行つてどふする」「アヽ、六《むつ》かしい男だ。極楽で蠟燭立てに[四]*」。

国《くに》穿《せん》鑿《さく》

下女四五人あつまり、「おさき殿は江戸産《うま》れかと思つてゐたに、此《この》中《じゆう》やど[五]から便《たよ》りの時、『国から便宜《びんぎ》[六]があつた』との咄《はな》し、お前はどこ産れだ」「アイ、小さい時、江戸へ来やしたが、産れは房州《ぼうしゆう》[七]さ」「おたき殿は、どこへ」「わたしは神奈川在さ」「おみわ殿の在所[八]は」「アイ、私は」と言いかねる。「ハテ、どこでござんす」「アイ、わたしは、尾《び》

一　しつこくどこまでも問い質すこと。
二　妻政子の安産祈願に千羽の鶴の足に黄金の短冊を付け、鶴ケ岡八幡社頭から放った故事。
三　ここでは極楽の意。
四　仏壇用の蠟燭立ては亀の背に鶴が立つ形。
*　落語「浮世根問」のサゲに使用。
五　奉公人の親元。
六　便り。伝言。
七　安房。千葉県南部。
八　田舎。

籠《ろう》ながら九葛西《かさい》」。一〇

不孝

「貴様はもはや四十に及んで、親に不孝な事だ。もろこしの老来《ろうらい》子《し》一一は、七十に余りて、子供の小袖を着て戯《たわ》むれしは、歳《とし》若しと親に思わせんとの心づかひした人さへあるに、たしなみやれ」一二との教訓。不孝者、尤《もっと》もと思ひ、大島の布子《ぬのこ》一三をこしらへ、親の前で飛んだり跳《は》ねたり、とんぼ返りしたりして見せければ、お袋、涙を流し、「さて〳〵、長生《ながいき》すれば色々の悲しい事を見る。どふぞ、あいつがほんの気違ひにならぬ先に行きたい」一四。

臆病

五十人ばかり夜討《ようち》一五がはいり、俄の事ゆへうろたへ廻り、八方へ斬りちらされ、逃げたる者多かりける。その後《のち》、事すみて、かの逃げたる

九　汚くて失礼だが。

一〇　江戸川区南部の地名。農村地帯で江戸市中の糞尿の汲み取りを行なった。

一一　老莱子。中国春秋時代の楚の賢人。二十四孝の一人。

一二　注意しなさい。

一三　大島紬の綿入れ。

一四　あの世に行きたい。死にたい。

一五　赤穂四十七士の吉良邸討入りを匂わせる。

人々に出合ひ、言ひけるは、「昔、堀川の御所《ごしょ》へ、土佐坊《とさぼう》が五百余騎にて夜討ちに[一]押寄せしを、わづか三四人にて五百余騎をさん〴〵に切りなびけ、討手《うって》の大将土佐坊を討取りたるためしもあるに、わづか五十人に足らぬ夜討ちに切立てられ、逃げ廻るとは卑怯な事じや」と、さん〴〵におろされ[二]、「イヤサ〳〵、その亀井、片岡[三]、武蔵坊のやうなやつが、五十人来たゆへに」。

飛鳥山《あすかやま》[四]

田舎客、「飛鳥山はおもしろい所と聞きました。国元へ帰り、咄《はな》しのたねに見て行きたい」といふ。亭主、「わしが案内しませふ」と連立ち行く。亭主、せわしき者にて、飛脚のやうに歩行《あるき》、茶屋へも寄せずに、たばこも歩きながら吸わせ、飛鳥山から道灌山《どうかんやま》[五]、日暮《ひぐらし》[六]、いろは茶屋[七]、それより息もつがせず上野へ出ければ、「まだ飛鳥山は、遠くござるか」「ハテ、もふ通つて仕舞いました。それ、桜のたんと咲い

一 頼朝の命で義経追討に上洛した土佐坊昌俊が堀川館を夜襲、義経方の奮戦で敗れた故事。幸若の「堀川夜討」で有名。
二 悪く言われ。
三 亀井六郎、片岡八郎。伊勢三郎、駿河次郎を加え義経四天王。
四 北区王子一丁目の高台で桜の名所。
五 飛鳥山から上野へ続く台地の一角。
六 台東区日暮里の高台。
七 台東区谷中の感応寺前にあった遊所。上野山内の僧が常連客。

た所が、飛鳥山さ」「ハア、おらは物覚へが悪い。忘れてしまつた」。

信濃《しなの》者《もの》八

信濃者を置きしが、亭主、向ふの内へ呼ばれて行ける。急に用が出来ければ、内義は、「これ、おしな。九向ふの内へ行て、手を突ゐて、『珍兵衛に用がございます。一寸《ちよつ》と帰りますやうに』と、横平《おうへい》一〇に云ふものじや」「ハイ」と云ふて向ふへ行ければ、折ふし珍兵衛、見世に居合せ、信濃を見付け、「わりや、一一何に来た」「われ一二を呼びに来た。今帰りやれ」。

間違

「『おでん〳〵』一三と毎晩呼んで通るが、あいつを食ひたいものだが、呼ぶも外聞《がいぶん》が悪し一四」。下男「すぐに買て参りませう」「それではさめる。あれは、釜から出す、味噌を付ける、すぐにしてやらねば」一五と云ふ所

八　信濃（長野県）から農閑期に江戸へ出稼ぎに来た季節労務者。
九　信濃者を女性化しての呼び名。「おしなやと呼んだを見れば男なり」（『柳多留』一三・26）とある。
一〇　ぞんざい。
一一　お前は。
一二　目下や身分の低い者、又相手を卑しめていう語。お前。
一三　豆腐や蒟蒻を串刺して味噌を塗った田楽。
一四　格好が悪い。
一五　食べてしまわねば。

間　違

へ、「おでん〳〵」といふと、物いわずに自身駈け出し、おでんが肩をつかまへて、むせうに引て来る。おでんは、鹿子《かのこ》餅《もち》といふ身[一]で、「ごゆるされませ。夜《よ》あきんどの義でござります。不調法[二]がござりますなら、幾重《いくえ》にもあやまりました」「イヽヤ、何もいふな」と、店下《たなした》[三]へ連れて来て、小声になり、「二三本、味噌を付けろ」「お安い御用」と付けて出すを、はいり口にて、してやる透間《すきま》を見合せ、おでん[四]は逃げのび、溜息をつき、「アヽ、ひやいな目[五]にあつた」。

吉　原

「京町《きょうまち》[六]へ新見世が出来たと聞たから、ゆふべ行たが、おつな内《うち》[七]よ」「ハテナ、家名は何といふ」「伊勢屋[八]といふが、元茶碗鉢屋であつたげなから、瀬戸物伊勢屋といふ」「そして、何といふ女郎を揚げた」「にしきで[九]といふ部屋持ちよ[一〇]」「若い者の名は」「五郎八[一一]」。

一　菓子「鹿の子餅」を売出した道化方役者嵐音八の大仰でおどけた身のこなし。
二　粗相。失礼。
三　商家の軒下。
四　原本「をでん」。
五　非愛な。危い目。ひやりとした思い。
六　吉原廓内の町名。
七　味な。おかしな。
八　当時の『吉原細見』では、伊勢屋は四、五軒あるが、京町にはない。
九　錦手。五色の釉薬で模様を描いた陶磁器。源氏名錦木をもじる。
一〇　個室を持つ女郎。
一一　粗末な大形飯茶碗。若い者の名にふさわしい。

道楽者

「『太平楽《たいへいらく》一二 指南所』といふ看板が出たから、おらア行かふと思ふが、わりや行かぬか」「ヲヽ、おれもそりや、気がある」と、家樽《えだる》一三を持て行き、「頼みませう」といへば、「これはよう御出なされました。先づしばらく、お控へなされませ」と云ふて内へはいり、待てどくらせど、何の沙汰一四もなきゆへ、大きに腹を立て、「こりやまあ、途方もないやつだ。のろま一五が咸陽宮《かんようきゆう》一六の城をあづかつたやうに、いつ迄かふして置きやあがる」との悪態《あくたい》。奥より障子をあけて、「よほど御下地《したじ》がござります*」。

違謡

聞取謡《ききとりうたい》一七を知つたふりにて謡ふ。「弥陀《みだ》たのむ願ひも四つの御山《おんやま》を〳〵、今日《けふ》立出づる旅衣、紀の知盛《とももり》が手束弓《たつかゆみ》一八」「はて、それは誓願寺《せいがんじ》

一二 悪口。言いたい放題の悪態。
一三 角樽。祝儀や贈答用の柄の付いた酒樽。
一四 しらせ。連絡。
一五 愚か者。間ぬけ。
一六 秦の孝公が首都咸陽に建てた宮殿。始皇帝の阿房宮をきかすか。
* 類話→補注三八
一七 正式に習わず、聞きかじりで覚えた謡。
一八 謡曲『誓願寺』の詞章。「四つ」は「三つ」、「知盛」は「関守」が正しい。聞取りの間違い。

道 楽 者

かと思へば舟弁慶《ふなべんけい》[一]のやうな所もあり、何といふ謡でござる」と咎《とが》められ、「これは誓願寺さ」「それでもどふか」「これは元《もと》誓願寺[二]」。

業《なり》平《ひら》

若き男、わづらひにて眉毛少し薄くなりしを、見苦しく思ひ、眉に墨をぬりしを、三十二文ほど不足[三]の息子、「もし、お前は眉を、なぜ墨で塗りなさつた」といへば、見付けられて憎さも憎し、「これは今はやる業平眉[四]といふものじや」と聞て内へ帰り、眉を剃《そ》り落し、墨にて塗りければ、親父見付け、「おのれがその面《つら》は何じや。悉皆《しつかい》[五]、なり[六]を見るやうな」といへば、「イヨ、親父のしやれめ。平《ひら》をいわずに[七]」。

嫁姑

むせうに無理をいふて、嫁をいじる[八]姑《しゆうとめ》あり。あの無理はどふしたら直ろふやらと、明暮れ嫁の苦労。どふぞ仕方《しかた》[九]はあるまいかと思ふ所

一　平知盛の亡霊が主題の謡曲『舟弁慶』にも、「今日思ひ立つ旅衣」とある。
二　「この御寺昔は小川にあり、今元誓願寺といふ所なり」（『京雀』）と地名にはあるが、『誓願寺』の原曲とは苦しい言訳。
三　愚か者を「百の口を十六文抜く」というが、その倍で、大の間抜け。
四　描き眉毛の新造語か。
五　まるで。全く。
六　なりん坊。癩病。
七　「なり＝癩」を、業平の「平」省略と誤解。
八　いじめる。いびる。
九　手段。方法。

へ、町内から寄合《よりあい》を触れてくる。「アイ、主《あるじ》が留守でござります。帰りましたら申し聞かせませう」といふを、姑ははや鳴出し、一〇「おれが内《うち》に居るに、何でもおれには秘し隠しにする。何の寄合じや」と叱られ、嫁はさそくに、一一「イヤ、外の事でもござりませぬ。『この町内に、嫁をいじる姑が二人あるほどに、異見《いけん》をして、事のないやうにせよ』と有る寄合でござります」といへば、「ハテナ、今一人一二は誰じや」。

茶代

京者、江戸見物に来り、馬喰町《ばくろちよう》一三に宿をとり、供に連れし男にいふやう、「当所一四は道中一五と違ひ、茶屋へ寄つても、茶代を二三文づつは置かれぬ。明日から見物に出るが、茶屋へ寄つて、『六介《ろくすけ》』と云ふたら六文、『八介』と云ふたら八文置け」と云付け、毎日遊山《ゆさん》一六に出る。又観音へ出かけ、焔魔堂《えんまどう》一七のあたりにて夕立に逢ひ、「これ、おれはこの茶屋に待つて居るから、内へ行て、傘を取て来い」と云付けやり、二三

一〇　怒鳴(どな)り出し。わめき出し。
一一　早速。急場の機転。即座の頓智。
一二　一人は自分と自認。
一三　中央区の町名。江戸時代の宿屋街。
一四　江戸。
一五　旅の途中。
一六　気晴らしの外出。名所見物。
一七　台東区浅草橋二丁目の称光山長延寺の俗称。運慶作の閻魔像が有名。

町も行くと思ふと、日和《ひより》[一]になる。「アヽ、もそつと待てばよかつた。これ、ご亭主。今八介が帰つたら、『観音の方へ来い。茶代も八介に払つて来い』といふて下され」と頼み行く。「なんだ、あの人は。めつたに[二]『八介〳〵』と。ハア聞へた[三]。此中《このじゆう》[四]、『六介』と云ふたら茶代を六文、けふは手間取つたゆへ、八文といふ事であろふ」といふ所へ、傘を持つて来る。「これ、旦那は観音へござつた。『百介に茶代を払つて来い』とおつしやつた」「途方[五]もない。旦那はきつい無理いひ。ここにたつた、三十四五介*」。

庵《あん》室《じつ》[六]

相模《さがみ》へんを通りかかり、見れば庵室に三十ばかりの男、ただ一人机にもたれ、書籍《しよじやく》を見て居る体《てい》を見て、「あのやうにして暮らしたらばなあ、さぞ面白い事であらふ」と、うらやましう思へば、庵室の男、ずつと出、のびをしながら、「アヽ、金がほしい[七]*」。

一 晴天。上天気。
二 むやみやたらに。
三 分かった。
四 この間。
五 原本「十方」。
* 落語「百助茶代」の原話。
六 「あんしつ」とも。木で造り、草で屋根を葺いた小庵。世捨人の住居。
七 勘当息子の仕様事なしの読書。『ひらかな盛衰記』梅が枝の台詞に「ア、金がほしいなあ」。
* 「格子作り」(一五八頁)の再出話。

金物見世

田舎者二三人連れにて、柳原《やなぎわら》[八]を通り、蠟燭の芯切《しんきり》[九]を見て、「あれ、江戸には馬の毛抜までござる」と連れに咄《はな》せば、金物屋の男、「大きなとうへんぼくだ」[一〇]といふを聞付け、「何じや。とうへんぼくとは何の事だ」「イヽエ、お前方のやうな田舎の大尽衆《だいじんしゅ》[一一]をば、とうへんぼくと申すが、江戸のはやり言葉でござります」「ムウ、おれも、よほどのとうへんぼくと見へるか」*。

丁稚

何しても、何言ふても、「でかした〳〵」[一二]といふ旦那。食前《めしまえ》に出られ、膳立[一三]をして待つてゐる所へ、旦那帰りければ、丁稚「旦那様。お食《めし》を上りませ」といふ。「イヤ、をれは食ふてきた。われ[一四]、食ふてしまへ」。丁稚「でかした」。

八　筋違橋から浅草橋にかけての神田川岸。古着・古道具の露店が多い。
九　蠟燭の芯の燃えさしを挟み切る道具。
一〇　唐変木。気の利かぬ野暮や間抜けの罵倒語。
一一　金持たち。
＊　落語「よいよい蕎麦」の原形。
一二　うまく事を行なった時に思わず口にする語。
一三　食事の用意をする。膳を据えて並べること。
一四　お前。

臆病

大臆病なる侍、夜、うらへ[一]行くに気味わるく思ひ、内義[二]に手燭[三]をかかげさせ行きしが、雪隠の内より、「何と、そなたはこわくはないか」といふ。「何のこわい事がござりましよ」といへば、「流石《さすが》武士の妻ほどある」。

火燵《こたつ》

能好きなる男、勧進能《かんじんのう》[四]を見物して帰りに、西風烈《はげ》しく吹立てられ、早く帰り、火燵にあたりて寒さを凌がんと、急ぎ帰り見れば、火燵に火はなく、ふとんは畳みて、やぐらの上にありければ、ふとんを目八分[五]にたづさへて、恨めしさうに、「ト見ればなつかしや[六]」。

守刀《まもりがたな》[七]

一 裏。便所。雪隠。
二 奥方。
三 燭台に柄を付けた持ち歩き用灯火。
四 社寺へ寄進のため料金を取って興行する能。
五 物を丁重に捧げ持つ動作。謡曲『井筒』で「業平の形見の直衣」を捧げ持つ条りがある。
六 『井筒』の詞章に「業平の面影。見ればなつかしや」とある。こたつの櫓を井戸に見立てての動作。原本には謡の胡麻点がつく。
七 護身用に常に身につけている短刀。

「銹光《せいこう》[八]がかかが産をしたが、変な物を産《う》んだ」「何を産んだ」「守り刀を」「そりやとんだ事だ。行て見よふ」と、四五人寄集り、抜いてみよふと、一寸ばかり抜いた所が、大の銹《さび》がたな。ずつと抜けば、「とぎやあ[九]〳〵」。

地獄

地獄の鬼ども寄合して、「さて、近年困窮ゆへに、風の神[一〇]をたのみ、はやらせても、医者といふ者があつてよくするゆへ、死ぬ者が少ない。何でも、しやばの医者どもをなくす手段はあるまいか」との相談。中に年かさなる鬼、「いや〳〵、それは悪い相談。あいら[一一]が有ればこそ、間《ま》に〳〵来るではないか」。

儒者

物堅き儒者、弟子衆の誘ひにて、芝居見物して帰り、「今日若殿に

八　「清公」と書く所を、サゲに合わせたか。

九　銹び刀を「研(と)げや」と、うぶ声の「おぎゃあ」をかけた。扇屋の太夫の子が「おふぎゃア」と産ぶ声をあげる咄も同想。

一〇　風邪をはやらせる厄病神。

一一　彼等。あいつら。

地　獄

なりました色の白い悪形《あくがた》[一]は、何と申します」と問わるれば、「あれは市川八百蔵[二]と申しますが、悪形ではござりませぬ。実形《じつがた》[三]でござります」といへば、「はて、あれが悪人でござるまいか。一ッ国の主《ぬし》たる身にて傾城《けいせい》まよひ[四]、身を放埒《ほうらつ》[五]に持ちくづし[六]、国の乱れを引出すものが、所謂《いわいる》悪人にてあるまじきや[*]」。

茗荷《みようが》[七]

あほうなる庄屋、茗荷を多年食ひ、ある時、村の年寄[八]どもを招き、「云渡すは別の事でもない。もつぱら世間で、『茗荷を食へばあほうになる[九]』といふが、おれは数年《すねん》茗荷を食へども、あほうにならぬ。この通りを村中の者へ触れて、安堵《あんど》[一〇]させておくりやれ[一一][*]」。

虎

「犬の吠へる時、虎といふ字を、手に書て握つて居れば吠へぬと[一二]、

一 敵役。悪役。
二 二世市川八百蔵。
三 誠実な主役を写実的に演ずる役。実事師。
四 遊女狂い。
五 遊蕩。酒色に耽る。
六 品行を乱して。
* 「新五左殿」(二一六頁)の脚色話。
七 ショウガ科の多年草。花芽や若い茎を食べる。
八 庄屋を補佐する組頭役の別称。年寄百姓。
九 「蘘荷を食へば物忘れをす」(『譬喩尽』)る、馬鹿になるとの俗信。
一〇 安心。
一一 茗荷が利いた証拠の阿呆な触れ。
* 類話→補注三九

貴様に聞いて、大きな目[一三]に逢ふた」「何としたぞ」「ゆふべ、夜更けて帰るとて、何が犬めが吠へかかる所へ、握つた手を出したら、これ、このやうに、したたか喰ひ付かれた」「ムウ、そりや無筆[一四]の犬であらふ*」。

占《うらない》

両国[一五]の占見世の前で、子供、たこを上げながら、「ここの占はあたらぬ。下手だ」と悪態《あくたい》[一六]をいふ。占ひ者《しゃ》腹を立て、「こいつらは毎日、見世先でたこを上げるさへあるに[一七]、憎いやつらだ。うぬらはどこから来をる」「あててみな*」。

大黒[一八]

旦那寺[一九]へ参り、玄関にて案内乞へども、挨拶なきゆへ、勝手へ廻り、のぞき見れば、和尚、蛸を料理して居らるる。見付けられてはさぞ気

一三　中国から伝わった俗信で、「人食い犬防ぐ呪い」は中世以来多い。
一四　読み書きのできぬ。
＊　「虎といふ文字だによまず吠えかかる」(『狂歌咄』巻五・寛文十二)の句もある。落語「犬の無筆」の原話。
一五　両国橋の西詰は歓楽街で、見世物小屋や飲食店が多く人出で賑う。
一六　憎まれ口。悪口。
一七　商売の妨げである。
＊　上巻「まがひ道」(二〇三頁)の逆。
一八　僧侶の妻。梵妻。
一九　菩提寺。

の毒がらるるで[一]あらふと、又玄関へ廻り、「頼みませう」と大声でいへば、やう〳〵取次出て、「まづお上り」と座敷へ通し、和尚も出、挨拶有て盃を出し、二三ばい呑む。「これは何もお肴《さかな》[二]がなし」といふ。「和尚様。そふおつしやりますな。おたのしみを存じてをる。これほどお心安いわたくしに、なぜお隠し[三]なされます」「ムウ、御覧《ごろう》じたか[四]。是非に及ばぬ[五]。コレ、おふじ[六]。お心安いお方じや。出て、お近付になりやれ」。

雷

夕立大かみなり、しきりなりしが、さるお大名、いたつてお嫌ひにて、雷《らい》の鳴る所を目当てに、鉄砲を、すぽん〳〵[七]と打ちかけたまへば、空にて子供かみなり、大きにおどろき、「かかさん、ぽん〳〵がこわい」と泣き出す。親父かみなり、「コレ、かか。蚊屋《かや》を敷いて[八]やりやれ」。

一　困る。当惑する。
二　酒を飲む時に添える魚肉・野菜などの食物。
三　蛸の料理を。
四　内密の梵妻を。
五　仕方がない。
六　梵妻の名前。
七　鉄砲の音。
八　落雷よけに蚊帳を吊る風習があるが、下界からの鉄砲に逆用した。

同

雷、太鼓[9]を質《しち》に持て来る。子供が大勢ついて、「ヤア、この雷は鳴りそふなものだに、根からならぬ[10]」と、はやし立てる。雷ふり返り、「ならぬ[11]から質を置く」。

大屋

貸店《かしだな》の札[12]を、子供がいたづらにはなす。度々《たび》に及べば、大屋殿、案《あん》じ[13]をつけて、厚板に「かし店」と書て、釘にて丈夫に打ちつけ、「これでは二三年はこらへる[14*]」。

時節

雪降りに庇《ひさし》の雪を落しけるが、相長屋[15]に住む浪人、路次《ろじ》を通りかかる。家根《やね》よりしたたかに浴びせければ、「我等、いかにかく浪《ろう》々すれ

九　雷神の背負って打ち鳴らす連鼓。
一〇　まったく。
一一　暮しが「成らぬ」と音が「鳴らぬ」をかけた洒落。
一二　長屋の貸家札。
一三　工夫。思い付き。
一四　持ちこたえる。
＊　「大家の鉄釘貸店とぶっ付る」(『柳多留』一五七・24)の光景。
一五　同じ差配下の貸家。

ばとて、あまり踏みつけたる仕方《しかた》[一]」と以ての外の腹立ち。亭主とんで出、あやまり入りたる風情《ふぜい》[二]にて、「真平《まつぴら》御免下されませ。まことに、じせつたふらい[三]と申すもの」と詫びければ、浪人甚だ感じ入り、「さて〳〵、貴殿は学者なり。今こそ、はつめい[四]致したり。まことに、じせつたふらいの文字《もんじ》は、時《とき》の雪頭《かしら》に来ると書くなれば[五]、了簡《りようけん》[六]致し申さふ」。

高砂

「当春西国へ参りまして、高砂の松[七]、尾上《おのえ》の鐘[八]も見物致しました」「それはお浦山《うらやま》しい事の」「それに付て、お前におたづね申したいは、アノ高砂の謡に、『尾上の鐘の落《おと》すなり[九]』とござるが、やはり釣つてござります」「そのはづ〳〵」「ナゼナ」「ハテ、『あかつきかけて[一〇]』とあるからは」。

一 人を馬鹿にした。
二 恐縮した様子。
三 時節到来。よい機会が来る意の成語。
四 発明。道理や意味が分かること。悟る。
五 「時雪頭来」の洒落。
六 勘弁。
七 兵庫県高砂市高砂神社境内の黒松。赤松が基部で合した相生の松。
八 兵庫県加古川市の尾上神社内のインド伝来といわれる鐘。
九 『高砂』のシテの詞「高砂の尾上の鐘の音すなり」の「音す」を、「落す」と間違える。
一〇 謡「暁かけて霜はおけども」の「かけて」を

泰《たい》平《へい》楽《らく》[一二]

音楽社中《おんがくしやちゆう》[一三]、女郎買に行き、「さて〳〵、憚《はばか》りながら先生、この間の越天楽《えてんらく》[一三]は、よふお出来なされました」「イヤ、足下《そつか》[一四]の太平楽が」。女郎「お人がらにも、お似合ひなされぬ[一五]」。

春興《しゆんきよう》[一六]

「先生、歳旦《さいたん》[一七]を致しました」「それは御奇《き》特《どく》。何となされた」「この扇下さるならばありがたい」「ム丶、これはよふ出来ましたが、しかし、扇といへば春の目出《めで》度《たき》を祝へども、夏の気どり[一八]になるゆへ、どふぞ春の意《こころ》を云ひたいものの」「そんなら、こふ致しませふ」「何と〳〵」「この扇くだ春[一九]ならばありがたい」。

「懸けて」とし、「一旦落ちたのを又懸けた」とこじつけた。

一二　太平楽。雅楽の一。唐楽に属する太食調の舞楽。又、言いたい放題。

一三　雅楽の合奏連中。

一三　雅楽の一。唐楽の小曲で舞はない。

一四　貴殿。あなた。

一五　雅楽の「太平楽」を知らず、自慢の意に取り違えた。

一六　新年に催した俳諧の作品を贈答すること。

一七　新年の祝詠句。

一八　趣向。扇は夏の季語。

一九　「くだ春」に「下さる」の変化した上方語「下はる」をかけた。

釣指南

釣り好きの男、指南の看板を見て、弟子入りし、稽古にかかる。師匠、釣竿に糸をつけ、弟子に持たせ、師匠は針先をそろ〳〵引きながら、「この引き、何とお考へなされた」。弟子、しばらく案じ[一]、「はぜの針あんばい[二]と覚えます」「なるほど〳〵、余程お下地[三]がござる。明日から、きすに致さふ*」。

平目

「ゆふべ、おらが前の下水へ、二尺ばかりの平目が游《およ》いで来た。珍しい事じゃないか」「それはとんだ事の。しかし、貴様の前の下水は、わづか幅が一尺ばかり。それに二尺の平目は、きつい万八[四]」「イヽヤ、竪《たて》になつて*」。

一 考え。思案し。
二 具合。
三 天性の素質。土台。
* 落語「釣指南」の原話。
四 嘘。嘘つき。万の中、真実は八つほどしかないの意で、千三つ同様、当時の通言。
* 上巻「虚言はつきがち」(三二〇頁)の脚色話。

出《で》物《もの》[五]

十七八のお小性、お目見得《めみえ》[六]にあがり、次の間に控へてゐる時に取りはづし、[七]ぶつとやる。御家老、かたはらに有て、「これ、お若衆、御《ご》前《ぜん》が近い。不礼あるな」。又ブウ。「はて扨、御前が近い」。又ブウ。「はて、是非に及ばぬナア[八]」。

講釈

『百人一首講釈』と看板をかけ、どのやうな事をいふぞと聞ば、講師、しかつべらしく、「今晩は、在原業平朝臣《ありはらのなりひらあそん》の詠歌《えいか》[九]の下《げ》[一〇]を申します。この歌は、『ちはやふる神代もきかず竜田川からくれなゐに水くぐるとは』[一一]。これはそのかみ、[一二]たつた川と申す相撲取が、千早《ちはや》といふ女郎の方《かた》へ、たび〳〵通ひましたが、張《はり》[一三]のつよい女郎でござつて、愛らしい事もなかつた。されども、竜田川はことの外執心《しゅうしん》[一四]にて、かむろの神《かみ》

五　吹出物や屁など、人体からの排出物。
六　貴人に初めてお目にかかること。
七　放屁して。
八　「出物腫物所嫌はず」(『譬喩尽』)で仕方なしを、『仮名手本忠臣蔵』四段目の「是非に及ばぬ是迄」の芝居口調でいう。
九　和歌。
一〇　「解」の宛て字か、「所」の意か。
一一　『古今和歌集』巻五、秋歌下。下の句「水くくるとは」。
一二　昔。
一三　遊里語。意地。はったり。
一四　深く思いをかける。

釣 指 南

代《よ》といふを頼みましたが、神代も同じく邪見《じやけん》[一]ものにて、執持《とりもち》[二]を致さず。さるに依つて、『千早振神代もきかず竜田川』と申します。さて、それより程すぎまして、竜田川も老年に及び、相撲をやめて豆腐商売をしてをりましたが、千早も右の心入れ[三]がつのりまして、乞食《こつじき》となり、竜田川が内《うち》とも知らず、きらず[四]をもらいに来ましたを、竜田川は見付け、『あれこそ、我につらくあたりし者ゆへ、きらずをやるな』と、男どもに云付けてやらぬゆへに、千早は世をあじきなく思ひ、淵《ふち》[五]へ身を沈めました。それで、きらずをくれぬといふ心を、『からくれなゐ』と申します」。聞人「なるほど、『水くぐる』までは、すめましたが[六]、しまいの『とは』といふ二字はな」「『とは』は、千早が稚名《おさなな》[七]」。*

石垣

「権《ごん》や。聞きや。をらが隣の杓子《しやくし》[八]めが、もふ孕《はら》んだ」「そりや孕みそうなものよ。をらが出入り屋敷の、この春した表長屋の石垣さへ、

一 無慈悲。意地悪。
二 仲をとりなすこと。
三 心掛け。性格。
四 豆腐のしぼりかす。おから。
五 水がよどんで深い所。
六 理解できた。
七 幼名。
* 落語「千早ふる」の原話。類話↓補注四〇
八 額と顎が出て中央が凹んだ杓子面の女。

もうはらんだ[九]」。

九　石垣が崩れかけて出っ張ったのを妊娠にかけたか。又は補強の孕み石のことか。

一 茶のこもち[一] めつらしきおとしはなし
一 いちのもり[二] 同しく新作
一 笑上戸[三] 追々出し申候

板元 本石町四丁目
堀野屋仁兵衛

一 安永三年刊の噺本。
二 安永四年刊の噺本。
三 未刊と思われる本。あるいは本書にまとめる予定の書名か。

補　注

鹿の子餅

一 泥棒よけには、「猛犬あり」以上に効果は絶大。『軽口瓢金苗』中巻(延享四)「兵法の指南」の再出話だが、同様に、借金取りや流行病の撃退防止法の咄がある。

　過分に借銭負いし人、節季をしのぎかねしを、友達気の毒に思ひ、「我れ一つの謀事《はかりごと》をもつてこの節季の難を救ふべし」と、その家の表入口の戸を閉ぢて、札《ふだ》一枚を張置きたり。掛乞どもこの札を見て、「これは〳〵」とて帰りけり。亭主《あるじ》も奇妙に思ひ、かの札を見れば、逆朱《ぎゃくしゅ》にて、「貸家」と書いたり。(軽口東方朔巻四・掛乞除・宝暦十二)

二 遊女が客の前で放屁して弁解する咄は多いが、牽頭持が遊女の放屁をかばう失敗咄として、

　さる女郎、客の前にて、ぶいとの仕そこない。牽頭持気の毒がり、「も一つせ」と、ぶいとする。女郎、限りなく喜び、牽頭持に返礼として羽織をやる。外の牽頭持、おれも屁の身替りにたちたいものだと心掛ける。ある座敷にて、同じよふなる事もあればあるもの。女郎、ぶいとの仕そこなひ。牽頭持、ここぞ羽織のたねと、大きな声出して、「おいらもしよ」(坐笑産・屁・安永二)

三 サゲには異説もあるが、本話が次の軽口咄をふまえて作られたと知れば、分かりやすい。

　身代を酒に飲みつぶしたる男、江戸へ行て炮烙を荷ひ売りして渡世を送り居たる折から、以前の酒友達、これも家財を飲みあげて江戸へ稼ぎ

に下りしが、日本橋の詰めにて行合ひ、「これは〳〵珍しや」と、互ひに飲み合ひし昔を語り合ふ咄の内より、かの炮烙屋、炮烙を三枚取て地に打付け、微塵《みじん》になして言ふやう、「貴様に酒を振舞わんと思へども、折節売溜めの銭なし。この炮烙一枚が十二文づつなり。三枚にて三十六文が酒を振舞ふ心にて打破りたり」といへば、「さて〳〵昔忘れぬ心ざし、千万忝し」といふより早く、脇差をするりと抜きて振廻し、「酔ひ狂ひの心じや」といふた。(軽口浮瓢箪巻二・炮烙酒・寛延四)

四　冬季、入込み風呂へ入る時のお定まりの挨拶語「冷えもん」を人名と間違えた咄がある。

田舎客、草臥れやすめとて、銭湯へ連れて行く。「アイ、ひへもんでござい」と、ざくろ口をはいれば、跡から、「わしは常州の彦左衛門でござる」(今歳笑・いなかもの・安永七)

五　商売柄早起きの豆腐屋夫婦が、語るに落ちた上方咄がある。

何か用事ありけん、いつにない妾宅の朝起。表の豆腐屋覗いて見て、「いつでも内方は、朝起してじやなあ。とふ起きたは心よいものじやが、どふしたらこのやうに、早ふ起きらるるヱ」豆腐屋女夫、「ハイ。それからすぐでござります」(時勢話綱目巻三・豆腐屋・安永六)

六　落語でも紹介される頭のよい無料入場の手だが、この妙案を真似て失敗することもある。

角力場へ行き、葭簀《よしず》より覗いて見る。後ろから、「これ〳〵、そこから覗くまい」と引退《の》ける。かの男、思案して、これは鹿子餅の咄の伝《でん》がよいと、葭簀の間から尻をすつと出して居る内に、きせるを抜かれた。(芳野山・角力場・安永二)

また、長身大兵の人気大関釈迦が嶽に因んだ小咄も多く作られた。

角力取寄合い、あみだの光をした処が、釈迦が嶽、使の役にあたり、ぜひなく、暗闇を四つ過ぎに豆腐を買いに行き、力にまかせて戸を叩く。亭主、目をさまし、「二階を叩くやつは誰だ」

七 (坐笑産・釈迦・安永二)

一人で満員を見込んでの妙案だが、初出の軽口咄では仕返しをされ、へらず口を利いている。

ある者、「辻に雪隠を建てたが、こやしがたまりて仰山銭を儲ける」と語りければ、とつと吝き男聞て、「これはあれに先《せん》を越された」と思ひ、その隣に又雪隠を建てけり。かの者思ふやう、「今日よりは我が雪隠へばかり入りのあるやうにせん」とて、人立ちさへあれば、人の雪隠へ入り居て、人来れば咳払ひをして、「隣へござれ」といへば、ひたもの我がのへ行きけり。この手を隣の者知りて、「さてもむさき心かな」と腹立して、夜の間に行きて、我が雪隠の板を踏めば落ちるやうにして置きたり。これをば知らず、かの男、又明くる日雪隠へ入りければ、とんとはまりて、糞まぶれになりて這上り、放々宿へ帰りければ、女房見て、「さて〳〵見苦しき有様かな。これといふも心がらぞ」と恥しめければ、抜からぬ顔にて、両の袂より糞を取出し、「怪我をしても只はもどらぬ。これを見よ。洗沢《せんたく》賃ほどはしてきたぞ」といふた。(軽口大わらひ巻二・辻雪隠の事・延宝八)

八 初出の軽口咄では、田舎者が「かないろ(真鍮製の提子や銚子)」を知らぬ無知の笑いだったが、それを外国人に仕立て直したものである。

三千世界の真中、その国の都に生を受くるは、三楽の外の楽しみと思ふべし。片山家の者ども、かないろといふ器物《うつわもの》を見て、「これは何になる物じや」といふ。「これは神世《かみよ》の時、火の雨が降つた。その折りかづいた頭巾《ずきん》じや」といふ。一人の者、弦《つる》をとらへて、「これは何の為じや」といふ。「それは抜けぬやうに緒を付けた」といふ。口をとらへて、「これは」と問へば、「耳の聞ゆる為じや」といふ。「それならば両方にあるはづじやが」といふ。「悪い合点じや。寝る時の為に、片つらにしておいた」(初音草噺大鑑巻二・神代の頭巾・元禄十一)

九 謡曲『通小町』に因んだ咄だが、軽口咄に「惚れ帳を九十九夜目に消して置き」(『柳多留』三・18)と同想の笑話がある。

小野小町は、みめ形、美人の名高く、歌は世に知れる所なり。誠に、一目見し人、恋ひ〳〵て日々の袂に千束《ちつか》の文を通はしけれど、心つよかりけるにや、終《つい》の返事もせざりしとや。中にも深草の少将は深く心を運び、車の榻にその数書きて、百夜《ももよ》の数もみてしかど、この恋叶はずして思ひ死にせられしといふ取沙汰。女中達聞給ひて、小町の御側へ参り、「少将様には終にお果てなされし」と告ぐる。小町聞て、さのみ驚く気色もなく老女を召され、「これ〳〵、その惚れ帳を繰出し、少将殿所は消しや」と申されし。(軽口耳過宝巻二・手帳小町・寛保二)

これが無学の鳶の者になると、百夜通いの訳さえ知らない。

ある娘に、鳶の者惚れて、くどけども聞入れぬゆへ、うるさいほどくどけば、娘「お前、それほど私を思ふて下さるなら、百夜通ひなされたら、お心に従ひませう」といへば、鳶の者喜び、「それはありがた山。したが、百夜といふ夜はいつだやら知らねい。どふぞ内に待つて居るから、百夜に一寸知らせてくんねい」(福茶釜・百夜・天明六)

楽牽頭

一〇 長い返事が口癖になっている禿には、仮建築の仮宅は狭すぎる。初出の軽口咄は、親父のへらず口で出ている。

さる町内に、東山へ遊山に行かれた。その内に親子連れにて帰り、かの親父、酒に酔ひ、小歌ぶしにて帰りけるが、我が町内になり、わが家も行過ぎけり。息子、「これ〳〵、こちの家はここなるに」といひければ、親父、さらぬ体《てい》に行き、「今はいれば、小歌があまる」といはれた。(露新軽口ばなし巻三・親仁の頓作・元禄十一)

一一 鼻血止めの俗説は広く知られているが、その応用の小咄も多い。

女中、湯の中にて、「もし、隣のおばさんへ。わっちや、手前になりそうになつた。どふぞ止めやうはあるまいか」といへば、「ヲヽ、それには呪《まじな》ひがある。おいどの毛を三筋ばかり抜いたがいい」(聞上手三篇・呪ひ・安永二)

猿廻し、のぼせて鼻血を出だせば、見物、気の毒に思ひ、「それは早く、盆《ぼん》の窪《くぼ》の毛を抜くがよい」といへば、さつそく毛を三本抜いて捨てれば、猿、手ばやにその毛を取て、「大願成就、忝い」(さとすずめ・猿廻し・安永六)

三　江戸小咄の簡潔な表現に対して、同一話でも上方の軽口咄では次のような長文な叙述である。

東の洞院上ル町に、きつい唐《から》好きな人ありけるが、座敷廻りはいふに及ばず、門口から中戸、竈《かまど》の廻り、湯殿雪隠までに額《がく》と聯《れん》とを掛け並べ、書物は残らず唐本にて、青貝入りの唐机に、何やら彫物のある唐硯、唐墨、太玉柱、蘭亭選などの唐筆《とうひつ》を並べ立て、その外所持の物、大方華《か》物《ぶつ》なりけり。しかるに頃日《このごろ》、西の洞院下ル町へ変宅しられけるが、知音の人これを聞て家見舞に参られ、「サテその後は御疎遠。承れば、爰《ここ》元《もと》へ御変宅なされたげな。それゆへ今日は見舞に参つた」「コレハ／＼忝い。サアお上りなされ」と、古《こ》渡り雲竜形の南京《なんきん》茶碗に唐茶を汲んで出されける。客人申されけるは、「サテ最前からつく／＼見まするに、この家は東の洞院よりは狭ふて勝手もよろしうござらぬに、どふした事で、ここへは変宅なされた」と尋ねられければ、主人答へて、「イヤ、ちつとでも唐へ近いやうに」(軽口五色紙中巻・唐好きの変宅・安永三)

三　元来が中国笑話集『笑府』巻一古艶部「官府生日」で、明和年間に抄訳本に載ったものを江戸小咄化したものである。松枝茂夫氏訳『全訳笑府』(岩波文庫)に依ると、

ある長官の誕生日に、吏員たちは、長官が鼠年の生まれと聞いて金を集め、黄金の鼠をこさえ

て贈り物とした。長官よろこんで、「お前たち知っとるか、うちの奥の誕生日も近々に来るが、奥は牛年の生れじゃ」(上巻二五頁「長官の誕生日」)

本話は原話を巧みに脚色しているが、原話に忠実な筋立ての江戸小咄も見られる。

お屋敷の勘定方御役人、誕生日を祝ゐけるまま、御出入の町人皆々申合せ進物をする。勘定奉行の年、子《ね》の年と聞いて、銀にて白鼠をこしらへ進物にせしに、奉行大きに喜び、皆々に酒を振舞ひ、「さて〱心入れ、千万忝い。妻《さい》が誕生日も知つてゐやるか。又近日、妻も祝ゐます」。町人「それはおめでたふござります。御新造様は何のお年でござります」。奉行「妻は身共より一つ下で、丑の年でござる」(笑顔はじめ・誕生日・天明二)

一四　狂言『鬼瓦』で、シテが因幡堂の屋根の鬼瓦を見て「国元の女共が妻戸の脇まで送つて出て、につと笑うた顔にそのままじゃ」と泣く条りをふまえた古い咄が初出で、その脚色話は多い。

瓦焼く者の近所に、天下一のみめわろき娘を持ちたる人あり。かの娘二十四五にて死にたり。瓦焼き、かの親のもとに行き、大いに泣く。「何事の愁ひに、さほどまで悲しぶや」と問ふ時、「いな、この後、鬼瓦の手本が無うなりて、力落いた」と。(醒睡笑巻六・推はちがうた第二五話・寛永五)

一五　すさまじい丑の刻参りの風体でも、「丑の時参りはのろい女なり」(『柳多留』六〇・18)で、笑いをかもし出す同時代の咄を並記する。

貴船《きぶね》の社《やしろ》へ、午の時々に、白き物を着たる若き女、毎日まいりける。禰宜衆問ふて申しけるは、「丑の時参りは折々あるが、午の時に毎日参り給ふは、いかなる事ぞ」と尋ぬれば、女の曰く、「されば、人を呪《のろ》ふには丑の時に参る由。私はいいなづけの殿御がいとしさに、その裏でござります」「それならなぜに金槌は持つてゐる」と申せば、「金槌ではござりませぬ。神木をな

でる鏝《こて》でござります」といふた。(軽口春の山巻四・午の時まいり・明和五)

丑の時参り。神木に灸をすへて居る。宮守見付け、「なぜ釘を打たぬぞ」「何を隠しませう。私が呪ふ男は、糠《ぬか》屋さ」(坐笑産・神木・安永二)

一六　大阪の竹田近江のからくり人形は江戸でも評判で、『口拍子』(安永二)に次の二話が載る。

「大阪へ行くついでに、竹田が所へ寄つた。イヤハヤ奇妙な細工人じや。先づ座につくと、小坊主が煙草盆を持て出て、ひつくり返り、竜朴流の投入れになつた。それから振袖の腰元が薄茶を持て出て、ひつくり返り、釣花活《いけ》になりました。しばらくして女房が出て、挨拶をして、ひつくり返りました」「ハテナ、それは何になりました」「茶碓にさ」(竹田)

わしもこの前、竹田が内へ寄たれば、「これは久しぶり」と、まづ盃を持た禿《かぶろ》の人形、つる〳〵と出、亭主「何がなお肴と存ずれど、折あしく今日は家内も留守なれば、お吸物さへ出来ず」と言いさま、かの人形をあをのけにして前をまくりしに赤貝。「イヤ、今日は精進じや」。亭主、人形をうつぶけにして、「それ、金山寺《きんざんじ》味噌」(竹田の肴)

一七　刀剣より強い殺人用の武器は、藪医の匕《さじ》であり、手でもある。医者を皮肉った咄として、

下手な医師殿、病家から帰ると、匕を拝む。女房、ふしぎに思ひ、「何ゆへ拝み給ふ」といふ。「はて、馬鹿な事を言わつしやる。これがなければ、とふに解死《げし》人になります」(高笑ひ・医師・安永五)

急病とて、いそがわしく出て行く拍子に、隣の子供を蹴とばす。隣のかか飛んで出、「この医者様は、いかに急な病用じやとて、人の子を蹴とばすといふ事があるものか」と、大いざこざの中へ、大屋殿わりに入り、「相借屋の事なれば、互いにふせうしたがよい。たかが足で蹴られたばかり。この人の手にかかつて、活《い》きた者は一人もない」(春袋・藪医者・安永六)

聞上手

一八「苦しい時の神頼み」の祈願は許せるが、始めからだます魂胆は厚かましい。初出の軽口咄ではお礼の供え物を安く値切っている。

さる者、大仏の御釈迦へ参り誓ひけるは、「只今心中に申上げたる通り、お叶へ下され候はば、御姿の隠るるやうに戸帳を掛けて参らすべき」と願を掛くる。何が御釈迦の通力なれば、程なく心中の祈誓の通りに叶ふ。かの者喜び、やがて戸帳を掛けんともくろみしが、大仏の事なれば、存じの外五十端《たん》や百端が絹にては足らず、大分いれば、思ひながら打過ぐる。御釈迦腹を立て給ひ、「戸帳をかけるが嬉しさのままにこそ、其方の望みを叶へたり。早く掛けよ」と仁王をもつて使ひ立つ。かの者、仁王と打連れ、御釈迦の前に出で詫言しけるは、「御意の通り戸帳をかけ申さんと言ひし事、紛れござなく候へども、思ひの外絹が入り申すゆへ、戸帳はお許し下さるべし。その代りには、寄特《きとく》頭巾をして着せませう」といふた。（にがわらひ巻二・大仏の御釈迦に戸帳の事・延宝七）

一九 侠の夫婦喧嘩だけに、すさまじい言合いだが、この咄を中古の擬古文にしたものがある。

ふる宮のあたりに仕ふるえせ侍ありけり。すき者にて、女とだにいへば、市女《いちめ》、遊びのけぢ目をいはずかかづらひ、浮れ歩きけり。一日、妻心地《ここち》悪《あ》しとて臥しゐたるが、男を枕がみに呼びすゑて言ひけるは、「わぬしの仇《あだ》心、今は見果てつ。我死にうせなば、幽霊となりて、異人《こと》と相語らはん枕辺に立ちて恨み聞へん」といへば、男あざ笑ひて、「烏滸《おこ》の事をも曰《のたま》へるかな。そも幽霊といへるものは、古き物語ぶみにも、ここら掲焉《けちえん》にしるしありて、装束よりはじめ、すべて怪《け》しうはあらず、多くは白き唐綾《からあや》などひき重ね、髪長きものとこそ聞け。されば、おぼろけの人の出立《いでた》つべき姿とも覚へず。おもとは髪人よりは短く、もとよりさる衣など一つもたくはへざれば、幽霊とならん事、難しとも難きわざなり」といへば、妻「何事いふぞとよ。髪短く、さる衣なしとて出立たじやは。母代《ははしろ》の形見にとて賜びぬる白き麻の衣あなり。なへ古めきたれど、これ壺折りて、髪きこめて出で立たんに、何か足らはぬ事あるべき」といひて、泣腹立ちて怒りけるとぞ。(しみのすみか物語上巻・侍の妻男に遺言する事・文化二)

江戸小咄の女房は、泣き言をいわずに、しゃれた恨みを言う。

ばくちに負け、丸裸になつて帰る。女房は袷一つ着て居しが、引きほどき、裏を夫、表を我が着ながら、「モウばくちをやめて下され。この寒いのに単物《ひとえ》一つで、どふ命が続きましやう。もしこごへて死ぬと、わしが幽霊になつて出ます」「何、着物もなくて」「はて、この引きときを着て」「はて、貧乏な幽霊。そして何と言ふ」「アヽラ裏ほしやナア」(高笑ひ・幽霊・安永五)

三〇　借金取りに対して、言葉のやりとり上、借り主の方が強くなる滑稽だが、次のもその例。

「モシ梅が枝さん。サア懸取に来やした。この暮れはどふぞ払つてくれなさい」女郎「わつちもどふぞこの暮れはと思いんしたが、あてが違いんして、いつそ工面が悪ふありんす。春まで延ばしてくんなんし」懸取「どふも悪い。半分でも払つてやんなな」女郎「半分も出来んせん。了簡しておくんなんし」懸取「それでも、そう〳〵すまねば、親方の前がたちやせんから、首でもくくらにやなりやせぬ」女郎「この暮れはどふぞ、そふでもしておくんなんし」(再成餅・掛取・安永二)

三一　初出の軽口咄では、薬の行商人であり、多少脚色を加えて再出させたものである。

大坂市町《まち》に出で、声の薬売る者あり。「第一痰《たん》をきり、声を出す事おびただし」と高言を言ひ売りければ、若い者二三人連立ち通りけるが、一人「声の薬一匙買《かい》はん」といへば、連れ聞て、

「いらざるものじゃ」といふ。かの買手「なぜに」といへば、「大事の談合に声が高くならば、ささやき言ふ事がなるまい」といへば、薬売り聞て、買手の耳のきはへ寄り、「それは匙加減ある」とささやいて言ふた。（かるくちばなし巻三・声の薬売り・元禄頃）

二二　首を切られながら、そのまま歩いて行く類話に、落語「首提灯」の原話の軽口咄がある。
ある所へ盗人入りけるが、亭主ぬからぬ男にて、用意の一腰、鯉口くつろげ待ちかけ居るとも知らず、居間の襖を明けて入るやいな、丁ど首を打落しければ、盗人、心得たりと、落ちたる首を拾ひあげ、懐へねぢこんで、こけつまろびつやう〳〵門《かど》へ出けるが、何が真《しん》の闇ではあり、首はなし。一向一足も歩まれねば、懐より首を取出し、髻《たぶさ》をつかんでさし上げ、「ハイ〳〵〳〵〳〵」（軽口五色紙下巻・盗人の頓智・安永三）

二三　槍持の用心深さが本来の役を果さなくした失敗話。同様に慎重すぎた咄として、
店の戸ぐはら〳〵鳴つてやかましいと、油をたくさんに引きたれば、するり〳〵。女房がいふ。「それは用心が悪い。夜、人が取つて行きませふぞへ」「ハテさて、夜は戸を仕廻つて置くわへ」（富来話有智・戸板・安永三）

二四　すでに『軽口瓢金苗』中巻（延享四）「風を喰ふ鳥」に出る咄だが、次にさらに詳しく出てくる。
「いつぞや護国寺の開帳で、風鳥といふ物を見たが、あれはおかしな物で、足がなくて、丁度徳利に羽根の生へたやうな物だ。あれは餌《え》を食ふ時はどうする」「そこで餌とては食はぬ。風を餌にして居る」「糞《ふん》はどうする」「なに、糞はするもんだ。屁ばかり〳〵」（譚嚢・風鳥・安永六）

今歳咄

二五　夜行性の動物の目を思い付いたのは妙案だったが、反対効果が出た同様な咄がある。
「真の闇に眼の見へる薬を伝授致さふ。とんだ

重宝な事だ」「それはありがたい。どふいふ薬だの」「ヲヽ、黒猫の目玉を黒焼にして目へ塗るのさ。したが、火事の時は御無用。ぢきに縁の下へはいる」（富来話有智・妙薬・安永三）

二六 せん気—する気の対応のおもしろさの艶色咄だが、次の咄も同様なやりとりである。

隠居、夜這に行くとて、ツイ踏みはづして二階から落ちて、目を廻した。サア、家内おどろくまい事か、手に汗をにぎり、「モシ、お死《し》にかへ〳〵」と呼ぶ。やう〳〵に気が付いて、「フウ〳〵、イヤ、仕《し》にではない」（口拍子・隠居夜這・安永二）

二七 針医者が役得とばかり、「針医の手やがて近辺迄御免」（『柳多留』一六七・16）と、女性の身体に触れ、家人の前で失態を演ずる咄として、

ひやうきんなる針立ありけるが、さる方へ行かれければ、十七八なるぼつとり者、針をと頼みければ、かの御坊、なにが雪をあざむく肌《はだえ》を見て、心そらになり、何とぞして恋の会所を探りたく思へども、親兄弟そばにあれば、何の手管もなりがたく、いかがせんと案じ出し、持ちたる針を腹の上へ、ころりと取落し、かなたこなたを尋ねるふりして、さぐられけれども、かのぼつとりは、さすが通り者なれば、知らぬふりしていられた。そばより、これを見て、「それは何をなさるる」といへば、はつとおどろき、針の事を打忘れて、「今まで持ちてゐました開《ぼぼ》が見えませぬ」といはれた。（軽口大わらひ巻五・ひやうきんなる針立の事・延宝八）

二八 原話は中国笑話集『笑府』巻五広萃部「対穿」で、明和五年の抄訳本で紹介された話である。『全訳笑府』で示す。

小僧、はじめて弟弟子を誘ってやらかし、よい気持でいるうち、弟弟子のへのこも生《お》えて、じくじくに濡れた。兄弟子、うしろからふと手でそれにさわり、おどろいて、「阿弥陀仏《うわあ》、突きぬけたか」（上巻一六〇頁「突きぬける」）

茶のこもち

二九　若く見られたいのは人情で、この言も一理ある。次の漢文笑話も同様の心理である。

老僧有リ。齢スデニ七十有四ナリ。常ニ其ノ年ヲ言フコトヲ懼《オソ》ル。或ル人、之ヲ問フトキ、則チ曰ク、「六十有余ナリ」。其ノ余幾《イクバ》クノ年カト問フトキハ則チ曰ク、「十有四ナリ」（善謔随訳続編・僧懼言年・寛政十）

三〇　吝嗇家が葬式の出費が気にかかって死ねない咄に、落語「片棒」の原話の軽口咄がある。

さる気ままな親仁、一門子供呼びよせ、「我等息才の内、その方どもに言ひ置き致しおくなり。今度の門跡《もんぜき》様の御葬礼拝みたが、金大分に入ても、極楽より便りもなし。おれが死にたりと、物の入ぬやうに葬をいたせ」子供「その方様遺言の通りにいたしませう。輿《こし》でやりませうか」「いや、それでは物がいる」「乗り物でか」「それでも金がいる」「ぶり荷《にな》いしてやりませうか」「それでも日用《ひよう》二人雇はねばならぬほどに、ただ金の入らぬやうに、おれが死んだら、徒《かち》で行かう」といわれた。（軽口あられ酒巻二・気まま な親仁・宝永二）

三一　悪い口癖を意見される口の下から、又言葉に出る滑稽だが、すでに江戸初期に「尤もなる意見じやと納得して、聊かも跡のつかざるはお宮のみか」云々の評言付きで出ている。

下京辺にお宮といふ若衆あり。みめかたち、立振舞に至るまで、一際すぐれてよく侍れども、天然《てんねん》町じみて、人の秘め置く道具などを見ては、値《ね》を付けて小憎きやうすなれば、時々御情に与かる坊主、諫めけるは、「何事に付けても、つき〲しく御座あるが、少《ちと》嫌な事がある。これをお直し候つる程ならば、たまりは致すまい」と申しければ、「それこそ承りたき事なれ」と仰せられ候しかば、「別の事でもおりない。あまり御心さとく、御目もきき候ゆへやらん、人の刀脇差、数寄《すき》道具によらず、御覧候ごとに、取り廻しひねり廻し、値さしを召さるるが、きずでござある」と諫めければ、「さて〳〵、過分な御意見かな。以来心得候べし。まことにかやうなる意見は、百貫にも買はれまい事じや」と、はやくはせた。（戯言養気集上巻・無題・元和頃）

同年代の江戸小咄としては、

調市《でっち》を呼びよせ、「こちの勝手に合わぬゆへ暇《いとま》をやる。われには手癖といふ悪い病ひがあるほどに、わきへ勤めても、それでは行ぬほどに、随分心を改めて癖を直せ」と暇を出ければ、五七日過ぎて来り、「旦那様、私も隣町の穀物屋へすみましたが、先日の御意見、段々ありがたふござります。このお礼には、お前様は引割飯がお好きでござりますから、頃日《このごろ》に能い引割が入舟致したら、盗んで上げませふ」（一のもり・手癖・安永四）

三　「山の芋変じて鰻になる」の俗説は古くから見られ、初出の咄では生臭坊主の弁解に使われている。

学跡をものぞきける程の沙門、鰻を板折敷の裏に置き、菜刀にて切る所へ、思ひもよらぬ旦那参りたり。少しも色をたがへず、「世界みな不思議をもつて建立す。されば連《れん》々、『山の芋が鰻になる』と人の言うてあれど、さだめて虚説ならんと疑ひしが、これ御覧ぜよ。山の芋を汁にして食はんと思ひ、取寄せおきたれば、見るがうちにかやうになりて候は。何事も物疑ひめさるるな。これ、御覧あれ」とぞ申されける。（醒睡笑巻三・自堕落第一三話・寛永五）

花笑顔

三　せっかく居留守を使ったのに、取次の無知から暴露した。初出の咄では、逆に家臣が取りつくろったのを、主人が現われてぶちこわしてしまう。

同じ板持かたへ客あり。家のおとなの若狭守出合ひて、座敷に請じ、「主人は他行に候」ともてなし、よきに相計らふなかば、ふと障子をあけ、みづから頬を叩いて、「若狭よ〳〵、われは留守の分ぞ」と。とらへて置かんやうもあるまい。（醒睡笑巻二・躻第三三話・寛永五）

三四　すぼめたまま紙を貼っては、傘が開くはずがない。こんな思い付き同様、売る時の失敗咄もある。

傘を張り習い、七八本張り上げしが、油引てから一本もすぼまらず。これはつまらぬと、無理に畳めば、バリ〳〵と裂ける。どふしたものじやと困りしが、折からの夕立。シヤ、よい思い付があると、傘を開いたまま辻へ持つて出で、「それ安い。負けた〳〵」と売りかけしに、何が俄雨の事なれば、大勢集り、奪《ば》い合ふ様に買うて行く。コリヤうれしやと、内へ走り帰り、「思い付をやつて、傘を残らず売つて来た」といへば、隣の人が、「それはよかつた。いくらに売つたぞ」「なむさん、あまり急いで、銭をば取らずにやつた」（富来話有智・からかさ・安永三）

三五　落語「湯屋番」の若旦那が考え出す迷案だが、その先輩格が古い軽口咄に見られる。

さる人、「雀をば取りやうにて、いかほども取れる」といふた。「して〳〵、それはいかやうにて取れる」といふた。「まづ柿の葉に酒の糟《かす》を塗つて、屋根の上に並べ置き、風に散らぬやうに小石を一つづつ重せに置く。その時雀ども、屋の上に来り、酒の糟をひたもの食ふ。後には糟に酔ふて、小石を枕にして皆々寝る。何か炎天に干すにより、柿の皮が雀にくる〳〵と巻きつく。その時、鍬箒を持ちて、くわら〳〵掃きおとす」といふた。癆瘵《ろうさい》病みの思案なるべし。（宇喜蔵主古今咄揃巻三・雀取りやうの事・延宝六）

三六　全く同じ筋立てと落ちだが、初出の咄と、狂言調の会話の安永小咄を紹介する。

両の手にて輪をなし、一尺ばかりの回りなる真似をし、「これほどな大きなる栗を見た」といふ。そばから、「まつと減らせ〳〵」といへば、ひたもの小さくしけるが、あげくに、「そのやうに小さうせば、毬《いが》で手を突かうものを」と申しけり。(醒睡笑巻六・うそつき第五話・寛永五)「太郎冠者、あるかやい」「ハア、御ン前に」と平伏すれば、殿様「汝、暇《いとま》を乞ふて国へ行《い》てきたが、国はどこじや」「丹波でござります」殿様「ヤア〳〵何、丹波とや。そんなら鬼を見たであらふ」「イヤ、只今は鬼も故人になりまして、その怨念《おんねん》で、大きないが栗ができます」殿様「どの位ある」「大方この位」殿様「嘘をいふやつ。それでは摺鉢ほどある」「ア、いか様、この位」殿「いや〳〵、それでもまだ嘘じや」「ア、いか様。この位」「イヤ〳〵、それでも〳〵〳〵」「左様御意あそばしては、いがで手をつきます」(口拍子・栗・安永二)

鳥の町

三七　文字の特殊な読み方を、通常の読みに応用して混乱させる滑稽も古くからある。

ある人、小姓を「かすなぎ〳〵」と呼びて使はるる。客、不審に思ひ、その故を尋ねければ、「さる事あり。春長《はるなが》と書けり。かすは春日《かすが》のかす、なぎは長刀《なぎなた》のなぎよ」と。(醒睡笑巻三・文字知り顔第一話・寛永五)

昔、大日と書きたる文字を見て、「やまもり」と読む者あり。「いかにかく読むぞ」と問へば、「大和《やまと》のやまの字と、晦日《つごもり》のもりの字じやほどに、山守りよ」といふた。(私可多咄巻三・第一九話・寛文十一)

三八　当時は「剣術指南」「料理指南」などを始め、「地口指南」(一九二頁)「釣指南」(三六四頁)など遊芸指南がはやったが、道楽や喧嘩は珍しい。落ちは同様だが、似た話を示す。

道楽指南所へ、米屋の息子来りて、「御弟子になりたき」と師匠に近付になり、一つ二つ話の上にて、師匠、息子に向ひ、「さて、当年は肝心の時分、いかふ雨が降りましたが、米の相場は何ほどでござる」息子「ハイ、サレバ一向存じませぬ」師匠「ハツア、よつぽどお下地があ

る」（寿々葉羅井・道楽指南所・安永八）

さる所に、『小言指南所』といふ看板掛けし家あり。粋興者、「これは珍しい事。少々小言を習はん」と玄関にかかり、「お頼み申ます」といへば、内から弟子が出て、「ハイ、どなたでございます」八「私は近所の者でござります。先生お宿ならば、今日よりお弟子にならうと存じて参りました」弟子「これは〳〵よう御出。先生内にでござる。さあ〳〵座敷へお通りなさいまし」と座敷へ通す。先生出迎ひ、八に「貴様は何しに来た」八「今日よりお弟子にならうと存じて」先生「なに、おれが弟子になりに来た。ぶしつけ千万。なぜ一年も二年も前に約束をしないで、さしつけがましい。なぜつつかけて来た。その分にして置かれぬ。慮外者、手打ちにする」と、刀をひねくるゆへ、八、肝をつぶし、「これはけしからぬ気違ひ」と腹を立て、「このべらぼうめ。なにしに一年も二年も前に約束をするものだ。教へる事がいやならば、教わらぬ分の事。先生といへばいいかと思つて、突上がりのしたべらぼう野郎め。うぬに手打ちになつていいものか。たわ言つくと踏み殺すぞよ」と立上がると、先生、落着いた顔にて、「よほどお下地が見へます」（一口饅頭・小言指南所・享和二）

三九 茗荷を食うと馬鹿になる、物忘れするとの俗説は古くからあり、それに因んだ笑話は多いが、初出の咄と、落語「茗荷宿」の原話になった江戸小咄を記す。

鳥に鳳凰あり烏あり、草に利根草あり鈍根草《どんこんそう》あり。ある所に、異名を一文饅頭といふて、とつと案のない歴々の御方。夜咄のついでに、「何と、蓼《たで》草を好いて食へば利根になると古よりいふが、十日余り食ふてみたれども、変つた分別も出ず。又茗荷は鈍根草とて、再々食へば阿呆になると云伝ふほどに、これも此中毎日食すれども、その覚えもない。これには世間の人が昔からはまつてゐる。家中《かちゆう》の者どもにぬかるな」

とのたまへば、御意《ぎよい》に入りの竹庵が申しけるは、「蓼草はききませぬさうなが、さやうに御意なされますれば、茗荷はよほどききましたそふにござります」(初音草噺大鑑巻三・食うて知る一文饅頭・元禄十一)

はたご屋の女房、亭主に向ひ、「今夜泊つた旅人の行李《こり》は、よほどの物と見へます。どふぞ忘れて置けばよい」といへば、亭主、「ヲ、よい工面がある。何でも無性に茗荷を食わせてみよふ」と、汁も菜も皆茗荷沢山に入れて振舞いける。翌朝、旅人は立つて行く。大方、落していつたろうと、跡を見れども、何もなし。「さて〱茗荷もきかなんだ」といへば、亭主、「イヤ〱きいた〱」「ソリヤ何を」「ヲ、サ。はたごを忘れて、払わずに去《い》におつた」(聞上手二篇・茗荷・安永二)

四〇　本書の前年刊の翠幹子序『百人一首虚講釈《うそこうしやく》』に「右此一首の戯注は、一ト昔先キの夜話に、予、弘め置たり」と記された咄が初出である。

戯注に曰く、業平朝臣、歌枕尋ねんとて、あづまに下り、隅田川のほとりに住み給ひしが、程近ければ吉原へ通ひ給ひ、千早といふ女郎に逢給ひしが、この千早、いかがの訳にや、初会よりふり付け、一度も逢わざりしかば、業平思ひにたへかね、牽頭《たいこ》に召連れられし紙屋与兵衛といふ末社に、「何とぞ千早が心の和らぐよふに」と頼まれければ、与兵衛も呑込み、色々千早に言聞せ、取持ちけれども、千早一向合点せず。業平は気をもみ給ひ、外の客をせいて揚詰めにしてくどかれけれども、千早はとかく振付けて、一度も帯紐解きて逢ひたる事なし。かかる遊びに月日重なり、内証ぱた〱と行詰り、今は朝夕の営みさへなりがたき体《てい》になりぬ。かくてはすまぬと、始めて目がさめ、俄に分別しかへ、吉原通ひも止めて、真崎《まつさき》の川端に商ひ店を出し、豆腐をこしらへ、すぐに田楽《でんがく》を焼かせ、茶屋半分の豆腐屋となり、暖簾《のうれん》に水に紅葉《もみじ》を散らし、竜田川の三字を染抜きて掛けられしに、日々繁昌して、ヤレ真崎の田楽と、世に賞翫《しょうがん》せられ、身上《しんしょう》立直しける。然るに千早は、かれこれする内、年も明け身ままになりけれども、誰引請る者もなく、その上心もむら〳〵しくなりて、廓を離れ、後は無宿《むしゅく》の乞食体《こつじきてい》に落ちぶれ、所々にて、きらずなど貰ひ、身にはつづれをまとひ、子供には「気違ひよ」とはやされ、竹の杖にすがりて物貰ひけるが、誠の乱心といふにもあらず、起りさめあるむら気の体なりしが、ある時、真崎の竜田川が見世へ来り、きらずを所望せしに、亭主業平朝臣見給ひけるに、千早がなれの果てなりければ、かかる浅ましき体を恥しめんと、千早に向ひ、「其方つれなくも我を振付け、一度も帯紐解きたる事なく、紙屋与兵衛を頼みくどかせても聞かず。人の報ひにて、今かく落ちぶれたる也。何の面目ありて、わが見世に来りて豆腐のからを望むぞや。往来《ゆきき》の乞食どもには常々与ふれども、其方へは遣はす事なりがたし」と、すげなく曰《のたま》ひければ、千早も業平を見て、ハット赤面し、豆腐のからを給はらぬもことわりと思ひ、さるにても、我が身いつまで恥をさらさんやと思ひ切り、大川橋近くの深き淵に身を沈め、ついに空《むな》しくなりしこそ無残《むざん》なれ。業平朝臣、この由を聞給ひて詠み給ひし歌なり。されば、古へ千早が振りたる事を「千早ふる」とよみ給ひ、「かみよもきかず」とは、紙屋与兵衛を頼み、くどかせても聞かざりしかば、紙与も聞かずと也。竜田川は今業平の家名ゆへ、「からくれない」とは、我おかべのからを遣はさぬ故、からくれないといふ心。「水くぐる」は、身を投げしといふ心。「とは」トワ、千早が稚名《おさなな》故、かく詠み給ふと也。

この話は山東京伝著『百人一首和歌始衣抄』(天明七)にも、さらに洗練された形で出ているが、話は上方にも伝わり、寛政頃の写本『肘まくら軽口噺』や、桂文治の『落噺桂の花』初編中巻(文政頃)の「在原業平」にも使われ、現行落語「千早ふる」の筋立てとなっている。少し登場人物が異なる写本の咄「歌かるた」を参照に示す。

文盲の親仁、隠居しても、よい話相手もなさに、毎日〳〵在中《いなか》に行て鉄砲ばなし。くだらぬ百人一首の講釈を初めて、「サテ、今日は在原業平の朝臣、音に聞へた豆男の御歌でござる。いづれも、とくと聞かつしやれ」と扇子ぱち〳〵。「皆よふ揃ひました。まづ業平といふ御人は、きつい美しい御人で、一ト目見る女子は、たちまちぐにや〳〵〳〵と、生海鼠《なまこ》を藁で結わへるやうになるじやて。そこでお読みなされた歌が、『千早ふる神代も聞ず竜田川からくれないに水くくるとは』。この歌の心ハナ、千早といふおやまが有て、とかく客をよふ振るたげな。この事を業平様が聞かしやつて、かの千早を揚げてみやしやつた。千早も業平様を見ると、かのぐにや〳〵〳〵となりたれども、おやまが初めから、ぐにや〳〵ではすまぬと気を取直し、南風《まぜ》に逢ふ鯖の作り身に粉河酢《こがわす》かけたよふに、上《うわ》かわばかりしやきりとして、少し振つたげな。又業平様が女郎に振られたといふ事は、神代も聞かぬ事じやといふ所で、『千早振る神代も聞かず』とよまれたものでござる。そこで業平様は、『我、これまで女子に振られたる覚へなし。恥かいて何かせん、このまま川へ身を投げふ』と竜田川さしてござつた。ここで千早、大きに驚き、『今振つたは誤り。コレ待つて』と追かけて、やう〳〵竜田川で追付き、いろ〳〵言訳すれども聞入れ給はぬゆへ、是非なく千早が先に身を捨て、川へ飛込みました。何が早瀬に、もみ裏の小袖が浮いつ沈んづ、水をくくつて流れる所が、唐紅に見へたので、『竜田川からくれないに水くくるとは』とおよみなされたのでござる」といへば、庄屋、「ハイ、それでは、『からくれない』まではよふ分りましたが、『とは』といふは、どふでござります」と尋ねれば、「それは註にあつた。待たつしやれ」と、紙一二枚返し、「ヲヽ、その『とわ』は、その時の遣手《やりて》でござつた」。

また、天保年間の漢文体笑話本『如是我聞』の「俳諧僧《イナカソウショウ》」中にも出ているので、書下しにして示してみる。

(前略)復《マ》タ在中将《ナリヒラ》ノ歌ヲ問フ。和尚曰ク、千早《チハヤ》ハ娼《オヤマ》ノ名。振《フ》ルトハ娼、客ヲ厭《イ》フヲ謂フ。蓋《ケダ》シ関東ノ方言《クニコトバ》ナリ。竜田川ハ亦《マタ》力士ノ名。千早、色芸《キリョウゲイ》秀逸ナルコト、近代ノ名妓花扇、白玉モ亦幾塵《アシモトヘモヨラレヌ》ヲ隔ツ。竜田川之ヲ聞キ、往キテ宿《トマ》ル。千早、其ノ身体ノ巨大ヲ見テ、意《ココロ》ニ謂《オモ》フ。淫僻《シタ》ノ《ノ》処《モノ》モ亦《マタ》復之ニ称《カナ》フ。儂《ワレ》、五尺ノ小女子。安《ナ》ンゾ相当《アイテ》ルコトヲ得ン。是ニ於テ、夜ニ乗ジテ出《イ》亡《デ》テ、安《イズ》クニ往クヲ知ラズ。故ニ曰ク、千早ノ客ヲ厭《フ》ル、睡《ネム》ルニ非《アラ》ズ、背《ウシロムク》ニ非ズ。為《ナ》ス所詭異《フシギ》ニテ、神代《カミヨ》モ亦未ダ之ヲ聞クコト有ラザルナリト。千早、既ニ遁《ニ》ゲ、豆腐ヲ売ルヲ以テ業ト為ス。一日《アルヒ》、天寒シ。竜田川、蚤《ツト》ニ起キ、羹実《シルノミ》ヲ市ニ沽《カ》ハントシ、図ラズモ千早ト相遇フ。千早、大イニ懼《オソ》レ、肯《アエ》テ腐滓《カラ》ヲ乞《アタ》ヘズ。又走リ匿《カク》レテ、遂ニ水ヲ泳《クグ》リテ逃《ノ》ガル。故ニ曰ク、啻《タダ》ニ腐滓《カラ》ヲ乞《アタ》ヘザルニアラザルナリ。又去リテ水ヲ泳ルトハ、蓋《ケダ》シ之ヲ甚シトスルナリ。(後略)

一つの話が、これだけ多様な形で伝わった例も珍しいので、長きにわたったが特記した。

解　説

一　江戸小咄発生の土壌

二百六、七十年にわたる江戸時代を通じ、政治の中心は一貫して幕府の所在地江戸にあったが、文化や経済の面では、前半は中古以来の王城の地京都と新興町人の商都大坂の上方に依存し、江戸はその影響下にあった。しかし、開府後一世紀を経た享保(一七一六―三六)頃には中央集権化が実現し、江戸は名実ともに全国の中心となる。「諸国の掃溜《はきだめ》」とまでいわれた江戸への都市集中も一段落し、江戸市民の中核をなす幕臣や一部の町人の間には、江戸に生まれ、育ったことを誇りとする「江戸者」の自負心が生じた。

折りから文運は東遷し、文化の伝統は継承しながらも、江戸の風土や人情に即した内容と表現を持つ独自の文芸が起った。その〝江戸前〟文芸の特徴は、概して軽妙洒脱、明るく淡白で楽天的である。滑稽を表面に押出しながらも、知的な風刺や〝うがち〟を底に秘めたものが多い。封建社会下での屈折した意識や感情を〝遊び心〟に託し、笑いで和らげる戯作《げさく》であった。

身分制度の厳しい時代だが、同好者間では武士・町人の別も少く、同座・共作して楽しんだ。狂詩・狂歌・川柳・洒落本《しゃれぼん》・黄表紙《きびょうし》などのこの期の江戸文学は、いずれも学識豊かな武士が先鞭をつけ、好学の庶民がこれに同調する士民合作で行われ、各種笑いの文芸が盛行した。

サゲに狂歌を用いた狂歌咄は、初期の噺本には多く見られたが、すでに廃れた。享保頃流行した鯛屋貞柳《たいやていりゅう》派の浪花《なにわ》狂歌に対し、江戸の狂歌は、明和六年(一七六九)唐衣橘洲《からころもきっしゅう》宅で開かれた狂歌会から始まった。草創期の有力狂歌人の中には、江戸小咄の祖『鹿《か》の子餅《こもち》』の作者である文人幕臣の白鯉館《はくりかん》(木室《きむろ》)卯雲《ぼううん》がおり、『聞上手《ききじょうず》』の編者小松百亀《こまつひゃっき》の友人で町人狂歌師の大根《おおねの》太木《ふとき》がいた。自由で歯切れがよく、機知と笑いを楽しむ作風の〝天明ぶり〟狂歌の第一人者大《おお》田南畝《たなんぽ》(四《よ》方赤良《ものあから》)に『春笑一刻《しゅんしょういっこく》』(安永七〔一七七八〕)、『鯛の味噌津《みそづ》』(同八)の噺本があるが、このように、狂歌人と江戸小咄との関係は深い。

このことは川柳の場合も同様である。上方で起った雑俳は江戸にも根付き、江戸座俳諧から独立した前句付点者柄井川柳《からいせんりゅう》による『万句合《まんくあわせ》』は宝暦七年(一七五七)から始まり、最盛時には一回(十日間)の開きに二万句以上集まり、これを基に出来た『柳多留《やなぎだる》』は明和二年(一七六五)から定期的に刊行された。川柳作者が同系の文芸である笑話に関心を持ち、手がけることは当然あり得る(七〇頁脚注参照)。同じ題材を十七文字の韻文で詠むのも短い散文で綴るのも可能だからである。たとえば、「雛があくびをすると聾いひ」(『柳多留』五〇・18)の川柳と、「聾、春先庭を眺めて居しに、雞、ときをつくるを見て人を招き、『いかさま永い日でござる。雞さへ退屈してか、あくびをします』」(『高笑ひ』・雞・安永五〔一七七六〕)の小咄を比べると、全く同じ情景をそれぞれの形式で表現したにすぎない。こうした多くの同想川柳・小咄の存在は、両者の密接な関連を裏付けている。

また、『地口須天宝《じぐちすてんぽう》』(安永二)『古今俄選《にわかせん》』(同四)等の書名が示すように、地口、口合《くちあい》、俄、茶番といった言葉遊びの催しも流行し、さらに庶民教導に一役買った談義本《だんぎぼん》も、かつての説教僧が笑話を多用したように、笑いをふんだんに盛り込んだし、志道軒《しどうけん》から豆蔵《まめぞう》に至る大衆相手の演芸等にも笑いは充満していた。かくて、「山の手を飛歩行《とびあるく》尻やけ猿、下町に住む腹つぷくれ、いづれか、おとしばなしをせざりける」(『鹿の子餅』序)と、世をあげて笑話を生み出し、受け入れる土壌と空気は熟していた。しかも、この機運から生まれる笑話は、従来の上方中心の軽口本とは違って、江戸の風土と人情に根ざした新感覚のものであるはずである。歯切れのよい江戸語の会話によって咄の筋を進める文体や語り口は、すでに遊里での遊びを主題に機知にみちた〃うがち〃の手法を駆使した洒落本で示された。軽快な口調で直線的にサゲに向い、さらりと短く截《き》って落す手口も、短詩型の狂歌や川柳に典型が見られ、分かりやすく、おかしいサゲには、言語遊戯の地口・口合などが役立った。これらはいずれも、知的で洒脱な〃遊び心〃を心得た者の手による戯作であった。

二　江戸小咄の成因

軽口本と小咄本――両者の違いは、第一に、前者がその八割以上が京坂で出版され、書型も半紙本《はんしぼん》の五巻物であるのに対し、後者は逆に、板元の大半は江戸で、全一冊の小本《こぼん》の体裁である。これは地本《じほん》＝江戸での出版の盛況と、半紙本半截《はんさい》という簡便な書型を創案した洒落本の影響によるものであろう。さらに文章叙述の面でも、軽口本は「『……』といふうた」式の説明的で冗長の行文が殆どだが、江戸小咄本では、多く対話で咄を進め、余韻を後にのこす会話止めでサゲており、省略を重んじた簡潔さが目立つ。それは、

さる者、十月十六日に東福寺の開山忌まいり。「めでたい此の伽藍、聖一国師より、ついに炎焼のない寺じや。通天の紅葉、こゝもとの名木なり。まことに諸木多き中に、もみぢの紅葉《こうよう》いたしたるは見事なものじや」と言えば、何も知らぬ事、「さて〳〵、大きなもみぢの木かな。あつたら、もみぢの葉が皆赤う枯れた」といふた。（『軽口ぁられ酒』巻三・厚く物知らぬ人・宝永二）

と、江戸小咄「菜売り」（四八頁所載）を比べれば明白である。年代が近いものでも同様で、「文」（八〇頁）は、その四年前に出た京都板『軽口片頬笑《かたほえみ》』の焼直しだが、明和九年の大火後の際物咄に仕立てながら、文章は三分の一に短縮されている。これは江戸人の淡白な気性にもよるが、

短い叙述を尊ぶ漢文や俳諧の素養がある知識人が江戸文学を先導した結果でもあり、その一環として、『開口新語《かいこうしんご》』（寛延四〔一七五一〕）以下の漢文体笑話本の存在も無視できない。

叙述の簡略化に漢文が役立つと同時に、中国笑話の良質な笑いが、我が国笑話に強い刺激を与えた。松忠敦訳『雞窓解頤《けいそうかいい》』（宝暦二〔一七五二〕）で中国笑話の抄訳本が出て以来、明和五、六年には明末の文人馮夢竜《ふうむりゅう》が墨憨斎《ぼくかんさい》主人の名で編んだ中国笑話の集大成『笑府《しょうふ》』（松枝茂夫氏訳・岩波文庫所収）の抄訳本が、たてつづけに三種も刊行された。ここに載った二百五十余話の大半は、当時の江戸でそのまま通用し共感を呼ぶ笑いで、軽口咄と異なる新鮮さがあった。

夜鷹そば、夜中時分、内《うち》の戸を叩く。「コレ嬶《かかあ》、明けてくれ」「こなたはもう帰らしやつたか」「イヤ、ひだるくてならぬから、飯を食いに戻つた」女房「ひだるくば、なぜ荷のそばでも参らぬ」「どふ、これが汚くて食はれるものか」（『再成餅』・夜鷹そば・安永二）

は、いかにも小粋な江戸前の笑話に見えるが、実は『刪笑府《さん》』で翻訳紹介された、

有《リ》下叫二売《ヨバイ》糕《ダンゴヲ》一者上。声甚啞《スカル》。人問《フ》二其故《ノヲ》一。曰《ク》、我餓耳《ウエタリ》。問《フ》、既《ニ》餓《ハ》、何《ゾ》不《ル》レ食《ハ》レ糕《ヲ》《ソレホドヒダルクバナゼダンゴヲクワヌゾ》。曰《ク》、是《レ》饐《コレハスエテ》的《オリマス》。

によるもので、中国の糕（団子）ではなじまないので夜鷹そばに変えたにすぎない。また、

一官府生《レ》辰《タンゼウニチ》、吏曹聞《ク》二其属《スルヲ》レ鼠《ニ》、醵《ダシアッテ》二黄金《ヲ》一鋳《テ》二一鼠《ヲ》一、為《ス》レ寿《ト》。官喜曰、汝知《ルカ》二奶々《オク》生辰《ヲ》一。亦在《ニ》二日下《ゾ》一乎。奶々是属《セル》レ牛《ニ》的。

も江戸小咄に変える際、原話通りだと幕吏収賄《ばくりしゅうわい》の風刺で咎《とが》めを受けるおそれがあるため、「子の年」(八二頁)のように、ごく無難な一般的な笑いに作りかえている(三七五頁補注一三参照)。このように、『笑府』をはじめ中国笑話が江戸小咄に及ぼした影響は、他文芸同様に大きかったが、巧みに換骨奪胎して自家薬籠中のものにする才能を、素養豊かな江戸戯作者たちは備えていたのである。

三　江戸小咄の成立と盛行

文運東遷の時流に乗り、江戸で新たに興った笑いの諸文芸が活況を呈するなかで、御広敷番頭を勤める幕臣で狂歌界の雄、木室卯雲の笑話集『鹿の子餅』が明和九年(一七七二)正月、鱗形《うろこがた》屋から出版された。小本の書型、俳諧的な省略の多く歯切れがよい会話止めの簡潔な表現、小粋《こいき》な笑いを盛る新鮮な内容は、旧来の軽口本の殻を破るものとして歓迎され、狂歌・川柳同様、庶民文芸愛好者の関心を一斉に笑話にも向けさせた。大田南畝の随筆『奴凧《やっこだこ》』に、「卯雲の鹿の子餅をはじめとして、百亀が聞上手といふ本、大に行れたり、其後小本おびたゞしく出しなり」とあるが、翌安永二年だけで二十種にも及ぶほど、まさに爆発的な噺本流行となった。

その盛況の一端を見よう。安永二年正月、小松百亀は『聞上手』を出し、好評を得て、同三月、閏三月に、二編、三編と続刊した。序者名は異なるが、すべて百亀の編集にかかり、遠州屋弥七板である。また稲穂は、明和九年九月序の『楽牽頭《がくたいこ》』を皮切りに、『坐笑産《ざしょうみやげ》』『近目貫《きんめぬき》』を翌年正月と閏三月に笹屋嘉右衛門板(自板)で出している。文苑堂では、軽口耳秋の『俗談口拍子』を筆頭に、書苑武子編の『今歳咄《ことしばなし》』以下『御伽噺《おとぎばなし》』までを安永二年中に出板している。その他、雁義堂板の『飛談語《とびだんご》』シリーズも同様だし、『千里の翅』などの単発物もある。安永三年以降も継続的に噺本は刊行され、各書とも五、六十話を載せている。

こうした江戸小咄の盛行の背後には、これをまかなうに足る笑話の供給源が存在した。『鹿の子餅』は卯雲の個人創作集と見られるが、その他の場合、序を記し編者と目される百亀や稲穂や武子たちは、選考・編集の作業には関わり、出板の労も取ったが、個々の笑話の作り手は別にあった。各書とも作者名を付してはないが、序や奥付の文言等から、その間の事情は推測できる。百亀の場合、「今集むる笑話一帖聞上手と題」(初編序)した正月刊の第一作が好評のため、三月に「聞上手の二集既に成」(二篇序)った。さらに翌閏三月刊の『三篇』の序には「鹿の子出ておとし咄世に鳴る。故に諸家、先を鉾《あらそ》ふて撰出す。就中、予が聞上手の両本、僥倖にして大に行わる。連衆《れんじゅ》又三集を催ふして余に書かしむ」とある。わずか二、三か月の間に競って笑話選集が出され、編者達の傘下には、それぞれの連衆がいることが分かる。連衆とは本来、連歌や俳諧の座に寄合う同好者をいうが、この序言は、百亀を取巻く笑話愛好者の持寄った咄を選んで一本にした過程を示すものであろう。しかも同書の奥付には、「御連中に申上候。四編五篇も追々板行仕候。尤よい御咄は新古にかゝわらず差加へ、禁句指合は勿論、不落居なはなしは、委細なしに相省き申候。此段よしなに御くませ下されかし。会主　娯楽堂」と、新作の募集と選考基準を示した広告を付している。『聞上手』はじめ安永初年(一七七二頃)の江戸小咄本は、このように「連衆」「連中」と称する笑話創作同好の「各様御手作の御新口」(『御伽噺』奥付)の所産であった。『醒睡笑《せいすいしょう》』のように策伝《さくでん》個人が見聞した笑話の集録でも、露の五郎兵衛等、元禄期話芸者による「咄の控え帳」でもなく、咄の会所や夜の座敷咄での笑話選集である延宝期軽口本の再現であった。「諸方の遊士、我も落せ、おれも落さんと欲す。利もなく屈もなく腹をかゝゑて一笑す。あゝ君子の楽しみならずや」(安永四年〔一七七五〕刊『一のもり』序)と競作した数多くの笑話の中から、「近頃のはなしの会を絹ぶるひにかけ座興のたねにつゞ」った(六四頁)ものが、純度の高い笑いを収めた安永期江戸小咄本であった。

しかし、江戸小咄の「はなしの会」の実態を裏付ける資料は見当らない。川柳の『万句合』興行の場合は、取次(会主)がまず選者に出題を依頼し、その課題を作句者に伝達する。作者は一句ごとに入花料(一句につき十二―十六文)を添え、俳名を記して取次まで届け、一括して点者が選考し、優秀句を摺物として発表し、時に応じて景品を出すという経緯が判明している。小咄も『今歳咄』の奥付(二一五頁)から推すと似たような過程をとったと思われるが、川柳ほど簡単には作れず、応募の数も入選率も比較にならない。しかし、連衆の層は、狂歌や川柳の場合同様、大名から中・下級の武家が七割余を占め、上・中流の町人層に及んでいる。彼らは正統な学問で教養を得た趣味人であり、立派に本業を勤めるかたわら、余技の〝遊び〟として楽しんだもので、深い知識と感性のよさを発揮して秀作を遺したのである。これら連衆は、グループごとに取次や寄合う場を持っていた。ある時は「落噺の会所」(安永四年刊『はなし亀』)であり、「指物《さしもの》屋へ大勢集り、一人づつ落噺をしける」(安永頃刊『花之《はなし》家抄《やしよう》』)場合も、「しげき言葉のはなしの会、宝の君の御やしき」(安永九年刊『万《よろず》の宝《たから》』序)と雲州広瀬藩松平近貞の屋敷で催されたことさえあった。その席で笑話が口演披露されたことは、「各咄人《はなして》の巧拙によれば、時の出来不出来は予は知らぬ」(『聞上手二篇』序)からも推察できる。話すことが笑話本来の姿である以上、自作を口演発表するのはごく自然である。その座で選者や同人たちが出来栄えを判定し、佳作が選考に適《かな》ったと考えられる。その点、安永期の「はなしの会」は、百年前の延宝期に見られた「咄の点取り」や咄の会所での笑話創作会の延長であった。

四　上方の会咄本

江戸小咄が一斉に開花し、年間二十冊余も出版した安永二年に、上方では旧態然たる半紙本五巻物の『軽口大黒柱』が一冊出ただけである。しかし、江戸での小咄流行は直ちに伝わり、翌三年には、序文に笑話の歴史を綴ったり、上品向き、粋向き、当世向きなどと、笑いの性格に即して咄を配列する趣向をこらした『軽口五色紙』がある。ただこれも叙述の点では変りばえなく、江戸小咄「儒者」(八〇頁)を直移入した「唐好の変宅」(三七五頁補注一二)では数倍もの長文を弄している。

しかし、江戸小咄の供給源となった「はなしの会」の活況に刺激されて、雑俳師椎本下物《しいがもとかぶつ》と岡本対山《たいざん》らが主に、安永三年冬、料理屋大江屋で「咄の会」を催して以来、優秀作を集めた会咄本が続刊された。すなわち、安永五年正月刊の『年忘噺角力《としわすれはなしずもう》』は、「浪華の風流家、噺にすまふとらせむと、櫓に一声をあぐれば、好き人の面々、日夜に舌頭のしこ踏かため」「輯《あつま》りし数凡そ三百余の笑話《はなし》角力」(同書序・跋)から四八話を選出上梓したものだが、翌六年正月までに『立春噺大集《りっしゅんはなしおおよせ》』以下七冊が出版され、その後も継続した。各書とも大坂順慶町の渋川久蔵板で半紙本五巻物。五十話、百話と所収し、作者の表徳も記されてある。雑俳や狂歌に親しんだ無名の市井人が大半で、咄募集の文言、選考の方法や優秀作への景品授与の点など、大衆参加の庶民文芸の形を備えている。咄の会の実景が『年忘噺角力』の口絵に活写されているが、きわめて大衆的な雰囲気が感じられる。

五　安永以降の笑話の動き

安永期のすぐれた笑話は、このようにして東西とも、「はなしの会」の笑話同好者=連衆の創作になるものであった。選考の過程で口演発表の形はとっても、目的は佳話の作成にあった。笑話は「話し・聞く」とともに「書き・読む」ものとして鑑賞され、愛読された。それだけに記載笑話としては抜群の出来栄えであり、安永期小咄作者の知性と感性の高さを物語っている。咄はすべて新作とは限らず、前代の軽口本はじめ既成笑話の焼き直しも多く見られるが、巧みな脚色の冴えと洗練された表現で、新作同様の印象を与えた。創作・改作と膨大な数の笑話が作られ、発表されたことは、近世初頭の『醒睡笑』を源とする笑話の流れにおいて、有意義な中間湖的役割を果たした。従来の佳話は安永小咄で再確認されて定着し、後世の職業的咄し家や笑話愛好者は、その手本をここまでさかのぼらせれば事足りたからである。

以上のような安永初年の旺盛な笑話創作熱も安永四年の『金々先生栄華夢《きんきんせんせいえいがのゆめ》』の黄表紙誕生を機に、次第に冷え始め、安永末年から天明年間(一七八一―八九)にかけて、一年に四、五点ずつ出版されるにとどまった。しかも完全な新版は少くなり、以前から噺本に見かける、序文や巻頭の数話だけを新刻し、あとは既刊の板木の一部もしくは全部を使い、書名を変えて新版と称して売出す嗣足改題細工本が横行した。また、黄表紙の流行に合わせて、絵を主体にし、咄は先行話で間に合わせる安易な本も出現した。専門書肆が噺本を手がけ、大田南畝・鳥居清経など当代一流の文人・画工も関わったが、安永初年の隆盛に戻ることはなかった。天明末に松平定信が政治改革の緒につくと、今まで文芸に携わり、高度の作品を数々物《もの》してきた文人武家連が一斉に戯作から手を引き、急激に質的低下をもたらした。

この間、「はなしの会」は引続き催されたが、参加者は次々と入れ替り、初めは純粋な笑話愛好者たちによる趣味的寄合いであったものが、次第に一部有力者が会を牛耳《ぎゅうじ》り、やがては興行的色彩を濃くし、ついに職業的咄し家を出現させるまでになった。笑話を作って楽しむよりは、話巧者の口演を聞いて喜ぶ風潮が強まり、「書き・読む」笑話から「話し・聞く」笑話へと重点が移り、元禄期の話芸者の「咄の控え帳」同様、寄席での咄し家が高座で演じたものが落語本として出版されるに至るのである。

今回、安永期小咄本集として、『鹿の子餅』など七種の江戸小咄本を選び、紹介した。お読み頂ければお分かりの通り、当時、世界に誇り得る良質の笑話である。これ以外の作品も殆ど遜色はない。ただ、江戸板の噺本に限ってしまい、同時期の上方板噺本を含めないのは片手落ちの感もするが、小咄に冠する語には「江戸」が最もふさわしい気がしたからである。鬱屈した封建体制の中で、世情不安も多かった安永期に、自己を客観視する心のゆとりを持てた江戸人の、豊かな〝遊び心〟の所産に共感を覚えるのである。

安永期　小咄本集《こばなしぼんしゅう》

1987年12月16日　第1刷発行 ©
2025年 7 月29日　第8刷発行

校注者　武藤禎夫《むとうさだお》

発行者　坂本政謙

発行所　株式会社　岩波書店
〒101-8002　東京都千代田区一ツ橋 2-5-5
案内 03-5210-4000　営業部 03-5210-4111
文庫編集部 03-5210-4051
https://www.iwanami.co.jp/

印刷・精興社　製本・中永製本

ISBN 978-4-00-302512-3　Printed in Japan

読書子に寄す

——岩波文庫発刊に際して——

岩波茂雄

真理は万人によって求められることを自ら欲し、芸術は万人によって愛されることを自ら望む。かつては民を愚昧ならしめるために学芸が最も狭き堂宇に閉鎖されたことがあった。今や知識と美とを特権階級の独占より奪い返すことはつねに進取的なる民衆の切実なる要求である。岩波文庫はこの要求に応じそれに励まされて生まれた。それは生命ある不朽の書を少数者の書斎と研究室とより解放して街頭にくまなく立たしめ民衆に伍せしめるであろう。近時大量生産予約出版の流行を見る。その広告宣伝の狂態はしばらくおくも、後代にのこすと誇称する全集がその編集に万全の用意をなしたるか。千古の典籍の翻訳企図に敬虔の態度を欠かざりしか。さらに分売を許さず読者を繋縛して数十冊を強うるがごとき、はたしてその揚言する学芸解放のゆえんなりや。吾人は天下の名士の声に和してこれを推挙するに躊躇するものである。このときにあたって、岩波書店は自己の責務のいよいよ重大なるを思い、従来の方針の徹底を期するため、すでに十数年以前より志して来た計画を慎重審議この際断然実行することにした。吾人は範をかのレクラム文庫にとり、古今東西にわたって文芸・哲学・社会科学・自然科学等種類のいかんを問わず、いやしくも万人の必読すべき真に古典的価値ある書をきわめて簡易なる形式において逐次刊行し、あらゆる人間に須要なる生活向上の資料、生活批判の原理を提供せんと欲する。この文庫は予約出版の方法を排したるがゆえに、読者は自己の欲する時に自己の欲する書物を各個に自由に選択することができる。携帯に便にして価格の低きを最主とするがゆえに、外観を顧みざるも内容に至っては厳選最も力を尽くし、従来の岩波出版物の特色をますます発揮せしめようとする。この計画たるや世間の一時の投機的なるものと異なり、永遠の事業として吾人は微力を傾倒し、あらゆる犠牲を忍んで今後永久に継続発展せしめ、もって文庫の使命を遺憾なく果たさしめることを期する。芸術を愛し知識を求むる士の自ら進んでこの挙に参加し、希望と忠言とを寄せられることは吾人の熱望するところである。その性質上経済的には最も困難多きこの事業にあえて当たらんとする吾人の志を諒として、その達成のため世の読書子とのうるわしき共同を期待する。

昭和二年七月

《日本文学(古典)》〔黄〕

古事記　倉野憲司校注
日本書紀　全五冊　坂本太郎・家永三郎・井上光貞・大野晋校注
万葉集　全五冊　佐竹昭広・山田英雄・工藤力男・大谷雅夫・山崎福之校注
竹取物語　阪倉篤義校訂
伊勢物語　大津有一校注
玉造小町子壮衰書 —小野小町物語　杤尾武校注
古今和歌集　佐伯梅友校注
土左日記　紀貫之　鈴木知太郎校注
蜻蛉日記　今西祐一郎校注
紫式部日記　池田亀鑑・秋山虔校注
紫式部集　付 大弐三位集・藤原惟規集　紫式部　南波浩校注
源氏物語　全九冊　柳井滋・室伏信助・大朝雄二・鈴木日出男・藤井貞和・今西祐一郎校注
源氏物語補作　山路の露・雲隠六帖　他二篇　今西祐一郎編注
枕草子　池田亀鑑校訂
和泉式部日記　清水文雄校注
更級日記　西下経一校注

今昔物語集　全四冊　池上洵一編
堤中納言物語　大槻修校注
西行全歌集　久保田淳・吉野朋美校注
建礼門院右京大夫集　付 平家公達草紙　久松潜一・久保田淳校注
拾遺和歌集　小町谷照彦・倉田実校注
後拾遺和歌集　久保田淳・平田喜信校注
金葉和歌集　川村晃生・柏木由夫・伊倉史人校注
詞花和歌集　工藤重矩校注
古語拾遺　斎部広成撰　西宮一民校注
王朝漢詩選　小島憲之編
新訂 方丈記　市古貞次校注
新訂 新古今和歌集　佐佐木信綱校訂
新訂 徒然草　西尾実・安良岡康作校注
平家物語　全四冊　梶原正昭・山下宏明校注
神皇正統記　北畠親房　岩佐正校注
御伽草子　全二冊　市古貞次校注
王朝秀歌選　樋口芳麻呂校注

定家八代抄 —続王朝秀歌選　全二冊　樋口芳麻呂・後藤重郎校注
閑吟集　真鍋昌弘校注
中世なぞなぞ集　鈴木棠三編
千載和歌集　久保田淳校注
謡曲選集　読む能の本　野上豊一郎編
おもろさうし　外間守善校注
太平記　全六冊　兵藤裕己校注
好色一代男　井原西鶴　横山重校訂
好色五人女　井原西鶴　東明雅校註
武道伝来記　井原西鶴　前田金五郎・横山重校注
西鶴文反古　井原西鶴　片岡良一校訂
芭蕉紀行文集　付 嵯峨日記　中村俊定校注
芭蕉おくのほそ道　付 曾良旅日記・奥細道菅菰抄　萩原恭男校注
芭蕉俳句集　中村俊定校注
芭蕉連句集　中村俊定・萩原恭男校注
芭蕉書簡集　萩原恭男校注
芭蕉文集　潁原退蔵編註

芭蕉俳文集 全二冊　堀切実編注
芭蕉自筆 奥の細道　上野洋三・櫻井武次郎校注
蕪村俳句集 付 春風馬堤曲 他二篇　尾形仂校注
蕪村七部集　伊藤松宇校訂
近世畸人伝　伴蒿蹊・森銑三校註
雨月物語　上田秋成・長島弘明校注
宇下人言 修行録　松平定信・松平定光校訂
新訂 一茶俳句集　丸山一彦校注
一茶 父の終焉日記・おらが春 他一篇　矢羽勝幸校注
増補 俳諧歳時記栞草 全二冊　曲亭馬琴編・藍亭青藍補・堀切実校注
北越雪譜　鈴木牧之編撰・京山人百樹刪定・岡田武松校訂
東海道中膝栗毛 全二冊　十返舎一九・麻生磯次校注
浮世床　式亭三馬・和田万吉校訂
梅暦 全二冊　為永春水・古川久校訂
百人一首一夕話 全二冊　尾崎雅嘉・古川久校訂
こぶとり爺さん・かちかち山 —日本の昔ばなしⅠ　関敬吾編
桃太郎・舌きり雀・花さか爺 —日本の昔ばなしⅡ　関敬吾編
一寸法師・さるかに合戦・浦島太郎 —日本の昔ばなしⅢ　関敬吾編
芭蕉臨終記 花屋日記 付 芭蕉翁終焉記・前後日記・行状記　小宮豊隆校訂
醒睡笑 全二冊　安楽庵策伝・鈴木棠三校注
歌舞伎十八番の内 勧進帳　郡司正勝校注
江戸怪談集 全三冊　高田衛編・校注
柳多留名句選　山澤英雄選・粕谷宏紀校注
松蔭日記　上野洋三校注
鬼貫句選・独ごと　復本一郎校注
井月句集　復本一郎編
花見車・元禄百人一句　雲英末雄・佐藤勝明校注
江戸漢詩選 全二冊　揖斐高編訳
説経節 俊徳丸・小栗判官 他三篇　兵藤裕己編注

《日本思想》〔青〕

- 風姿花伝（花伝書） 世阿弥／野上豊一郎・西尾実校訂
- 五輪書 宮本武蔵／渡辺一郎校注
- 葉隠 全三冊 山本常朝／和辻哲郎・古川哲史校訂
- 養生訓・和俗童子訓 貝原益軒／石川謙校訂
- 貝原益軒 大和俗訓 石川謙校訂
- 蘭学事始 杉田玄白／緒方富雄校註
- 島津斉彬言行録 牧野伸顕序
- 塵劫記 吉田光由／大矢真一校注
- 兵法家伝書 付 新陰流兵法目録事 柳生宗矩／渡辺一郎校注
- 農業全書 宮崎安貞編録／貝原楽軒刪補／土屋喬雄校訂
- 上宮聖徳法王帝説 東野治之校注
- 霊の真柱 平田篤胤／子安宣邦校注
- 仙境異聞・勝五郎再生記聞 平田篤胤／子安宣邦校注
- 茶湯一会集・閑夜茶話 井伊直弼／戸田勝久校注
- 西郷南洲遺訓 附 手抄言志録及遺文 山田済斎編
- 文明論之概略 福沢諭吉／松沢弘陽校注
- 新訂 福翁自伝 富田正文校訂
- 学問のすゝめ 福沢諭吉
- 福沢諭吉教育論集 山住正己編
- 福沢諭吉家族論集 中村敏子編
- 福沢諭吉の手紙 慶應義塾編
- 新島襄の手紙 同志社編
- 新島襄 教育宗教論集 同志社編
- 新島襄自伝 ―手記・紀行文・日記 同志社編
- 植木枝盛選集 家永三郎編
- 日本の下層社会 横山源之助
- 中江兆民 三酔人経綸問答 桑原武夫・島田虔次訳・校注
- 中江兆民評論集 松永昌三編
- 一年有半・続一年有半 中江兆民／井田進也校注
- 憲法義解 伊藤博文／宮沢俊義校註
- 日本風景論 志賀重昂／近藤信行校訂
- 日本開化小史 田口卯吉／嘉治隆一校訂
- 新訂 蹇蹇録 ―日清戦争外交秘録 陸奥宗光／中塚明校注
- 茶の本 岡倉覚三／村岡博訳
- 武士道 新渡戸稲造／矢内原忠雄訳
- 新渡戸稲造論集 鈴木範久編
- キリスト信徒のなぐさめ 内村鑑三
- 余はいかにしてキリスト信徒となりしか 内村鑑三／鈴木範久訳
- 代表的日本人 内村鑑三／鈴木範久訳
- 後世への最大遺物・デンマルク国の話 内村鑑三
- 宗教座談 内村鑑三
- ヨブ記講演 内村鑑三
- 足利尊氏 山路愛山
- 徳川家康 全二冊 山路愛山
- 妾の半生涯 福田英子
- 三十三年の夢 宮崎滔天／島田虔次・近藤秀樹校注
- 善の研究 西田幾多郎
- 西田幾多郎哲学論集 II ―論理と生命 他四篇 上田閑照編
- 西田幾多郎哲学論集 III ―自覚について 他四篇 上田閑照編
- 西田幾多郎歌集 上田薫編

西田幾多郎講演集　田中裕編
西田幾多郎書簡集　藤田正勝編
帝国主義　幸徳秋水　山泉進校注
兆民先生 他八篇　幸徳秋水　梅森直之校注
基督抹殺論　幸徳秋水
貧乏物語　河上肇　大内兵衛解題
河上肇評論集　杉原四郎編
西欧紀行 祖国を顧みて　河上肇
中国文明論集　宮崎市定　礪波護編
史記を語る　宮崎市定
中国史 全二冊　宮崎市定
大杉栄評論集　飛鳥井雅道編
女工哀史　細井和喜蔵
奴隷 —小説・女工哀史1　細井和喜蔵
工場 —小説・女工哀史2　細井和喜蔵
初版 日本資本主義発達史 全二冊　野呂栄太郎
谷中村滅亡史　荒畑寒村

遠野物語・山の人生　柳田国男
海上の道　柳田国男
野草雑記・野鳥雑記　柳田国男
孤猿随筆　柳田国男
婚姻の話　柳田国男
都市と農村　柳田国男
十二支考 全二冊　南方熊楠
津田左右吉歴史論集　今井修編
特命全権大使 米欧回覧実記 全五冊　久米邦武編　田中彰校注
日本イデオロギー論　戸坂潤
古寺巡礼　和辻哲郎
風土 —人間学的考察　和辻哲郎
イタリア古寺巡礼　和辻哲郎
倫理学 全四冊　和辻哲郎
人間の学としての倫理学　和辻哲郎
日本倫理思想史 全四冊　和辻哲郎
「いき」の構造 他二篇　九鬼周造

九鬼周造随筆集　菅野昭正編
偶然性の問題　九鬼周造
時間論 他二篇　九鬼周造　小浜善信編
田沼時代　辻善之助
パスカルにおける人間の研究　三木清
構想力の論理 全二冊　三木清
漱石詩注　吉川幸次郎
新版 きけ わだつみのこえ —日本戦没学生の手記　日本戦没学生記念会編
新版 第二集 きけ わだつみのこえ —日本戦没学生の手記　日本戦没学生記念会編
君たちはどう生きるか　吉野源三郎
地震・憲兵・火事・巡査　山崎今朝弥　森長英三郎編
懐旧九十年　石黒忠悳
武家の女性　山川菊栄
覚書 幕末の水戸藩　山川菊栄
忘れられた日本人　宮本常一
家郷の訓　宮本常一
大阪と堺　三浦周行　朝尾直弘編

国家と宗教 —ヨーロッパ精神史の研究　南原繁
石橋湛山評論集　松尾尊兊編
民藝四十年　柳宗悦
手仕事の日本　柳宗悦
工藝文化　柳宗悦
南無阿弥陀仏 付 心偈　柳宗悦
柳宗悦茶道論集　熊倉功夫編
雨夜譚 —渋沢栄一自伝　長幸男校注
中世の文学伝統　風巻景次郎
平塚らいてう評論集　小林登美枝・米田佐代子編
最暗黒の東京　松原岩五郎
日本の民家　今和次郎
原爆の子 —広島の少年少女のうったえ 全二冊　長田新編
暗黒日記 —一九四二—一九四五　清沢洌・山本義彦編
臨済・荘子　前田利鎌
『青鞜』女性解放論集　堀場清子編
大津事件 —ロシア皇太子大津遭難　尾佐竹猛・三谷太一郎校注

幕末遣外使節物語 —夷狄の国へ　尾佐竹猛・吉良芳恵校注
極光のかげに —シベリア俘虜記　高杉一郎
イスラーム文化 —その根柢にあるもの　井筒俊彦
意識と本質 —精神的東洋を索めて　井筒俊彦
神秘哲学 —ギリシアの部　井筒俊彦
意味の深みへ —東洋哲学の水位　井筒俊彦
コスモスとアンチコスモス 東洋哲学のために　井筒俊彦
幕末政治家　福地桜痴・佐々木潤之介校注
渡辺一夫評論選 狂気について 他二十二篇　大江健三郎・清水徹編
維新旧幕比較論　木下真弘・宮地正人校注
被差別部落一千年史　高橋貞樹・沖浦和光校注
花田清輝評論集　粉川哲夫編
英国の文学　吉田健一
中井正一評論集　長田弘編
山びこ学校　無着成恭編
考史遊記　桑原隲蔵
福沢諭吉の哲学 他六篇　丸山眞男・松沢弘陽編

政治の世界 他十篇　丸山眞男・松本礼二編注
超国家主義の論理と心理 他八篇　丸山眞男・古矢旬編
田中正造文集 全二冊　由井正臣・小松裕編
国語学史　時枝誠記
定本 育児の百科 全三冊　松田道雄
大西祝選集 哲学篇 全三冊　小坂国継編
哲学の三つの伝統 他十二篇　野田又夫
大隈重信演説談話集　早稲田大学編
大隈重信自叙伝　早稲田大学編
人生の帰趣　山崎弁栄
転回期の政治　宮沢俊義
何が私をこうさせたか —獄中手記　金子文子
明治維新　遠山茂樹
禅海一瀾講話　釈宗演
明治政治史　岡義武
転換期の大正　岡義武
山県有朋 —明治日本の象徴　岡義武

近代日本の政治家　岡 義武
ニーチェの顔 他十三篇　氷上英廣 三島憲一 編
伊藤野枝集　森まゆみ編
前方後円墳の時代　近藤義郎
日本の中世国家　佐藤進一
岩波茂雄伝　安倍能成

《日本文学(現代)》〔緑〕

- 怪談 牡丹燈籠　三遊亭円朝
- 小説神髄　坪内逍遥
- 当世書生気質　坪内逍遥
- アンデルセン 即興詩人 全二冊　森鷗外訳
- ウィタ・セクスアリス　森鷗外
- 青年　森鷗外
- 雁　森鷗外
- 阿部一族 他二篇　森鷗外
- 山椒大夫・高瀬舟 他四篇　森鷗外
- 渋江抽斎　森鷗外
- 舞姫・うたかたの記 他三篇　森鷗外
- 鷗外随筆集　千葉俊二編
- 大塩平八郎 他三篇　森鷗外
- 浮雲　二葉亭四迷 十川信介校注
- 吾輩は猫である　夏目漱石
- 坊っちゃん　夏目漱石
- 草枕　夏目漱石
- 虞美人草　夏目漱石
- 三四郎　夏目漱石
- それから　夏目漱石
- 門　夏目漱石
- 彼岸過迄　夏目漱石
- 漱石文芸論集　磯田光一編
- 行人　夏目漱石
- こころ　夏目漱石
- 硝子戸の中　夏目漱石
- 道草　夏目漱石
- 明暗　夏目漱石
- 思い出す事など 他七篇　夏目漱石
- 文学評論 全二冊　夏目漱石
- 夢十夜 他二篇　夏目漱石
- 漱石文明論集　三好行雄編
- 倫敦塔・幻影の盾 他五篇　夏目漱石
- 漱石日記　平岡敏夫編
- 漱石書簡集　三好行雄編
- 漱石俳句集　坪内稔典編
- 漱石・子規往復書簡集　和田茂樹編
- 文学論 全二冊　夏目漱石
- 坑夫　夏目漱石
- 漱石紀行文集　藤井淑禎編
- 二百十日・野分　夏目漱石
- 五重塔　幸田露伴
- 努力論　幸田露伴
- 一国の首都 他一篇　幸田露伴
- 渋沢栄一伝　幸田露伴
- 飯待つ間 —正岡子規随筆選　正岡子規 阿部昭編
- 子規句集　高浜虚子選
- 病牀六尺　正岡子規
- 子規歌集　土屋文明編
- 墨汁一滴　正岡子規

仰臥漫録	正岡子規
歌よみに与ふる書	正岡子規
獺祭書屋俳話・芭蕉雑談	正岡子規
子規紀行文集	復本一郎編
正岡子規ベースボール文集	復本一郎編
金色夜叉 全二冊	尾崎紅葉
多情多恨	尾崎紅葉
不如帰	徳冨蘆花
武蔵野	国木田独歩
運命	国木田独歩
愛弟通信	国木田独歩
蒲団・一兵卒	田山花袋
田舎教師	田山花袋
一兵卒の銃殺	田山花袋
あらくれ・新世帯	徳田秋声
藤村詩抄	島崎藤村自選
破戒	島崎藤村
桜の実の熟する時	島崎藤村
夜明け前 全四冊	島崎藤村
藤村文明論集	十川信介編
生ひ立ちの記 他一篇	島崎藤村
島崎藤村短篇集	大木志門編
にごりえ・たけくらべ	樋口一葉
大つごもり・十三夜 他五篇	樋口一葉
修禅寺物語 正雪の二代目 他四篇	岡本綺堂
高野聖・眉かくしの霊	泉鏡花
歌行燈	泉鏡花
夜叉ケ池・天守物語	泉鏡花
草迷宮	泉鏡花
春昼・春昼後刻	泉鏡花
鏡花短篇集	川村二郎編
日本橋	泉鏡花
外科室・海城発電 他五篇	泉鏡花
海神別荘 他二篇	泉鏡花
鏡花随筆集	吉田昌志編
化鳥・三尺角 他六篇	泉鏡花
鏡花紀行文集	田中励儀編
俳句はかく解しかく味う	高浜虚子
俳句への道	高浜虚子
立子へ抄 ―虚子より娘へのことば	高浜虚子
回想 子規・漱石	高浜虚子
有明詩抄	蒲原有明
宣言	有島武郎
カインの末裔・クララの出家	有島武郎
一房の葡萄 他四篇	有島武郎
寺田寅彦随筆集 全五冊	小宮豊隆編
柿の種	寺田寅彦
与謝野晶子歌集	与謝野晶子自選
与謝野晶子評論集	鹿野政直・香内信子編
私の生い立ち	与謝野晶子
つゆのあとさき	永井荷風

濹東綺譚	永井荷風
荷風随筆集 全二冊	野口冨士男編
摘録 断腸亭日乗 全二冊	永井荷風 磯田光一編
すみだ川・新橋夜話 他一篇	永井荷風
あめりか物語	永井荷風
下谷叢話	永井荷風
ふらんす物語	永井荷風
荷風俳句集	加藤郁乎編
花火・来訪者 他十一篇	永井荷風
問はずがたり・吾妻橋 他十六篇	永井荷風
斎藤茂吉歌集	山口茂吉 柴生田稔 佐藤佐太郎編
鈴木三重吉童話集	勝尾金弥編
小僧の神様 他十篇	志賀直哉
暗夜行路 全二冊	志賀直哉
志賀直哉随筆集	高橋英夫編
高村光太郎詩集	高村光太郎
北原白秋歌集	高野公彦編
北原白秋詩集 全二冊	安藤元雄編
フレップ・トリップ	北原白秋
友情	武者小路実篤
釈迦	武者小路実篤
銀の匙	中勘助
若山牧水歌集	伊藤一彦編
新編 みなかみ紀行	若山牧水 池内紀編
新編 百花譜百選	木下杢太郎画 前川誠郎編
新編 啄木歌集	久保田正文編
吉野葛・蘆刈	谷崎潤一郎
卍（まんじ）	谷崎潤一郎
谷崎潤一郎随筆集	篠田一士編
多情仏心 全二冊	里見弴
道元禅師の話	里見弴
今年竹 全二冊	里見弴
萩原朔太郎詩集	三好達治選
郷愁の詩人 与謝蕪村	萩原朔太郎
猫町 他十七篇	萩原朔太郎 清岡卓行編
恋愛名歌集	萩原朔太郎
恩讐の彼方に・忠直卿行状記 他八篇	菊池寛
父帰る・藤十郎の恋 菊池寛戯曲集	石割透編
河明り 老妓抄 他一篇	岡本かの子
春泥・花冷え	久保田万太郎
大寺学校 ゆく年	久保田万太郎
久保田万太郎俳句集	恩田侑布子編
室生犀星詩集	室生犀星自選
随筆 女ひと	室生犀星
室生犀星俳句集	岸本尚毅編
出家とその弟子	倉田百三
羅生門・鼻・芋粥・偸盗	芥川竜之介
地獄変・邪宗門・好色・藪の中 他七篇	芥川竜之介
河童 他二篇	芥川竜之介
歯車 他二篇	芥川竜之介
蜘蛛の糸・杜子春・トロッコ 他十七篇	芥川竜之介

侏儒の言葉・文芸的な、余りに文芸的な	芥川竜之介
芥川竜之介書簡集	石割透編
芥川竜之介随筆集	石割透編
蜜柑・尾生の信 他十八篇	芥川竜之介
年末の一日・浅草公園 他十七篇	芥川竜之介
芥川竜之介紀行文集	山田俊治編
田園の憂鬱	佐藤春夫
海に生くる人々	葉山嘉樹
葉山嘉樹短篇集	道籏泰三編
嘉村礒多集	岩田文昭編
日輪・春は馬車に乗って 他八篇	横光利一
宮沢賢治詩集	谷川徹三編
童話集 風の又三郎 他十八篇	宮沢賢治 谷川徹三編
童話集 銀河鉄道の夜 他十四篇	宮沢賢治 谷川徹三編
山椒魚・遙拝隊長 他七篇	井伏鱒二
川釣り	井伏鱒二
井伏鱒二全詩集	井伏鱒二
太陽のない街	徳永直
黒島伝治作品集	紅野謙介編
伊豆の踊子・温泉宿 他四篇	川端康成
雪国	川端康成
山の音	川端康成
川端康成随筆集	川西政明編
三好達治詩集	桑原武夫 大槻鉄男選
詩を読む人のために	三好達治
夏目漱石 全二冊	小宮豊隆
新編 思い出す人々	内田魯庵 紅野敏郎編
檸檬《レモン》・冬の日 他九篇	梶井基次郎
蟹工船 一九二八・三・一五	小林多喜二
富嶽百景・走れメロス 他八篇	太宰治
斜陽 他一篇	太宰治
人間失格・グッド・バイ 他一篇	太宰治
津軽	太宰治
お伽草紙・新釈諸国噺	太宰治
右大臣実朝 他一篇	太宰治
真空地帯	野間宏
日本唱歌集	堀内敬三 井上武士編
日本童謡集	与田凖一編
至福千年	石川淳
小林秀雄初期文芸論集	小林秀雄
近代日本人の発想の諸形式 他四篇	伊藤整
小説の認識	伊藤整
中原中也詩集	大岡昇平編
ランボオ詩集	中原中也訳
晩年の父	小堀杏奴
夕鶴・彦市ばなし 他二篇 ―木下順二戯曲選II	木下順二
元禄忠臣蔵 全二冊	真山青果
随筆滝沢馬琴	真山青果
みそっかす	幸田文
古句を観る	柴田宵曲
俳諧随筆 蕉門の人々	柴田宵曲